## DONGSUH MYSTERY BOOKS 97

### HEADED FOR A HEARSE
# 처형 6일전
조너슨 라티머/문영호 옮김

동서문화사

옮긴이 문영호(文永浩)
서울대학교 공과대학 졸업. 육군사관학교 교수·파스칼세계대백과사전 편찬위원 역임. 옮긴책 아처 《한푼도 용서없다》 퀸 《꼬리아홉의 여우》 등.

DONGSUH MYSTERY BOOKS 97

## 처형 6일전

조너슨 라티머 지음/문영호 옮김
초판 발행/1977년 12월 1일
중판 발행/2003년 6월 1일
발행인 고정일/발행처 동서문화사
창업 1956. 12. 12. 등록 16-345(윤)
서울강남구신사동540-22 ☎546-0331~6 (FAX) 545-0331
www.epascal.co.kr

\*

이 책의 출판권은 동서문화사 (동판)가 소유합니다.
의장권 제호권 편집권은 저작권 법에 의해 보호를 받는 출판물이므로
무단전재와 무단복제를 금합니다.

편찬·필름·제작 일체「동판」자본으로 이루어짐에 따라
출판권 소유권자「동판」에서 제조출판판매 세무일체를 전담합니다.
사업자등록번호 211-90-02201
ISBN 89-497-0182-0 04840
ISBN 89-497-0081-6 (세트)

# 처형 6일전
## 차례

토요일 밤······ 11
일요일 아침······ 27
월요일 아침······ 50
월요일 낮······ 67
월요일 밤······ 81
화요일 아침······ 93
화요일 오후······ 106
화요일 저녁······ 122
화요일 밤······ 136
수요일 아침······ 159
수요일 낮······ 181
수요일 밤······ 207
수요일 밤······ 232
목요일 아침······ 247
목요일 정오······ 263
목요일 밤······ 290
금요일 아침······ 298
금요일 밤······ 306
금요일 밤······ 315
토요일 아침······ 333

스피드 스릴러의 거장 라티머······ 336

등장인물

로버트 웨스틀랜드 ⎫
이저도어 밸리처   ⎬ 사형수
데이비드 코너즈   ⎭

벤저민 백홀츠  교도소장

리처드 볼스턴  ⎫
로널드 우드베리 ⎬ 웨스틀랜드의 공동경영자

에이머스 수프레이그  웨스틀랜드의 회사 지배인
사이먼즈  웨스틀랜드의 아파트 고용인
로런스 워튼  웨스틀랜드의 사촌형제
에밀리 루 마틴  웨스틀랜드의 재혼할 약혼녀
마거트 블렌티노  우드베리의 여비서
찰즈 핑클슈타인  변호사
윌리엄 크레인  사립탐정
더글러스 윌리엄즈  크레인의 조수

## 토요일 밤

 오른편 독방에서 사나이가 울고 있다. 이미 뉘엿뉘엿 해질녘인데, 그는 낮부터 계속 울고 있었던 것이다. 나직한 목소리로 뭐라뭐라 넋두리하며 끊임없이 줄곧 울고 있다. 마치 감기에 걸려 밤새 보채는 아이처럼 희망도 신념도 없이 우는 것이다.
 굴속같이 어두컴컴한 사형수 독방에서 로버트 웨스틀랜드는 옆방 사나이의 울음소리에 귀기울이고 있었다. 그 울음소리만 들리지 않는다면 비단을 쳐놓은 듯한 저녁놀은 아주 기분 좋았다.
 해결음은 점점 빨리 다가오고 있었다. 마치 환등기 앞에서 누군가가 모슬린을 두 겹 네 겹으로 차곡차곡 접어서 포개 놓아가는 듯했다.
 어둠은 점점 독방의 쇠창살을 희미하게 보이도록 하고, 그대로 드러난 변기의 더러운 흰 사기도 휩싸버린다. 감방들의 긴 복도를 썰렁한 바람이 지나가고 축축한 습기와 냄새가 웨스틀랜드의 얼굴에 닿았다. 후유 한숨을 내쉬며 웨스틀랜드는 침대 밑의 쇠틀을 움켜잡았다. 힘주어 잡은 손끝에 더욱 힘을 주었다.

교도소 조리장에서 막 구워낸 빵과 비프스튜 냄새가 풍겨왔다. 요리사들이 저녁식사 준비를 하는 소리도 들렸다. 냄비며 그릇이 덜그럭거리는 소리, 사기그릇이 서로 부딪치는 소리, 물 흐르는 소리, 무거운 발소리……

한참 뒤 옆 독방의 사나이가 울음을 그치고 감기든 개처럼 가냘픈 소리로 콩콩거렸다. 한순간 걷잡을 수 없는 쓸쓸한 적막감. 이윽고 사나이는 나직한 목소리로 힘없이 말했다.

"죽고 싶지 않아! 나는 죽기 싫어!"

그는 또 울기 시작했다. 투덜거림이 섞인 절망에 빠진 울음소리다.

감방 안에 불이 켜졌다. 별안간 복도가 밝아지며 웨스틀랜드의 독방에도 딱딱하고 기분 나쁜 그림자를 던졌다. 눈부시게 밝았다. 웨스틀랜드는 눈을 비비며 하품을 했다.

왼쪽 독방에서 철벅철벅 맨발로 걷는 소리가 나더니 데이비드 코너즈라는 사나이가 금발을 쇠창살에 대고 오른쪽 웨스틀랜드의 방을 들여다보았다.

"지금 몇 시요?"

코너즈의 왼쪽 눈 위에는 커다란 상처자국이 있었으며 잿빛 바지를 벨트 없이 입고 있었다. 맨살이 드러난 가슴은 근육이 울퉁불퉁하고 어깨도 커다랗게 부풀어 올라 있었다. 그는 노동자들의 돈을 우려먹는 암흑가의 건달로, 입술을 움직이지 않고 입 끝으로 말하는 버릇이 있었다.

"이제 저녁식사가 거의 준비되었겠지."

웨스틀랜드는 침대에서 훌쩍 내려 복도의 불빛에 눈을 껌벅이며 독방 앞쪽으로 걸어갔다.

"맛있는 저녁이면 좋으련만……."

코너즈가 금니 세 개를 번쩍거리며 말했다.

"일류 호텔이 아니니까. 하지만 나는 겨우 1주일 동안만 머무르는 것이므로 좀더 좋은 것을 먹여주어도 괜찮을 텐데."
웨스틀랜드도 말했다.
"1주일 동안이라면 그리 길지 않으니까."
닳아빠진 삼베 같은 눈썹 밑에서 코너즈의 파란 눈이 번쩍 빛났다.
"정말이오! 1주일이라면 겨우 7일이 아닌가."
웨스틀랜드는 단단한 쇠창살에 몸을 기대며 말했다.
"6일이지. 친절한 일리노이 주 당국은 토요일 오전 0시 1분에 우리를 전기의자에 앉히겠다고 말하고 있소. 그렇다면 벌써 토요일 밤이니까 앞으로 남은 것은 일, 월, 화, 수, 목, 금——6일뿐이지요."
멀리서 날카로운 벨 소리. 조용함이 깨진다. 오른쪽 독방의 사나이는 여전히 나직한 목소리로 울먹이며 중얼거리고 있다. 먼 곳에서 강철과 강철이 부딪치는 소리. 이런 저런 뒤섞여 들려오는 이야기 소리.
"저녁식사로군." 웨스틀랜드가 말했다.
코너즈의 쇠창살에 걸쳐진 갈색 손가락은 마치 나무로 조각한 세공처럼 꼼짝도 하지 않았다.
"일리노이 주 법률에는 토요일에 처형하도록 되어 있소. 토요일 밤 11시 59분까지 기다려 주면 좋을텐데. 아니면 그 다음날 새벽까지라도. 책 같은 데 곧잘 씌어 있듯이 말이오. 아무래도 우리는 주당국으로부터 그리 호감을 받지 못하는 모양이오."
"정말 그렇소."
복도를 스쳐지나가는 바람이 몹시 차가워졌다. 의미 있는 듯이 바람의 속도도 빠르다. 오른쪽 독방의 사나이는 코를 훌쩍이며 여전히 중얼거렸다.

"죽고 싶지 않아! 나는 죽고 싶지……."
코너즈가 금니를 드러내며 으르렁거렸다.
"시끄러워, 유태인 녀석! 어지간히 해 둬!"
그는 큼직한 주먹을 마구 휘둘렀다.
"웬만큼 해두라는 말이 들리지 않아?"
울고 있던 사나이는 깜짝 놀란 듯 소리 질렀으나 다시 울기 시작했다.
"저런 녀석에게는 참을 수가 없어. 미결일 때 나는 저 녀석과 같은 테이블에서 함께 식사했었지. 아주 지저분했소, 이 쥐새끼야."
"오늘 아침 이 독방에 들어온 뒤로 저 녀석은 줄곧 울고 있었소."
"쥐새끼요."
코너즈의 입이 사람을 업신여기는 듯이 일그러지며 얼굴 오른쪽에 주름이 잡혔다.
"내가 이렇게 말한다고 해서 무서워하는 줄 생각하오? 나는 다만 농담하고 있을 뿐이오."
코너즈는 늠름한 사나이였지만 그 얼굴은 퍼렇게 굳어 있었다.
"농담 같소."
"그렇지요? 나도 죽기는 싫소. 하지만 겁먹지는 않소."
코너즈가 입술을 움직이며 말했으므로 웨스틀랜드는 깜짝 놀랐다.
"나로서는 그렇게까지 말할 수가 없소. 죽는 게 무섭소. 죽는 것쯤 아무렇지 않으리라고 여겼었는데 지금은 결코 아무렇지도 않을 수 없게 되었소."
복도를 스쳐지나가는 바람이 팔에 차갑게 와 닿았으므로 웨스틀랜드는 셔츠 소매를 내렸다.
코너즈가 말했다.
"당신은 나와 다르오. 나는 20년 전부터 이렇게 될 각오를 했었지.

언젠가는 이렇게 되리라 짐작했었소. 금주법시대에도 억센 녀석을 몇 명이나 해치운 나였으니까. 하지만 당신은 줄곧 숱한 의사들에게 에워싸여 침대 위에서 살아왔잖소. 일이 이렇게 되리라고는 생각지 못했을 터이니 아주 괴로울 거요."
코너즈는 모난 이마에 흘러내린 금발을 쓸어 올렸다.
오른쪽 독방의 사나이가 코를 풀고 기침을 했다.
교도소 남쪽을 지나는 철도 인입선에서 기관차의 경적이 두 번 울렸다.
웨스틀랜드가 말했다.
"생각지 못했을 뿐만 아니라 아직도 어찌된 까닭인지 모르겠소."
떡갈나무 같은 코너즈의 얼굴에서 파란 눈이 살피듯 반짝였다. 그는 불룩 솟아오른, 근육이 늠름한 어깨를 힘껏 움츠렸다.
"나도 전기의자에 앉혀지기보다는 훈장을 받는 게 마땅할걸. 그 캔 조넬리 형제를 없애주었으니까. 그들은 아주 지독한 녀석들이었소."
복도에 울리는 불규칙한 발소리, 그리고 쇠문이 쾅 닫히는 커다란 소리. 교도관이었다. 대말 같은 다리로 불안하게 걷는 퍼시벌 골트라는 사나이다. 더러운 두 손으로 조심스럽게 든 쟁반에서 김이 무럭무럭 오르는 그릇이 덜그럭거린다. 바나나처럼 누런 이를 드러내며 의사가 직업적으로 지어보이는 것 같은 위선에 찬 웃음을 떠올린다. 웨스틀랜드의 독방 앞에서 걸음을 멈추고 말했다.
"가지러 와."
장난하고 있는 것이다. 낄낄 웃는 교도관의 툭 불거진 목울대가 꿈틀 하고 올라갔다. 이쯤은 아직 짓궂게 장난치고 있는 것이었다. 그는 부추기듯 덧붙였다.
"양파를 많이 넣은 스테이크야."

코너즈는 어깨를 움찔하며 안쪽으로 들어가 버렸으나 오른쪽 독방의 사나이는 느릿느릿 앞으로 나왔다. 몸집 작은 사나이로 퍼런 얼굴에 드문드문 갈색 수염이 자라 있었다. 코가 납작하고 검은 단추 같은 눈이 유난히 반짝였다. 기도라도 중얼거리는 듯 입을 달싹거렸다. 이름은 이저도어 밸리처. 쇠창살 쪽으로 가더니 탄원하듯 손바닥을 위로 향하여 두 손을 쑥 내밀었다.

그것을 보고 골트 교도관의 눈이 번쩍 빛났다.

"나리, 나는 배가 몹시 고픕니다."

밸리처는 호소하듯 얼굴을 온통 일그러뜨리며 오므라진 턱으로 군침을 흘렸다. 격에 맞지 않는 높고 떨리는 목소리였다.

교도관은 밸리처를 바라보았다.

쇠창살 사이로 두 손이 나와 있다.

"나리, 부탁입니다!"

교도관이 쟁반을 콘크리트 바닥에 내려놓는 소리.

"그래야지."

교도관은 스튜를 담은 양철접시와 빵 그리고 멀건 커피를 담은 양철 컵에 스푼을 곁들여 밸리처에게 건네주었다. 밸리처는 짐승처럼 입을 쩝쩝 거렸다.

골트 교도관의 눈에는 누런 혈관이 그물처럼 떠올라 있었다. 그는 웨스틀랜드를 보았다.

"당신은?"

"주는 거라면 기꺼이 받지."

골트 교도관은 음식을 건네주며 말했다.

"그게 당연하지. 정말 너희들 같은 녀석들은 먹이지도 말고 말라죽게 해야 하는데. 높은 사람들이 하는 일은 도무지 알 수가 없거든. 그게 훨씬 싸게 먹힐 텐데."

웨스틀랜드는 뜨거운 스튜 접시를 가지고 침대로 들어갔다. 맛은 그리 나쁘지 않았다. 여러 가지 야채가 큼직한 쇠고기와 함께 떠 있었다. 빵도 새로 구운 것이다. 그는 빵을 뜯어서 스튜에 적셨다.

교도관은 옆방으로 갔다. 그는 자랑하듯 보여주며 코너즈에게 물었다.

"너는 배고프지 않니?"

코너즈는 앞으로 나와 창살 두 개를 움켜쥐었다. 등에 근육이 불룩 솟았다. 그는 크게 소리쳤다.

"먹을 것을 줄 거야, 안 줄 거야? 주든 안 주든 너 같은 녀석은 지옥에 처박아줄 테다."

골트 교도관의 좁은 얼굴에서 이죽거리는 웃음이 사라졌다. 한순간 겁먹은 표정이었으나 다시 장난기어린 태도가 되었다.

"무서운데, 오늘은 아주 기분이 나쁜 모양이구먼."

사나운 매처럼 등을 웅크린 검은 교도관의 그림자가 복도 흰 벽에 흔들거리며 커다랗게 비쳤다.

코너즈가 소리쳤다.

"썩 꺼져버려!"

쇠창살에 매달린 것같이 된 코너즈의 드러난 어깨가 불룩불룩 둥글게 솟아올랐다.

매 같은 그림자가 듣기 싫은 소리를 냈다. 골트 교도관이 웃고 있는 것이었다. 한참 뒤에야 그는 웃음을 누르며 말했다.

"지옥에 처박아주겠다고! 즐거운 마음으로 기다리지."

그는 또 크게 웃었다. 교도관 식당에서 동료들에게 들려줄 좋은 웃음거리가 생긴 것이다.

코너즈가 다시 소리쳤다.

"썩 꺼져버려!"

교도관은 눈을 뒤룩거리며 코너즈의 방문을 살폈다. 자물쇠가 굳게 잠겨 있다. 교도관의 퍼런 얼굴이 심술궂게 일그러졌다. 김이 무럭무럭 오르는 따뜻한 스튜를 양철접시에서 콘크리트 바닥으로 천천히 흘렸다. 일부러 오만한 손놀림으로 그 위에 빵을 떨어뜨린 다음 멀건 커피를 내리부었다. 그는 이를 드러내고 핏발선 눈에 자랑스러운 표정을 떠올리며 말했다.

"죄수가 음식을 복도로 내던졌다 해도 나로서는 막을 도리가 없으니까."

코너즈는 창살에 매달린 채 입술을 움직이지 않고 소리쳤다.

"빌어먹을! 니그로 자식!"

골트 교도관은 양철접시와 커피 잔을 쟁반에 올려놓았다.

"자! 모두들 다 먹고 나면 접시를 복도에 내놔."

교도관의 발소리가 멀어져갔다. 복도 막다른 곳에서 강철문을 여는 동안 잠깐 발소리가 멎었다. 이윽고 조용해졌다.

빵을 스튜에 적신 다음 로버트 웨스틀랜드는 우묵한 스튜 접시 끝에서부터 조심스럽게 손을 댔다. 밸리처가 목구멍 속에서 짐승 같은 소리를 내며 다 먹은 뒤에도 여전히 접시를 핥는 소리를 웨스틀랜드는 듣고 있을 수 없는 심정이었다. 스튜와 빵이 꼭 절반쯤 남자 웨스틀랜드는 가만히 침대에서 내려 조심스럽게 방 왼쪽 끝으로 갔다.

코너즈의 손은 아직 창살을 움켜잡고 있었다. 세로창살 하나가 그의 얼굴에 검은 그림자를 던지며 왼쪽 눈을 가렸다.

웨스틀랜드가 말을 걸었다.

"이걸 좀 먹지 않겠소? 나는 그리 배고프지 않소."

갱인 코너즈의 눈썹이 노여움으로 꿈틀 움직였다. 그의 파란 눈이 흘끗 웨스틀랜드를 쏘아보았다. 고요함 속에서 밸리처가 접시를 핥는 소리가 들렸다.

이윽고 코너즈는 부드러운 표정을 지으며 말했다.
"고맙소. 하지만 당신이나 다 먹으시오. 나는 조금도 배고프지 않소."
"사양하지 마오. 나는 정말로 괜찮으니까."
"필요없소."
그러나 코너즈는 좀 당혹한 표정을 떠올렸다.
밸리처가 창살에 기대어 헤벌어진 입을 떨고 있었다.
"저, 나리, 내가 먹겠습니다."
그는 텁수룩한 머리를 흔들어대며 어깨 너머로 쇠창살 쪽을 흘끗흘끗 보았다.
웨스틀랜드는 일부러 그쪽으로 가는 체하며 말했다.
"식어버리기 전에 누구든 먹는 게 좋겠지."
코너즈의 이가 번쩍 빛났다.
"아니! 저 쥐새끼에게 주려는 거요? 그렇다면 내게 주오! 나도 그렇게 고집부릴 수만은 없지."
코너즈는 쇠창살 사이로 웨스틀랜드의 방 앞으로 손을 내밀었다.
웨스틀랜드는 스튜 접시와 빵을 건네주었다.
"미안하오."
코너즈는 접시를 조금 비스듬히 하여 쇠창살 사이로 끌어들였다.
밸리처의 탐욕스러운 눈에 실망한 빛이 떠올랐다. 눈물이 더러워진 뺨에 넘쳐흘렀다. 그는 방 안쪽으로 들어가더니 다시 자기 접시를 요란스럽게 핥기 시작했다.
 2, 3분 뒤 절반쯤 마신 커피를 웨스틀랜드는 옆방과의 경계로 가져갔다. 코너즈는 이번에는 아무 말없이 잠자코 받아들였다. 두 사람 다 서로 마음이 통해 이른바 동료가 되어 있었던 것이다. 그 때문에 웨스틀랜드는 기분이 흐뭇했다. 덕분에 전기의자의 전류가 통할 때

얼마나 괴로울지 잠시 동안 생각하지 않을 수 있었다.
 한밤중이 되어 얼마쯤 지났을 때 웨스틀랜드는 잠에서 깨어났다. 축축하고 차가운 바람이 아직도 복도에 불고 있었다. 얇은 담요만으로는 추웠다. 밸리처가 투덜거리듯 중얼중얼하는 목소리가 들렸다.
 "…… 싫어…… 싫어…… 싫어."
 입속으로 우물거려 무슨 말인지 잘 알아들을 수 없었지만, 그러는 동안에 점점 목소리가 커져서 짐승의 울부짖음처럼 되었다. 갑자기 토해내듯 괴롭게 기침을 하며 말이 끊어졌다.
 썰렁한 복도에 깜박거리지 않는 전등. 조용하고 어둡게 그림자를 떨어뜨린 적막함. 언제까지나 불어대는 바람. 숨 막힐 듯한 기분 나쁜 밸리처의 훌쩍거림과 중얼중얼하는 소리. 마치 시간으로부터 잊혀진 듯한 세계.
 별안간 로버트 웨스틀랜드의 신경은 망가진 시계태엽처럼 산산이 흐트러져버렸다. 그는 침대에서 기어 나오자 미친 듯이 쇠창살을 두드렸다. 복도 건너편의 흰 벽을 보는 그 눈은 차분하게 가라앉아 있었다.
 "잠깐만 기다리오. 그렇게 해보야 어쩔 수 없소."
 왼쪽에서 누군가가 말을 걸었다. 코너즈였다. 가슴을 드러낸 채였다. 틀림없이 아까부터 거기에 서 있었던 모양이다.
 로버트 웨스틀랜드는 손이 온통 멍들고 맨발이 콘크리트 바닥 위에서 싸늘해진 것을 알아차렸다. 그는 걷잡을 수 없이 지껄여댔다.
 "이럴 수는 없어. 이런 빌어먹을 짓이 어디 있지? 아무리 그렇더라도 최소한의 기회는 주어야 할 게 아닌가."
 코너즈는 위로하듯 말했다.
 "어쩔 수 없소. 자신이 법률을 만들 수는 없소. 나 역시 자신에 대해서 조금 생각해 보았지만 말이오."

복도의 불빛이 눈부셨다. 바람은 거의 멎었지만 곧 다시 축축하게 차가워질 것이다.

밸리처가 또 중얼거렸다.

"하느님, 나 좀 살려주십시오! 나는 죽고 싶지 않습니다!"

웨스틀랜드가 코너즈를 보며 말했다.

"언짢은 불빛이오. 어째서 끄지 않는 걸까요? 이렇게 불을 켜놓고도 잠이 오오?"

"나는 엎드려서 자오. 당신도 눈 위에 수건을 올려놓으면 잠들 수 있을 거요."

"살려주십시오!"

밸리처는 침대 위에서 몸부림쳤다. 그의 외침은 학교 칠판에서 백묵이 끽끽거리는 듯한 귀에 거슬리는 높은 소리가 되었다.

"싫어…… 싫어…… 싫어!"

코너즈의 화난 굵은 목소리가 온 복도 안에 울려 퍼졌다.

"시끄러워! 외국놈!"

밸리처는 잠시 숨 막힐 듯 기침을 해댔다. 이윽고 그는 다시 조용히 울기 시작했다.

웨스틀랜드가 물었다.

"저 사나이는 대체 무슨 짓을 했소?"

코너즈는 금발을 흔들며 대답했다.

"모르겠소. 어디서 여자라도 죽였나 보오."

웨스틀랜드가 내뱉듯이 말했다.

"나하고 같군."

밸리처의 울음소리가 더욱 높아졌다.

코너즈가 어두운 눈가에 주름을 잡으며 말했다.

"녀석은 당신만큼 요란한 소동이 되지는 않았소. 그러나 나도 당신만은 못했지만 요란했지요."

"당신에 대해서는 신문에서 읽었소. 아무리 그렇더라도 그 두 사람을 레스토랑에서 쏘다니, 굉장히 화려한 장소를 택했다고 생각했었소."

"녀석들은 나를 없애려고 온 뉴욕의 살인청부업자였소. 내가 관리하는 택시 운전 기사 조합을 빼앗으려는 녀석이었소. 그걸 빼앗기 위해서는 먼저 귀찮은 나를 없애버려야 했지요. 나는 그 살인청부업자의 소문을 듣고 당하기 전에 선수 치는 편이 좋다고 생각했던 거요."

코너즈는 오른손으로 누군가를 밀어내는 듯한 시늉을 했다.

"하지만 마침 그 자리에 경찰이 그토록 많이 깔려 있을 줄 내가 어떻게 알았겠소?"

"경관 하나가 당신을 쏘았지요?"

"그렇소. 내가 권총을 버린 뒤였지요. 비겁한 겁쟁이 녀석들이오."

웨스틀랜드가 씁쓸하게 말했다.

"아무튼 당신은 총을 쏜 현장에서 붙잡혔으니 체념할 수도 있겠구려."

날카로운 코너즈의 눈동자에 비친 전등이 파랑에서 잿빛으로 바뀌었다.

"저, 이건 내 육감인데, 당신은 죄가 없다고 여겨지는구료."

웨스틀랜드가 말했다.

"그렇게 말해 주는 것은 당신뿐이오."

"나로서는 아내를 권총으로 쏘아 죽이는 녀석은 없다고 생각하오."

코너즈는 금발을 가로저어보였다.

"아내를 목졸라 죽이거나 때려 죽이는 일은 있어도 쏘아 죽이는 녀석은 없소."

그는 또다시 보이지 않는 누군가를 밀어내는 듯한 시늉을 했다.
"게다가 당신 사건은 지나치게 앞뒤가 잘 맞소. 아무래도 나로서는 누군가가 함정을 만들어놓은 듯이 여겨지오."
"어째서 나를 해치려는 녀석이 있는지 그걸 모르겠소."
코너즈는 웨스틀랜드의 왼쪽 귀에 입을 갖다대고 거친 목소리로 나직이 말했다.
"그럴 테지요. 아무튼 좋은 변호사를 쓰면 구제되었을지도 모르잖소."
웨스틀랜드가 뭐라고 말하려 하자 코너즈는 가로막았다.
"아, 알고 있소. 돈은 아낌없이 썼다는 거겠지요? 하지만 당신들 상류계급 사람들은 돈에 대한 일 말고는 대체 무엇을 알고 있소? 물론 비싼 변호사에게 부탁하긴 했겠지만, 그가 당신을 유죄로 여기고 전기의자로 보내는 것을 손가락을 입에 물고서 보고만 있었던 거요."
코너즈의 열띤 목소리가 잠시 끊어졌다.
"이런 때에는 찰즈 핑클슈타인 같은 변호사에게 부탁해야 하오. 그는 살인이 일어났던 날 밤 당신이 밀워키에 있었음을 증명해 주고 시장 이외의 사람이라면 누구든 그 증인으로 데려다줄 거요."
웨스틀랜드가 물었다.
"내가 그 아파트로 들어가는 것을 본 사람이 있다면?"
"핑클슈타인에게 걸리면 그런 일쯤 아무것도 아니오. 증언을 바꾸는 사람이 나오는가 하면, 바꾸지 않는 녀석은 사라지고 말지요. 모든 일에 손을 잘 써서 전기의자로 보내지지 않도록 배심을 납득시켜 줄 거요. 물론 돈이 많이 들지만 그만한 대가는 있소."
웨스틀랜드는 멍든 손에 입김을 불었다.
"그렇겠지요. 그런데 당신은 어째서 핑클슈타인에게 도움을 청하지 않았소?"

"아무리 핑클슈타인이라 하더라도 여섯 명이나 되는 경관을 매수하여 알리바이를 만들 수는 없소."

웨스틀랜드는 다리가 몹시 시려왔다. 졸린 데다 신경도 얼마쯤 차분해진 것 같았다.

"잠이나 잘까."

그러자 코너즈가 말했다.

"아, 사람은 잠을 자야만 하오."

불길한 꿈을 꾸고 있던 웨스틀랜드는 깜짝 놀라 눈을 번쩍 떴다. 머리가 무겁고 가슴 밑에 깔렸던 왼팔이 저렸다. 복도에서 이야기 소리가 들려왔다.

사나이의 목소리였다.

"얼굴에 물을 끼얹어."

웨스틀랜드는 몸을 뒤척대다가 일어나 앉았다. 눈부실 만큼 밝은 복도는 마치 독일의 공포영화에 나오는 전쟁 장면과도 같았다.

밸리처의 방 앞에 소매에 놋쇠 장식단추가 번쩍거리는 감색 웃옷 차림의 두 사나이가 이쪽으로 등을 돌리고 서 있었다. 두 사람은 콘크리트 바닥의 뭔가를 들여다보고 있었다. 얼굴을 수그리듯하고 선 두 사나이의 그림자가 방 반대쪽 복도 벽에 먹물을 떨어뜨린 듯 비쳤다.

웨스틀랜드는 쇠창살 쪽으로 걸어가 내다보았다.

골트 교도관 앞에서 밸리처의 독방문이 소리 내며 열렸다. 골트는 허리를 구부리고 손에 쥔 양철 컵에 든 물을 바닥에 나동그라져 있는 밸리처의 얼굴에 끼얹었다.

웨스틀랜드는 두려움으로 눈을 크게 뜨고 밸리처의 얼굴을 보았다. 땅속에서 파낸 시체처럼 퉁퉁 부은 기분 나쁜 얼굴이었다. 파리한 피부에 눈을 부릅떴는데도 아무것도 보이지 않는 듯했다. 얇은 입술에서 침과 피가 에틸 유 같은 빛깔로 실처럼 늘어져 있었다. 검은 머리카락은 끈적끈적하게 젖은 것처럼 반짝였다.

웨스틀랜드가 물었다.

"죽었습니까?"

그러자 감색 제복을 입은 두 사람 가운데 명랑한 얼굴의 키 큰 사나이가 대답했다.

"숨을 돌리겠지. 바지로 목을 매려고 했소."

그 사나이는 다른 한 사람보다 금단추 수가 더 많았다.

골트 교도관이 또 물을 퍼다가 핏자국을 씻었다. 그는 거드름을 피우며 말했다.

"마침 알맞은 시각에 순시하러 오기를 정말 잘했지. 그렇지 않았으면 해버릴 뻔했어."

밸리처의 파리한 얼굴이 전보다 조금 나아졌다. 그는 괴로운 듯이 가래 끓는 숨소리를 내기 시작했다. 다리가 부들부들 떨렸다.

금단추 많은 키 큰 사나이가 말했다.

"안에 처넣어."

나머지 두 사람이 거칠게 밸리처의 팔다리를 잡고 문을 지나갔다.

웨스틀랜드는 위장 근처가 메스꺼워졌다. 죽음이 이런 것이라면 나도 죽고 싶지 않다고 그는 생각했다.

키 큰 사나이가 이상스러운 듯이 그를 바라보고 있었다.

웨스틀랜드가 떨리는 목소리로 말했다.

"잠깐, 내일 아침에 소장님을 만나고 싶은데요."

그러나 사나이는 아무 말없이 물끄러미 그를 바라볼 뿐이었다.

웨스틀랜드는 다시 말을 이었다.

"어떻게든 만나고 싶습니다. 어떻게 해서든지……."

"말해 주겠소. 내일 아침에 맨 먼저 이야기해 주지요. 좀 자는 편이 좋을 것 같소."

다른 두 사나이가 밸리처의 독방에서 나왔다. 골트 교도관이 문에 자물쇠를 채웠다. 세 사람은 잠자코 나갔다.

웨스틀랜드는 침대에 누웠으나 눈부신 불빛 때문에 잠을 이룰 수 없었다.

# 일요일 아침

 벤저민 백홀츠 소장이 불안한 걸음걸이로 로버트 웨스틀랜드의 독방에 왔다. 두 어깨가 복도 양쪽 벽에 닿을 정도였다. 굉장히 뚱뚱한 사나이로 마치 살아 있는 정육면체 같았다. 어깨너비가 키만 한데다 웨스틀랜드의 눈에는 두께도 그 너비만큼 되는 듯했다.
 소장의 감색 제복에는 어젯밤에 온 키 큰 사나이보다 더 많은 금단추가 달려 있었다. 얼굴도 갓 면도를 하고 지금 막 로션을 발랐으며, 머리도 반들반들하게 빗어 넘겼다. 뾰족한 입 양끝에 50센트짜리 은화만한 보조개가 파여 있었다.
 그는 바쁜 듯한 종종걸음으로 다가와 웨스틀랜드의 독방 앞에 멈춰 섰다.
 "잘 잤소? 나를 만나고 싶다고요?"
 그의 목 양옆에 한 주먹쯤 되는 지방질이 늘어져 있었다.
 소장 뒤에서 골트 교도관이 누런 이를 드러내며 히죽히죽 웃고 있었다. 그는 녹색과 흰 등나무로 엮은 과일바구니를 쳐들어 보이며 기분 맞추려는 듯 명랑하게 말했다.

"웨스틀랜드 씨, 좋은 것을 가져왔소. 자, 보시오."
웨스틀랜드는 골트의 말을 못 들은 체하고 말했다.
"소장님, 단둘이 만나 뵙고 싶습니다."
백홀츠 소장은 좋다고 대답하며 독방 자물쇠를 열고 골트 교도관이 들고 있던 과일바구니를 웨스틀랜드에게 건네주었다. 손목께에도 지방질이 늘어져 꿈틀거리고 있었다.
"골트, 복도 끝에서 기다리게."
소장은 숨찬 듯 헐떡거리며 독방 안으로 우람한 몸집을 집어넣었다.
웨스틀랜드는 과일바구니를 바닥에 내려놓고 보랏빛 포도송이 밑에서 봉투를 끄집어냈다. 누군가가 먼저 봉투를 뜯었기 때문에 더러워져 있었다. 파란 편지지에 쓴 내용은 다음과 같았다.

로버트님
당신에게 지금처럼 다정한 마음을 가졌던 적은 없었으며, 이토록 당신 인품의 훌륭함을 확신한 일도 없었어요. 더욱이 당신이 나에게 이토록 소중한 사람인 줄은 이제까지 몰랐어요. 우리는 이제 곧 이 불길한 사건을 해결할 수 있으리라고 생각합니다. 당신도 틀림없이 나를 위로해 줄 것이고, 이처럼 무서운 사건의 아픔과 괴로움을 없애 주리라고 확신합니다……

에밀리 루

편지지에는 라벤더 향기가 희미하게 감돌고 있었다.
소장은 물었다.
"연인이오?"
그의 우람한 몸이 앉자 침대가 비명을 질렀다.

"약혼녀입니다." 웨스틀랜드는 대답했다.

복도의 천장이 느닷없이 불어닥친 가을바람에 흔들렸다. 엷은 구름이 해를 가릴 때마다 천장에서 비쳐드는 햇살이 바닥 위에서 밝아졌다 어두워졌다 했다.

"소장님, 나는 소장님이 힘을 빌려주기만 하면 아직 살아날 수 있을 것 같습니다만."

웨스틀랜드의 말을 듣고 백홀츠 소장은 이상한 표정을 지었다.

"그다지 무리한 말은 하지 않습니다."

웨스틀랜드는 구김살 투성이인 꾸깃꾸깃한 종이 한 장을 펴놓았다.

"우선 이걸 읽어주시오."

노란 햇살이 비쳐드는 곳에 그 종이를 비춰 보듯하며 소장은 찬찬히 읽어나갔다.

당신의 아내를 누가 죽였는지는 모르지만 나는 당신이 한 짓이 아님을 알고 있소. 어차피 당신은 풀려나오리라고 생각했었는데 아무래도 재수가 없는가 보오. 나는 그날 밤 그 아파트에서 한 일로 잡히고 싶지 않았기 때문에 이제까지 당신의 알리바이가 되어 줄 수 없었소.

일이 귀찮게 되지 않도록 당신이 손써준다면 내가 아는 일을 지방검사에게 말해 주겠소. 죄 없는 사람이 억울한 일을 당하는 것은 나로서도 보기 싫소. 나에게 연락하려면 홀스테드 거리 901번지 조 페트로에서 가서 M G를 찾으면 되오.

백홀츠 소장은 작은 눈을 동그랗게 떴다.

"이건 언제 손에 넣었소?"

"2주일 전입니다."

소장은 살찐 손으로 그 편지를 뒤집어 무릎 위에서 구김살을 폈다.
"아마 미친 사람이겠지요. 이런 종류의 미친 사람은 아주 많소."
웨스틀랜드는 수면 부족으로 아픈 눈을 손바닥으로 문지르며 숨을 죽이고 말했다.
"그 점은 잘 모르지만, 분명하게 하고 싶습니다. 나에게는 마지막 기회니까요."
"어째서 편지를 받았을 때 그 사람을 찾지 않았소?"
"그때는 이런 일은 아무래도 상관없었던 겁니다. 나 자신 죽어버리고 싶었습니다."
웨스틀랜드는 독방 안을 돌아다녔다.
"그런데 어젯밤에야 마음이 달라졌습니다. 옆방에 있는 키 작은 유태인 사나이가 목을 매려고 했는데, 죽기를 두려워하는 모습을 보니 나도 죽는다는 게 무서워졌습니다. 적어도 이런 식으로 죽는 것은."
앞으로 몸을 굽히고 앉은 소장 앞에서 그는 멈춰 섰다.
"이 독방만 해도 그렇습니다. 무시무시하고 사람이 있을 곳이 못됩니다."
"여보시오, 그래도 우리는 지내기 편하게 해주려고 될 수 있는 한 최선을 다하고 있소."
"부디 도와주십시오. 이것이 나에게 남겨진 마지막 기회입니다."
소장은 주머니에서 봉투를 꺼내 그 속에서 썩은 듯한 여송연 꽁초를 집어냈다. 그것을 두툼한 입술에 물고 조끼 주머니를 뒤져 성냥을 찾았다.
"무엇을 어떻게 해주면 좋겠소?"
"이 편지에 쓰여진 일들을 조사하고, 그 밖에도 살아나기 위해 할 수 있는 일은 무엇이든지 해야 합니다. 여러 사람들을 만나야만 합니다."

소장의 입가에서 보랏빛 연기가 뿜어 나왔다. 그는 성냥을 훅 불어 꺼 변기에 집어던졌다. 그리고 뭔가 묻는 듯한 투로 말끝을 올리며 말했다.

"그건 굉장한 규칙위반인데요……."

"날마다 몇 사람과 만나게 해주시기만 하면 됩니다. 이 독방에서 만나도 좋고, 소장님 형편이 좋은 곳이면 어디든 상관없습니다."

백홀츠는 생각에 잠긴 표정으로 여송연 연기를 깊이 들이마셨다. 이윽고 그는 역시 말끝이 올라가는 말투로 의미 깊은 말을 했다.

"될지 어떨지 모르겠소. 규칙위반인데다 나에게 그런 권한까지는 ……."

웨스틀랜드는 소장 앞에 허리를 구부렸다.

"소장님에게도 충분한 사례를 하겠습니다. 나로서는 마지막 기회인 만큼 기꺼이 사례하겠습니다."

소장은 굵은 손가락으로 입속의 여송연을 빙글빙글 돌렸다. 그는 문득 어떤 일이 생각난 것처럼 내뱉듯 말했다.

"전에도 한 번 2백 달러 줄 테니 도망치게 해달라고 말한 녀석이 있었지요."

"1만 달러면 어떻습니까? 날마다 몇 사람과 면회시켜주기만 하면 됩니다."

소장의 부은 듯한 눈꺼풀이 꿈틀 움직였다. 그는 여송연을 질경질 경 씹으며 일어났다.

"얼마라고요?"

"1만 달러."

백홀츠 소장은 고개를 끄덕였다. 역시 잘못 들은 건 아니었던 것이다. 그는 여송연을 입에서 떼어내며 호의적인 태도로 조심스럽게 물었다.
"현금이오, 수표요?"
"그야 물론 현금이지요."
백홀츠 소장이 집어던진 여송연이 사기변기에 부딪쳐 바닥으로 튀었다. 소장은 윗옷 가슴주머니에서 검고 굵은 새 여송연을 꺼내 웨스틀랜드에게 권했다. 웨스틀랜드가 괜찮다고 말하자 그는 빨강과 하양과 초록빛이 섞인 여송연 띠를 벗겨 엄지손가락에 달라붙은 띠종이를 가까스로 침대 위에 비벼서 버렸다.
"이런 일을 다른 사람에게 말하거나 하지는 않겠지요?"
"아무에게도 말하지 않겠습니다."
"언제 돈을 주겠소?"
"내일 아침 회사의 공동경영자 가운데 한 사람에게 가져오도록 하겠습니다."
"1만 달러라고 했지요?"
"네, 1만 달러입니다."
소장은 천천히 일어났다. 복도에 떨어진 햇살은 맑은 노란빛이 되어 있었다.
"잠깐만 기다려 주십시오. 변호사를 만나고 싶습니다. 찰즈 핑클슈타인이라는 변호사와 오늘 만나고 싶은데, 불러주시겠습니까?"
"찰즈 핑클슈타인?"
소장은 강철문을 잡고 서서 되물었다. 그리고 덧붙여 말했다.
"곧 전화해 주겠소. 곧 말이오."
문이 닫히고 자물쇠가 덜거덕거렸다.
소장의 바지 엉덩이는 구김살 투성이가 되어 있었다.

그날 오후는 시간이 굉장히 느릿느릿 흘러갔다. 해가 기울어 복도의 햇살은 이미 눈이 부시지 않았다. 스쳐지나가는 바람도 점점 차가워졌다.

이저도어 밸리처는 독방에서 잠들어 있었다. 오늘은 하루 종일 울음소리를 내지 않았지만, 그가 아무 기척없이 조용하면 울 때보다 더 견딜 수 없었다. 아침식사와 점심때에만 호되게 매 맞은 개처럼 독방 안쪽에서 먹을 것을 받으러 나왔으나 그 밖에는 침대에 벌렁 드러누워 넋 잃은 듯 잠을 잤다. 짜부라진 코에 입술이 일그러진 빛깔 나쁜 좁은 얼굴은 마치 싸구려 밀랍인형처럼 사람답지 않게 기분 나빴다. 목둘레에 멍든 자국이 생생했다.

웨스틀랜드가 핑클슈타인을 기다리는 동안 누군가가 코너즈에게 왔다. 신부였다. 목 언저리가 핑크빛으로 윤기 도는 꽤 나이든 당당한 신부였다. 코너즈의 독방 앞에서 옷자락 스치는 소리가 들리더니 걸음을 멈추었다.

신부는 부드러운 목소리로 물었다.

"데이비드 코너즈 씨입니까?"

코너즈가 쇠창살 쪽으로 나왔다.

"네, 무슨 볼일입니까?"

신부는 엄숙한 얼굴로 말했다.

"데이비드 코너즈 씨, 앞으로 닷새 뒤에 죽을 각오가 되어 있습니까?"

"쓸데없는 말 그만두시오. 아무것도 듣고 싶지 않소."

"당신에게 죽음의 각오를 불어넣어주기 위해서 왔습니다."

신부는 왼손에 쥔 은 십자가를 높이 들어보였다.

코너즈는 모난 늠름한 얼굴을 쇠창살에 바싹대고 소리쳤다.

"그런 건 개한테나 줘버리라지! 냉큼 꺼져버려!"

신부는 깜짝 놀라는 듯했다.

"아니, 어떻게 그런 말을 할 수 있지요?"
"썩 꺼져버려!"
"데이비드 코너즈 씨, 그런 말을 당신 어머니가 들으면 슬퍼할 겁니다."
"나에게는 어머니가 없소."
코너즈의 목소리는 마치 싸우려드는 듯했으며, 뭔가에 위협받고 있는 것 같았다.
신부는 깜짝 놀라며 목소리가 커졌다.
"뭐라고요! 자신의 어머니를 부정하려는 겁니까? 당신을 위해 그 무서운 해산의 고통을 겪으신 어머니를…… 아들이?"
신부는 십자가를 쥔 손가락에 힘을 주었다.
안개가 끼어 햇빛이 희미해졌다. 복도에 비쳐든 햇살도 물 섞인 우윳빛 같아졌다.
신부는 얼굴이 시뻘게지고 숨소리도 거칠어졌다.
코너즈가 다시 고함쳤다.
"나가라니까!"
신부는 십자가를 높이 들었다. 코 위에서 양쪽 눈썹이 이어진 듯한 얼굴이 되었다. 그는 한참 동안 입을 벌리고 있더니 이윽고 다물었다. 가까스로 노여움이 가라앉은 것이다. 그는 코너즈에게 등을 돌리고 로버트 웨스틀랜드 쪽으로 걸어왔다.
"가톨릭 신자입니까?"
웨스틀랜드는 대답했다.
"아니오, 그렇지 않습니다."
리드미컬한 신부의 옷스치는 소리가 복도 끝으로 가까이 감에 따라 점점 사라져갔다.

찰즈 핑클슈타인은 매처럼 날카롭고 정력적인 느낌을 주는 몸집 작은 사람이었다.
 유리문에 '여교도관차장실'이라고 씌어진 좁고 먼지가 뽀얀 방에서 그는 비단 손수건을 펄럭거리며 의자의 먼지를 털었다.
 가까스로 변호사와 마주앉자 로버트 웨스틀랜드는 M G라고 서명된 수수께끼의 편지를 건네주었다. 변호사의 잿빛 눈이 날카롭게 빛났다.
 웨스틀랜드가 말했다.
 "자, 보십시오. 기회일지도 모르잖습니까?"
 변호사는 천천히 입을 열었다.
 "그럼, 당신은 죄가 없단 말입니까?"
 변호사의 가느다란 금테안경이 번쩍 빛났다.
 "그렇습니다."
 "흠, 하지만 이제 이런 일을 해봐야 이미 늦지 않았을까요?"
 변호사는 반신반의하는 것 같았다.
 "그러나 이것이 오직 하나의 기회입니다. 지금까지는 어떻게 되어도 상관없었지만 역시 죽고 싶지 않다는 생각이 들기에……."
 "그렇게 생각하는 사람들은 얼마든지 있지요."
 핑클슈타인은 웃음지어 보였다. 고르지 않게 아무렇게나 난 튼튼한 이가 드러났다.
 "모르겠군요. 1백만에 하나인 확률일 겁니다. 먼저 불리한 증거를 듣는 편이 좋겠습니다. 그런 다음 내 마음을 정하기로 하지요."
 "내가 죄가 없다는 것을 지금 여기서 믿어주어도 좋지 않겠습니까? 그렇지 않다면 이제 새삼스럽게 이런 짓은 하지 않습니다."
 변호사가 말했다.
 "그거야 알 수 없지요."

방 안이 꽤 어두워졌다. 변호사는 벽의 스위치 쪽으로 가서 불을 켰다. 그는 깔끔하고 민첩해 보이는 사나이로, 왼손 가운뎃손가락에 10센트짜리 동전만한 큰 다이아몬드 반지를 끼고 있었다. 그는 다시 자기 의자로 돌아가며 말했다.

"어쨌든 당신 입으로 직접 사건에 대한 이야기를 듣고 싶습니다."

"대체적인 것은 알고 있겠지요…… 신문에 큼직하게 나와 있었으니까요."

웨스틀랜드는 머리가 지끈지끈 아파왔다. 관자놀이를 꾹 누른 채 무릎에 얼굴을 묻었다.

"아내 조운이 4월 28일 동 델러웨어 191번지 자기 아파트에서 총에 맞아 죽었습니다. 나와 아내는 별거 중이었지요. 모두들 문을 부수고 들어가 시체를 발견했습니다."

핑클슈타인은 연필과 노트를 꺼내며 물었다.

"모두들이라니요?"

"공판에서의 증언에 의하면, 하녀 쥰 디어가 아침 9시 30분쯤 방으로 들어가려 했다고 합니다. 그런데 문이 잠겨 있었으므로 관리인 그레고리 웨인에게 부인이 외출했는지, 뭔가 전하는 말이 없었는지 물었습니다. 웨인은 엘리베이터 보이인 토니에게 물어 아내가 밖에 나가지 않았음을 알고 위로 올라가 함께 문을 두드렸지요."

"여벌 쇠를 가지고 있지 않았습니까?"

웨스틀랜드는 안타까운 듯이 뒷머리를 긁적이며 대답했다.

"열쇠 이야기는 나중에 하겠습니다. 관리인 웨인이 마구 문을 두드려대자 아파트 경비원 마이크 설리번과 문지기 시어도 팰싱스키가 올라왔습니다. 모두들 모여서 어떻게 할까 의논하는데 볼스턴이 나타났습니다."

"그 사람은 누구지요?"

"리처드 볼스턴 말입니까? 물품매매를 중개하는 우리 회사 공동경영자 가운데 한 사람이지요. 2년 전 아내와 별거하기 시작한 뒤로 아내의 장부에 대한 사무를 모두 그가 맡고 있었습니다. 그녀의 돈을 만지는 것은 좋지 않으리라 생각되어 내가 그에게 부탁했지요.

그는 10시에 아내와 만나기로 약속되어 있었습니다. 리처드가 그 약속에 대한 이야기를 하자 모두가 문을 부수고 들어가기로 합의했지요. 아내는 거실 카펫 위에 쓰러져 있었습니다. 뒤통수에 총을 맞고."

이야기해 나가는 동안 웨스틀랜드의 목소리는 모기 소리만 하게 나직이 바뀌어갔다. 핑클슈타인은 작은 노트에 열심히 메모했다.

"실제로 문을 부순 사람은 누구입니까?"

"설리번입니다. 아파트 경비원이지요. 그리고 맨 처음 방으로 들어간 것도 설리번이었습니다."

변호사의 연필이 노트 위에서 톡톡 다섯 번 소리를 냈다.

"그 뒤에는 다섯 사람이 있었겠군요?"

그는 다시 노트를 톡톡 쳤다.

"당신의 공동경영자와 문지기와 관리인과 하녀와 엘리베이터 보이 토니…… 그뿐입니까?"

"그렇습니다."

연필이 또 노트 위를 달렸다.

"말씀을 계속하십시오."

"설리번이 시체에 아무도 손대지 않도록 감시하고 관리인이 경찰에 전화를 했지요."

"코끼리 떼라도 불러두었으면 좋았을 텐데요."

"경찰이 거기서 어떤 식으로 조사했는지는 모르지만 아무튼 나는 체육 클럽에서 스쿼시를 하다가 붙잡혔지요. 아내 조운은 내 권총으로 살해된 모양입니다. 웨블리 자동권총으로, 내가 군대에 있을 때 쓰던 것이었지요."

"잠깐만. 어째서 부인이 당신 권총에 맞았을까요?"

"글쎄요…… 경찰에서는 아무것도 발견하지 못했고……."

변호사는 의자를 힘껏 테이블 가까이로 끌어당겼다.

"그렇다면 그 여자는…… 아, 실례, 당신 부인 말입니다만…… 열쇠가 잠긴 방에서 살해되었는데도 방 안에는 권총이 없었단 말입니까?"

"그렇습니다. 경관이 나를 찾아와서 권총을 잃어버렸느냐고 묻더군요. 소장 아파트 벽장 서랍에 있다고 대답했습니다. 그러나 조사해 보니 권총이 없었습니다. 그때였습니다. 나를 살인죄로 체포한 것은."

"그러나 경찰에서 당신이 웨블리 권총을 가지고 있다는 사실을 어떻게 알았을까요?"

"또 다른 공동경영자인 로널드 우드베리가 이야기했다더군요. 그때 로널드는 조운이 살해된 것을 알지 못했었습니다."

"당신에게서 공동경영자가 몇 사람이나 있습니까?"

"우드베리와 볼스턴뿐입니다. 가게 이름도 웨스틀랜드 볼스턴 우드베리 상회지요."

"우드베리 씨가 어떻게 당신 권총에 대해 알고 있지요?"

"군대에서 프랑스로 갔을 때 함께 있었거든요. 그도 한 자루 가지고 있습니다."

"부인을 쏜 것이 그의 권총이 아님을 경찰에서는 어떻게 알까요?"

핑클슈타인 변호사는 코 위에 걸린 안경을 살짝 밀어 올렸다. 그의 목소리는 마치 짖어대는 것 같았다.

"그런 것은 조사해 볼 필요도 없습니다. 그에게는 조운을 죽일 만한 까닭이 아무것도 없으니까요. 물론 그런 까닭이 있는 사람은 아무도 없겠지만 말입니다."
"대체 흉기가 웨블리 권총이라는 것을 어떻게 알아냈지요?"
"탄환을 검사하는 감식관이 있잖습니까. 군용 웨블리 권총에서 쏘아진 거라는 감정이 나왔습니다."
"그런데 당신은 자신의 그 권총을 제출할 수 없었군요. 그래서 체포된 거겠지요?"
"검사는 발각되지 않도록 내가 권총을 감춘 게 분명하다고 말하더군요."
변호사는 머리를 흔들었다.
"그 밖에 저쪽에서 무슨 말을 했지요?"
"아주 많았습니다. 가장 나빴던 것은 열쇠입니다. 나는 아내와 함께 살 때 그 아파트 문에 특별한 자물쇠를 장치했습니다. 저절로 찰칵 열리는 게 아니라 열쇠를 돌려야 하지요. 열쇠는 두 개밖에 만들지 않았습니다. 하나는 내가 가지고 또 하나는 아내가 갖고 있었지요. 별거하게 되었을 때 나는 그 열쇠를 주지 않았었습니다."
"그래서 문을 부숴야만 했군요. 특별한 자물쇠가 잠겨 있었으니까."
"그렇습니다. 열쇠 하나는 내가 가지고 있었고, 그녀의 것은 다른 열쇠와 함께 시체 곁에 있었지요. 문은 밖에서 잠겨 있었으니 뒷일은 뻔합니다. 그녀를 쏜 다음, 내 열쇠로 잠갔겠죠."
변호사의 이가 반짝 빛났다.
"그런 일은 아무것도 아닙니다. 누군가가 여벌 쇠를 만든 겁니다."
웨스틀랜드는 고개를 가로저었다.
"아니, 그 점이 큰 수수께끼입니다. 여벌 쇠는 하나도 없습니다. 가정부 쥰도 요 1년 동안 여벌 쇠를 만들어달라고 부탁했지만 아내는 만들려 하지 않았지요. 보석이며 증권류를 방의 금고에 넣어두었기 때문입니다. 여벌 쇠가 있다고 생각하면 밤에 마음 놓고 잠잘 수 없다는 것이었습니다.

 사건이 일어나기 한 달 전 쯤 그녀는 내가 가지고 있는 열쇠에 대해 말했었지요. 보석이며 증권이 걱정스러운지 나에게 여벌 쇠를 만들었느냐고 묻더군요. 만일 만들었다면 자물쇠를 바꿔버리겠다고 했습니다. 물론 나는 만들지 않았다고 말해 주었지요."

밖에는 파란 가로등이 켜지기 시작했다. 방에 있는 두 개의 작은 창문에 잿빛 물체가 줄무늬가 되어 흘렀다. 오른쪽 창문에는 거미줄이 걸려 있었다. 거미줄 끝이 비틀려지고 그을음이 쌓여 있었다.

"누군가가 당신의 열쇠를 훔쳐내어 아무도 모르게 여벌 쇠를 만들지 않았을까요?"

웨스틀랜드는 고개를 가로저었다.

"그렇지 않습니다. 다른 세 개의 열쇠와 함께 가죽열쇠 지갑에 넣어두었으며 그것이 없어졌던 일은 없으니까요."

"사건 뒤에도 열쇠를 그대로 가지고 있었습니까?"

"네, 물론 가지고 있었습니다."

"그렇다면 부인의 방에는 다른 출입구가 있습니까? 또는 창문이라도?"

"출입구는 하나뿐입니다. 부엌에 작은 뒷문이 하나 있으나 몸집 큰 사나이가 드나들 정도는 못됩니다. 언젠가 재어 본 일이 있어서 압니다. 창문은 땅으로부터 23층 높이지요."

"밧줄을 타고 아래로 내려가는 방법도 있지요."

"창문은 모두 안으로 잠겨 있었습니다."

"그런 일이 어디 있습니까! 이건 마치 미스터리 소설——뭐라더라?——반 다이크였던가? 그의 소설 같군요. 권총에 맞은 여자가 죽어 있다, 권총은 없어졌다, 열쇠도 다 있고 문도 창문도 안쪽으로 잠겼으며 다른 출입구는 없다……."

핑클슈타인은 손가락 끝으로 콧잔등을 문지르며 안경을 밀어 올렸다. 손가락으로 문지른 탓인지 변호사의 콧날에 흰 선이 떠올랐다.

소장이 말했다.

"그런 상황인 만큼 어쩌면 정말로 내가 한 짓이 아닌가 여겨질 때도 있답니다."

그는 셔츠 윗주머니에서 담배를 한 대 꺼내 부엌용 성냥으로 불을 붙였다. 그리고 성냥을 더러워진 놋쇠 타구 속에 던져 넣었다.

변호사는 다음 말을 재촉했다.

"그리고 저쪽에서는 또 뭐라고 말했지요?"

"그녀가 살해되기 조금 전, 내가 그 아파트에 들어갔던 일은 알고 있겠지요?"

"신문에서 읽었습니다. 그러나 어쨌든 당신이 이야기해 주는 편이 좋습니다. 나는 아무것도 모르는 상태에서 듣고 싶으니까요."

"그곳에 간 이유가 또 아주 우스꽝스럽습니다."

"우스꽝스럽다고요?"

웨스틀랜드는 다리를 포개고 두 손을 깍지 껴 왼쪽 무릎을 안았다.

"묘하다는 뜻입니다. 아까도 말했듯이 나는 아내와 별거하고 있었습니다. 그녀와 이혼하려고 온갖 방법을 써보았지만 재산문제에서 좀처럼 이야기가 합의되지 않았지요. 그런대로 꽤 사이좋게 해나가고 있었으나 나는 에밀리 루 마틴이라는 아가씨와 결혼하기 위해 자유로워지고 싶었습니다. 결혼준비는 다 되어 있었으며 남은 일은 다만 내가 자유로워지는 것뿐이었지요."

"흠, 그런데 당신이 찾아간 용건은?"

"사건이 일어난 날 밤, 그날은 일요일이었습니다. 에밀리 루에게서

——적어도 나는 에밀리 루에게서 온 것이라고 생각했는데——전화가 걸려왔었습니다. 그날 오후 아내를 만났는데 나에게 접근하지 말라고 말했다는 것이었습니다. 뱃속 검은 매춘부라고 비난했다더군요. 에밀리 루는 완전히 이성을 잃고 있었기 때문에 나는 아내에게 싫은 말을 하러 갔던 겁니다."
"그게 몇 시쯤이었지요?"
"11시 30분쯤이었습니다. 전화가 걸려왔을 때 나는 침대에서 책을 읽고 있었지요."
"그래서 당신은 그날 밤 부인의 아파트에 갔었군요?"
웨스틀랜드는 담배를 테이블에 비벼 꺼서 타구 속에 떨어뜨렸다. 그리고 기계적으로 담배 한 대를 더 붙여 물며 말을 이었다.
"그곳으로 가기까지 25분쯤 걸렸습니다. 엘리베이터를 내려 그녀의 방으로 가서 크게 다퉜습니다. 아내는 에밀리 루에게 그런 말을 하지 않았다고 했으며, 나는 아내를 거짓말쟁이라고 했지요. 나는 그때 몹시 화가 치밀어 퍽 어리석은 짓을 저질렀습니다."
"그 소리가 엘리베이터 보이에게 들렸겠군요?"
웨스틀랜드는 눈이 휘둥그레졌다.
"그렇습니다. 그런데 어떻게 그런 일을?"
"그런 녀석들은 언제나 그렇지요. 자, 말씀을 계속하십시오."
"40분쯤 지나자, 그동안 내 마음도 가라앉았으므로 아내에게 사과했지요. 그 뒤의 일을 생각하니 만일 그때 사과하지 않았더라면 나는 틀림없이 자살하고 말았을 겁니다. 아무튼 헤어질 때는 서로 화해했습니다. 나는 직접 엘리베이터를 움직여 내려와……."
변호사가 끼어들었다.
"당신이 직접 움직였습니까?"
웨스틀랜드가 설명했다.

"밤중에는 보이가 없으며 엘리베이터는 자동식이 됩니다. 나는 엘리베이터를 타고 로비에 내려와 집으로 돌아갔습니다."
핑클슈타인 변호사는 비단 손수건으로 두 손을 닦았다.
"돌아올 때 누군가를 만났습니까?"
"아무도 만나지 않았습니다."
"몇 시쯤 집에 닿았지요?"
"1시 가까운 무렵이었습니다."
"시체가 발견된 것은 다음날 아침 10시쯤이었지요?"
"그렇습니다. 그리고 공판에서 검시의가……."
핑클슈타인이 손을 들었다. 반지의 다이아몬드가 번쩍 빛났다.
"알고 있습니다. 잘 압니다. 검시의의 증언에 따르면 시체는 죽은 뒤 아홉 시간 지났다고 했지요. 정말 그들은 요술쟁이입니다. 여느 의사로서는 죽었는지 어떤지도 알 수 없는 시체를 죽은 지 몇 시간이라고 분명하게 맞춰내니까요."
"죽어 있었던 것은 틀림없습니다."
"저쪽에서 주장한 사실은 그뿐입니까?"
"아닙니다. 아내의 핸드백에서 내가 보낸 편지가 나왔지요. 그 편지에는 헤어져주지 않으면 결판내겠다고 씌어 있었습니다. 그것은 만일 그녀가 헤어져주지 않으면 내 쪽에서 정식으로 이혼소송을 제기하겠다는 뜻이었지요. 검사가 이 편지를 읽었을 때 배심원들에게 그것이 무척 지독한 의미로 받아들여졌던 것 같습니다."
변호사는 고개를 끄덕였다.
"그랬을 테지요."
"그리고 아내의 유언장이 있었습니다. 재산을 고스란히 나에게 남겨주기로 되어 있었지요."
"호!"

웨스틀랜드는 변명이라도 하듯 말했다.
"아마 별거하게 된 뒤에도 귀찮아서 새로 만들지 않았던 모양입니다."
"그래, 부인의 유산은?"
"그리 대단치는 않습니다. 3만 달러쯤이지요."
변호사는 또 두 손의 먼지를 털었다. 그는 윗옷주머니에 손수건을 밀어넣고 메모를 하면서 물었다.
"3만 달러라면 하루 3백 달러씩 받고 불려나와 있는 배심원들에게는 1백만 달러쯤으로 보일 테지요. 그뿐입니까?"
"그리고 에밀리 루에게서 온 전화문제가 있습니다. 경찰에 그 전화 이야기를 하여 조사해 보니 그녀는 그날 밤 나에게 전화를 걸지 않았다는 사실이 밝혀졌지요."
변호사는 두 손으로 관자놀이를 눌렀다.
"전화하지 않았다고요! 아무래도 이러다가는 나까지 머리가 이상해져 버리겠군요."
"당신까지 이상해져 버린다면 당사자인 내 마음이 어떨는지 생각해 보십시오. 검사 측에서는 에밀리 루와 함께 사는 숙부와 숙모를 증인으로 불렀지요. 두 사람은 에밀리 루가 그날 밤 한 번도 전화를 걸지 않았다고 증언했습니다. 그 집에는 거실 옆에 전화가 하나 있을 뿐이므로 그 전화를 썼다면 들렸을 거라는 말이었지요."
"밖으로 나간 일은?"
"나가지 않았답니다. 그날 밤 내내 집에 있었다고 합니다. 그들은 에밀리 루와 함께 트럼프를 하고 라디오도 들었다더군요."
웨스틀랜드는 얼굴을 찡그린 변호사에게 웃음지어 보였다. 요 몇 달 동안 처음으로 지어보이는 웃음이었다.
"그리고 더욱 기괴한 일이 있습니다. 공판 도중에 문득 전화를 걸어왔던 에밀리 루가 잘못된 말을 쓴 일이 생각난 겁니다. 그때는 그녀도 화가 나 있었기 때문이리라고 여겼으나, 나중에 곰곰이 생각해 보니 에밀리 루가 그런 말씨를 쓸 리 없다는 것을 깨달았지요. 게다가 목소리도 좀 이상했던 것처럼 여겨집니다."

"그런 말을 모두 증언대에 털어놓았습니까?"

"물론입니다."

변호사는 또 한번 신음 소리를 냈다.

"그래서 검사 측에서는 바로 이때다 하고 당신이 약혼녀에게 거짓말로 증언시키려 생각했으며, 그녀가 그렇게 하지 않자 이번에는 하는 수 없이 이야기 줄거리를 조금 바꾼 거라고 물고 늘어진 셈이로군요."

어쩔 수 없다고 말하는 듯이 변호사는 고개를 가로저었다.

"다른 변호사의 일에 대해서는 말하지 않기로 하고 있지만, 그러나 당신의 변호사는 정말 지독한 사람이었던 것 같군요. 저쪽에서 주장하는 사실은 그것뿐입니까?"

변호사가 메모를 적으며 묻자 웨스틀랜드는 이맛살을 찌푸리며 생각에 잠겼다.

"그렇다고 생각됩니다만…… 아니, 또 한 가지 있습니다. 그 아파트 아래층 사나이가 잠자리에 들기 전 아내와 차를 마시며 총소리 같은 것을 들었다고 증언했습니다. 두 사람 다 12시 20분쯤이었다고 말했지요. 셔틀이라는 사람입니다."

"그런데 당신은 12시 조금 지나서부터 1시 가까이까지 부인 방에 있었다고 인정했지요?"

"물론입니다. 그런 일로 거짓말할 까닭이 없잖습니까?"

"당신은 틀림없이 검사 측에게는 더없이 좋은 증인이었을 겁니다."

변호사는 안경을 밀어 올렸다.

"낚시바늘처럼 생긴 이런 코라면 안경이 제대로 올라앉아 있으리라고 생각하겠지요?"
그는 테이블에 팔꿈치를 괴고 가만히 웨스틀랜드를 보았다.
"당신을 해치려는 사람은 없습니까?"
"내가 아는 한…… 아무도 없습니다."
"당신 재산은 누구에게 물려주게 되어 있습니까?"
"일부는 에밀리 루에게로 가게 되어 있습니다…… 3분의 2입니다만. 나머지는 사촌인 로런스 워튼에게로 갑니다. 이 사실은 에밀리 루에게 비밀로 하고 있습니다. 그녀는 모르고 있지요."
웨스틀랜드는 담배에 불을 붙였다.
"그리고 내 잔시중을 들어주는 사이먼즈라는 사나이에게 1만 달러."
"당신 재산은 얼마나 됩니까?"
"35만 달러쯤 될 겁니다. 변호비며 그 밖의 일에 10만 달러쯤 썼으니까요. 물론 자질구레한 것이며 조금 있는 부동산은 포함되지 않습니다."
웨스틀랜드는 이마를 쓰다듬었다.
변호사는 오른쪽 눈이 감겨버릴 만큼 손가락으로 뺨을 눌러대고 있었다.
"공동경영자 가운데 한 사람이 당신을 해칠 만한 일은 없습니까?"
"없습니다. 그런 짓을 하면 장사에 지장이 생기니까요. 물론 요즘 5년 동안은 경기가 나빠서 내 개인적인 수입이 없었다면 퍽 혼났을 겁니다. 태평하기는커녕 악착스럽게 일해야만 했을 테니까요."
"그럼, 회사에서는 그리 독재적이지 않았습니까?"
"천만에요. 나 자신의 몫을 가지고 있기는 했지만 절반쯤 은퇴한 거나 다름없었지요."

갑자기 변호사가 의자를 뒤로 밀어내며 일어섰다.

"운이 나빴거나 함정에 빠진 거겠지요."

변호사는 엄지손가락 끝으로 앞니를 톡톡 두드렸다. 그리고 웨스틀랜드를 내려누르듯 말했다.

"아무래도 내가 생각하기에는 함정에 빠진 것 같습니다. 그러나 법률상의 조언만으로는 아무 도움도 되지 않을 겁니다."

"그럼, 힘이 되어줄 수 없다는……."

"물론 힘이 되어드리지요. 당신의 이야기는 납득이 갑니다. 그러나 이제 와서 처형을 연기하는 방법은 하나뿐입니다. 지사 같은 사람은 새로 증거가 있다는 말에는 귀기울여주지 않을 테지요. 길은 하나…… 진범을 잡아야만 합니다."

변호사는 웨스틀랜드에게 손가락을 흔들어보였다.

방이 더욱 썰렁해졌다. 소장실문 밑의 틈 사이로 불빛이 새어나왔다.

"남은 날짜는 나흘입니다. 빨리 손쓰지 않으면……."

변호사는 부지런히 방 안을 서성거렸다.

"뉴욕으로부터 미국에서 가장 솜씨 좋은 탐정을 부릅시다. 그리고 내일 아침에는 당신도 말했듯이 사건에 관계된 사람들을 모두 모이게 합시다. 당신의 공동경영자와 그……."

그는 테이블에 놓여 있는 노트를 보았다.

"에밀리 루 마틴 양이로군요."

웨스틀랜드가 반대했다.

"어째서 그녀를 이런 곳에……."

변호사는 손을 들어 그의 말을 가로막았다.

"내가 만나고 싶습니다. 더욱이 그녀가 꼭 필요합니다. 그 편지를 쓴 M G라는 사나이를 찾는 일은 그녀에게 맡기는 편이 좋습니다.

사나이와 연락하는 것은 아무래도 여자 쪽이 빠르거든요. 미인이라면 더욱 그렇지요."
"확실히 그녀는 아름답지만……."
"또 한 가지, 교도소 밖의 일은 내가 모두 지휘하겠지만 당신도 보고를 빠짐없이 들어두는 편이 좋으리라고 생각합니다."
문득 무슨 생각이 떠오른 듯 변호사의 얼굴이 흐려졌다.
"귀찮은 것은 이곳 소장뿐인데……."
"그쪽은 이야기가 다 되어 있습니다."
"그거 참, 잘되었군요. 그럼, 내일 아침 맨 먼저 당신을 만나겠습니다. 다른 사람들도 불러놓지요."
변호사는 노트를 집어 들고 소장실문을 열었다. 회전의자에 몸을 비틀어 넣은 듯한 자세로 백홀츠 소장은 잠들어 있었다. 조용히 늘어진 지방질을 털럭거리고, 금빛 떡갈나무 테이블 끄트머리에서는 여송연 연기가 한 줄기 피어오르고 있었다.
변호사는 문가에서 걸음을 멈추고 웨스틀랜드를 돌아보았다. 그는 말하기 어려운 듯 입을 열었다.
"물론 나도…… 그…… 보수에 대해서는……."
"금액은 당신 쪽에서 말해 주십시오."
안경 속의 눈이 번쩍 빛났다. 변호사는 손을 비비며 말했다.
"그럼, 말하지요. 나는 언제나 내기를 하는 사람입니다. 당신이 석방되면 5만 달러 받겠으며, 모든 일이 잘 안되면 필요한 경비만 받겠습니다."
그는 문 앞에서 소장을 깨우러 다가가며 말을 이었다.
"재미있잖습니까? 5만이냐, 아니면……."
로버트 웨스틀랜드가 웃으면서 말을 받았다.
"필요한 경비만……."

그는 바지 엉덩이를 툭툭 털며 일어났다. 머릿속이 아주 뚜렷해져 왔다.

## 월요일 아침

 교도소라는 곳은 아침 일찍 일어나야 한다.
 이것은 어리석은 일로, 낮까지 자도록 내버려두면 시간이 좀더 빨리 지나갈 텐데 오전 6시면 벨을 울려 두드려 깨운다. 15분 뒤면 아침식사가 준비되는 것이다.
 그러나 로버트 웨스틀랜드는 오늘만은 이 6시 벨소리가 고맙게 여겨졌다. 아침식사가 기다려졌던 것은 아니다. 아침에 일찍 일어나면 그만큼 하루가 길기 때문이다.
 찬물로 얼굴을 씻고 바지와 셔츠를 입은 다음 담뱃불을 붙였다. 담배연기가 따뜻하고 맛있게 느껴졌다. 손이 차가웠으므로 두 손을 바지주머니에 집어넣었다.
 교도소 안에서도 이 사형수 감방은 마치 무덤 속처럼 축축한 곳에 있었다. 언제나 묘하게 습기 찬 바람이 복도를 스쳐지나갔다.
 웨스틀랜드는 에밀리 루가 들여보내준 과일바구니를 들고 독방 앞쪽으로 걸어가 이저도어 밸리처의 방을 들여다보았다. 그는 바구니를 내밀며 물었다.

"여기, 과일 들겠소?"

밸리처는 침대 위에 앉아 있었다. 재봉사처럼 두 발을 엉덩이 밑에 포개고 있었다. 목 둘레가 부어올라 푸르스름했다. 작은 눈이 귀찮은 듯 반짝였다.

"왜 그러오?"

"아무것도 아니오. 다 먹을 수가 없기 때문이오."

밸리처는 잠시 생각하더니 이윽고 납득이 간 듯 독방 앞쪽으로 나왔다.

"고맙소."

흙과 그을음으로 더러워진 손은 생생하게 금이 나 있다. 그 손이 마른 나뭇잎 빛깔의 배를 움켜쥐었다.

"좀더 가져가도 괜찮소."

웨스틀랜드는 권하며 온실에서 온 비로드처럼 윤기 도는 포도를 한 송이 집어주었다.

"고맙소."

밸리처는 되풀이 말하며 공손한 눈길로 포도송이를 바라보았다.

코너즈는 반대쪽에서 이 광경을 보고 있었다. 그는 배와 밀감을 집어 들며 말했다.

"미안하오."

코너즈의 얼굴은 아침 어스름 속에서 보니 마치 인디애나 석회석으로 조각한 것 같았다.

"덕분에 형편없는 아침식사를 맛있게 먹겠는걸."

로버트 웨스틀랜드는 복숭아를 집어 들고 바구니를 내려놓았다. 시큼하고 달콤함 과즙이 입속에 산뜻하게 감돌았다. 그는 복숭아를 배어 물면서 말했다.

"이제 곧 아침식사가 오겠군요."

"아, 그 커다란 얼굴의 교도관 녀석도 곧 올 거요. 언제든지 그 녀석을 내 손으로 혼내주고 말겠소."

코너즈는 턱 힘줄이 피아노선처럼 팽팽해졌다.

"그런 녀석에게 신경 쓸 건 없소."

웨스틀랜드가 말했다.

얼마 동안 두 사람은 생각에 잠기며 과일을 먹고 있었다.

코너즈가 입을 열었다.

"어제 저녁에 어디 갔었소?"

웨스틀랜드는 편지와 핑클슈타인 변호사에 대한 일이며 자신을 구해낼 계획 등을 이야기했다.

코너즈는 수수께끼의 편지를 쓴 사람과 연락할 곳의 이름을 듣자 이마에 주름을 잡았다.

"조 페트로라고? 들어본 적이 있는 이름이오. 장물아비지요. 그는 경찰의 눈을 속이기 위해 식당을 하고 있소. 나는 그런 녀석은 상대도 하지 않았지만."

"오전 중에 이 M G라는 자를 찾아내려는 거요."

코너즈는 위로하듯 말했다.

"잘되면 좋을 텐데. 이렇게 죽어서는 안 되니 말이오."

잠시 뒤 교도관 퍼시빌 골트가 아침식사를 들고 나타났다. 그는 라디오 아나운서 같은 목소리로 명랑하게 말했다.

"여러분, 안녕히 주무셨습니까."

목의 목울대가 올라갔다 내려왔다 했다. 기다란 말 같은 얼굴에 수염이 더부룩이 자라 있었다. 웨스틀랜드에게 접시를 건네줄 때 더러운 엄지손가락을 오트밀이며 우유에 처박았다. 그러나 코너즈에게는 벽에 몸을 바싹대고 이 갱 두목의 손이 닿지 않도록 겁먹은 태도로 밀어주었다.

"당신은 여기로 회의를 소집한 모양이더군요."

백홀츠 소장은 로버트 웨스틀랜드를 어젯밤의 그 방으로 데려가며 숨을 헐떡거렸다. 그는 걸음을 멈추고 문손잡이를 잡더니 살짝 얼굴에 아첨하는 듯한 빛을 떠올리며 물었다.

"나에 대한 일을 잊지 않겠지요?"

웨스틀랜드는 소장의 손 위에 자기 손을 얹어 문을 열었다. 방에는 많은 사람들이 있었으며, 리처드 볼스턴의 금발도 보였다.

웨스틀랜드는 그에게 말을 걸었다.

"리처드, 잠깐 이쪽으로 와주지 않겠나?"

볼스턴은 문 쪽으로 걸어왔다. 가느다란 줄무늬 갈색 트위드 양복은 어깨너비가 넓은 몸에 잘 맞았으며, 갈색 선이 둘려진 손수건이 가슴주머니에 아무렇게나 찔러 넣어져 있다. 몸집이 우람하여 웨스틀랜드보다 머리 절반쯤이나 키가 컸으며, 인상 좋은 사나이였다. 나이는 35살쯤 되어보였다.

웨스틀랜드가 귓가에 대고 뭐라고 소곤거리자 볼스턴은 바지 뒷주머니에서 돼지가죽 표지가 붙은 수표장을 꺼냈다.

백홀츠 소장이 크고 두툼한 손을 들어올리며 말했다.

"현금으로."

볼스턴의 파란 눈이 살피는 듯한 빛을 떠올리며 웨스틀랜드 쪽을 돌아보았다.

웨스틀랜드가 말했다.

"오늘 오후 이리로 가져와야 하네."

백홀츠 소장이 머리를 숙였다. 뺨이 늘어져서 턱뼈보다 아래로 축 처졌다.

"당신들을 방해하지는 않겠소."

소장은 손을 흔들어 두 사람을 안으로 들여보냈다.

11월 아침의 희뿌연 빛을 받은 방 안은 희미한 사람 그림자로 가득 찬 듯이 보였다. 웨스틀랜드는 문 앞에서 잠깐 주춤하며 눈을 깜박거렸다.

누군가가 창문을 열었다. 맑고 축축한 공기가 흘러들어왔다. 희미하게 감도는 생선 비린내는 밍건 호수에서 서쪽 바람을 타고 온 냄새였다.

웨스틀랜드는 다른 사람들은 본 척도 하지 않고 비단 스타킹을 신은 다리를 포갠 채 테이블에 걸터앉은 에밀리 루 마틴에게로 곧장 갔다.

그녀는 빨간 울 스포츠 드레스에 노르스름한 멋진 서머밍크 코트를 걸치고 있었다. 갈색 펠트 모자에서 노란 깃털이 귀엽게 까딱 움직였다. 테이블에서 훌쩍 내려 그녀는 웨스틀랜드 곁으로 달려가 목에 팔을 둘렀다.

"만날 수 있어서 다행이에요, 기뻐요."

그녀는 웨스틀랜드에게 키스했다.

웨스틀랜드는 그녀의 허리로 손을 돌린 채 모인 사람들 쪽을 돌아보았다. 창가에 낯선 사나이가 둘 서 있었다. 그는 핑클슈타인 변호사에게로 궁금한 눈길을 돌렸다.

"사립탐정 윌리엄 크레인 씨와 조수 윌리엄즈 씨입니다."

변호사는 웨스틀랜드에게 소개한 다음 손을 입에 대고 헛기침을 했다.

"오늘 아침 뉴욕에서 비행기로 왔지요."

웨스틀랜드는 두 사람과 악수했다. 크레인이 인사했다.

"부디 잘 부탁합니다."

그는 햇볕에 그을린 젊은 사나이로 볼스턴이 입은 것과 같은 갈색 트위드 양복차림이었는데, 그의 옷감은 얇았고 그대로 입고서 잤는지

구겨져 있었다.

　윌리엄즈는 재빨라 보이는 몸집 작은 사나이로 반짝이는 검은 눈에 검은 콧수염을 기르고 있었다. 그는 큰소리로 인사했다.

"웨스틀랜드 씨, 잘 부탁합니다."

그의 오른쪽 관자놀이께의 머리카락에 뚜렷이 한줄기 흰빛이 있었다.

　핑클슈타인 변호사가 끈적한 목소리로 말하기 시작했다.

"저, 웨스틀랜드 씨, 형편 좋게 잘되지는 않았습니다. 이 분들의 탐정사무소 소장 블랙 대령은 지금 영국에서 없어진 2절판 셰익스피어를 수사하고 있는 중이어서 손을 빌릴 수가 없었지요. 크레인 씨는 블랙 씨 밑에 있습니다. 나로서는 블랙씨를……."

웨스틀랜드가 말했다.

"아니, 크레인 씨도 마찬가지로 잘 해주리라고 생각합니다."

크레인은 그 말이 맞는다는 듯 빙그레 웃으며 고개를 끄덕였다.

구석 쪽에서 소곤소곤 이야기하고 있는 이들은 웨스틀랜드의 공동 경영자인 인상 좋은 로널드 우드베리와 사촌 로런스 워튼이었다.

웨스틀랜드가 큰소리로 말했다.

"여, 와 있었구먼."

워튼은 뚱뚱한 중년사나이로 바람과 위스키에 탄 불그스름한 얼굴을 하고 있었다. 폴로와 골프를 아주 잘했다.

"놀랐네. 대체 어떻게 된 건가?"

워튼에 이어서 우드베리가 말했다.

"건강해 보여서 다행일세."

우드베리는 라틴 풍의 호남자였다. 살빛이 가무잡잡하고 늘씬한 몸집이 세련되어 보였다.

웨스틀랜드는 사람들을 빙 둘러본 뒤 워튼에게 대답했다.

"나 자신도 잘 모르네. 이 변호사에게 모든 일을 다 맡겼으니까."

이때 누군가가 위엄 있게 문을 노크했다. 문 옆에 서 있던 볼스턴이 손잡이를 돌렸다.

백홀츠 소장의 뻘건 얼굴이 불쑥 나타났다. 그는 웃으면서 말했다.

"또 두 사람 더 왔소."

젊은 여자와 머리 희끗희끗한 남자가 뚱뚱한 소장 옆을 헤치듯하며 방 안으로 들어왔다.

여자는 늘씬하게 키가 컸으며——에밀리 루보다 훨씬 컸다——머리카락이 검었다. 이국적인 정서가 감도는 남미풍 미인이었다. 살빛이 희고 아름다웠으며 파란 마스카라를 칠한 눈은 열정적이었다. 빨간 입술은 좋고 싫은 것이 뚜렷한 성격임을 나타내보여 주었다. 전에 웨스틀랜드의 비서로 일했던 마거트 블렌티노였다. 그녀의 아버지는 나폴리 은행 시카고 지점의 부지점장이었다.

남자는 웨스틀랜드의 회사 지배인, 등이 구부정한 믿음직스럽지 못해 보이는 노인으로, 이 노인에게 에이머스 수프레이그라는 이름이 있다는 사실을 만난 사람은 아무도 기억해 주지 않았다.

웨스틀랜드는 이 두 사람과 악수하고 탐정을 소개했다. 에밀리 루 마틴은 마거트 블렌티노에게 차갑게 가벼운 인사를 했을 뿐이었다.

핑클슈타인 변호사가 소장실문을 쾅 닫고 나서 입을 열었다.

"자, 이제 다 모였군요. 그럼, 모두 자리에 앉아 주십시오."

크레인이 블렌티노 양에게 의자를 권하고 자신은 윌리엄즈와 함께 열려진 창틀에 걸터앉았다. 블렌티노 양에게서 까롱 향수회사의 스위트피 향기가 풍겼다.

변호사가 말하기 시작했다.

"여러분에게 이처럼 모여 달라고 한 것은 좀 우스운 일일지도 모르지만, 실은 웨스틀랜드 씨와 나는 여러분의 힘이 필요합니다."

윌리엄즈를 물끄러미 바라보던 모두들의 눈길이 에밀리 루 마틴을 지나 테이블에 걸터앉은 웨스틀랜드에게로 옮겨갔다. 윌리엄즈만이 눈을 빛내며 에밀리 루의 매력적인 동그란 무릎을 가만히 지켜보고 있었다.

변호사는 말을 계속했다.

"웨스틀랜드 씨는 아직 무죄임을 증명할 수 있을 만한 어떤 편지를 받았습니다. 먼저 여러분에게 그 편지를 읽어드리기로 하겠습니다."

변호사는 편지를 꺼내 우드베리에게 건네주었다. 우드베리에게서 에밀리 루에게로 건너갔다.

그녀는 그 편지를 읽고 기쁨에 몸을 떨었다.

"어머나, 이것으로 당신은 석방될 수 있을 거예요."

그녀는 웨스틀랜드의 팔을 꼭 잡았다.

웨스틀랜드가 말했다.

"첫째 이 편지를 쓴 M G라는 사나이를 찾아야 하오."

다음에 볼스턴이 에밀리 루에게서 편지를 받아들었다. 워튼이 그 등 뒤에서 들여다보았다. 다 읽고 나자 볼스턴은 웨스틀랜드의 손을 움켜잡았다. 그의 머리카락은 톱밥 빛깔이었다.

"이거 정말 좋은 뉴스로군. 이번 사건이 일어난 뒤로 자네가 잡은 오직 하나의 행운일세."

창문이 뒤흔들릴 만큼 큰소리로 워튼이 말했다.

"그렇네! 자네가 유죄라니, 나는 한 번도 정말로 믿은 적이 없었다네!"

그는 모두들이 자기 목소리에 깜짝 놀란 것을 깨닫고 나직이 덧붙였다.

"결국 그런 증거로는 나는 납득할 수 없었지."

그는 변호사 쪽으로 향해 손가락을 휘둘러보였다.

"이 사람이 말을 다루는 것을 보면 아내를 죽일 리 없다는 걸 알 수 있지요."

편지가 한 바퀴 돌아 수프레이그 노인에게서 변호사의 손으로 돌아왔다. 왁자지껄한 축하인사에 웨스틀랜드는 아무런 대답도 하지 않았다.

목소리가 가라앉자 변호사가 편지를 쳐들고 흔들어대며 말했다.

"여러분, 조용히 해주십시오. 우리에게는 해야 할 일이 있습니다."

블렌티노 양이 가느다란 손가락을 아랫입술에 갖다댔다. 매니큐어를 칠한 빨간 손톱이 석류빛 입술보다 밝게 빛났다. 그녀의 사랑스러운 입매가 야무지게 움직였다.

"나는 지금 그 편지를 쓴 사나이를 알고 있는 것 같은 생각이 들어요. 홀스테드 거리에서 이탈리아 음식점을 하고 있지요. 듣자니 옛날에는 알 카포네의 일당이었다고 하더군요……. 인상 좋은 사람은 아니었지만."

"인상이 좋든 나쁘든 그를 만나야만 합니다."

그리고 변호사는 워튼 쪽으로 돌아앉았다.

"그러나 그 방법을 정하기 전에 어째서 여러분에게 여기 모여 달라고 부탁했는지 말하고 싶습니다. 나는 웨스틀랜드 씨가 자유로운 몸이 될 희망이 있다고 생각합니다. 물론 천에 하나의 기회입니다만, 당신들도 기꺼이 도와주시리라고 여깁니다."

워튼은 변호사가 가만히 바라보자 지루한 듯이 붉은 뺨을 부풀렸다.

"물론이지요. 해 봅시다."

변호사는 말을 이었다.

"이것은 색다른 사건입니다. 어떤 탐정도 앞으로 남은 시간 안에

이 사건을 해결하기는 어려운 일입니다. 이의가 없겠지요?"
그는 탐정에게 머리 숙여 보였다.
"없습니다."
크레인이 대답했다.
그러자 변호사는 자못 중대한 이야기를 하듯 크게 숨을 내쉰 다음 말을 이었다.
"그러나 이 사건에는 다른 방법도 있습니다. 틀에 박힌 게 아니라 엉뚱한 방법입니다만, 나는 그 방법을 쓰려고 마음먹고 있습니다. 당신들도 모두 탐정이 돼주십시오."
"우리가?"
워튼이 믿어지지 않는다는 듯이 거친 목소리로 외쳤다. 그는 핏발 선 눈으로 변호사를 노려보며 항의했다.
"여기 있는 사람들이 셜록 홈즈 놀이의 무엇을 안다는 겁니까?"
"그러나 이 사건의 배경을 탐정이 조사하려면, 그 일만으로도 대엿 새쯤 걸릴 겁니다. 그리하여 가까스로 제대로 일할 수 있게 될 무렵이면 웨스틀랜드 씨는……."
웨스틀랜드가 말을 받았다.
"무덤속에 있겠지요."
"그만둬요!"
에밀리 루가 화난 목소리로 외치며 웨스틀랜드의 팔에 매달렸다. 그녀의 부드러운 뺨이 그의 어깨에 찰싹 붙었다.
크레인이 윌리엄즈의 귀에 날카롭게 속삭였다.
"바보 같으니, 어지간히 해 둬."
윌리엄즈는 마지못한 듯 에밀리 루의 무릎에서 눈길을 돌렸다.
수제품인 회색 가죽장갑이 로널드 우드베리의 손에서 금손잡이가 장식된 스틱 위로 축 늘어졌다.

"그렇다면 핑클슈타인 씨, 우리 손으로 범인을 잡을 수 있게 될지도 모른다는 겁니까?"

"그렇습니다."

변호사는 비단 손수건으로 안경을 닦았다.

"여기 모인 여러분은 사건에 대해서 조그마한 일까지 모두 알고 있습니다. 시체를 발견한 사람도 여기 있으니까요."

그는 볼스턴의 금발을 손가락으로 가리켰다.

"그리고 우드베리 씨, 당신은 웨스틀랜드 부인을 살해하는 데 쓴 것과 같은 자동권총을 가지고 있습니다. 에밀리 루 마틴 양은 사건이 일어난 날 밤 웨스틀랜드 씨에게 걸려왔던 그녀의 가짜 전화 때문에 도움이 됩니다."

변호사는 허리에 손을 대고 작은 방 안을 왔다갔다했다.

"우선 첫째 이 살인의 동기는 무엇인가? 웨스틀랜드 씨는 우연히 말려든 것인가?"

그는 문 옆 구석에서 연극적으로 크게 숨을 내쉬어보였다.

"아니면 범인이 웨스틀랜드 씨를 파멸시키기 위해 이 살인을 계획했는가?"

변호사는 훌륭한 연기를 보여주고 있었다. 두 손으로 숱이 적은 엉성한 머리카락을 긁적인 다음 열심히 듣는 사람들 쪽으로 손가락을 흔들어댔다.

"만일 웨스틀랜드 씨를 파멸시키는 것이 목적이라면 어째서 그를 죽여 버리지 않았는가?"

변호사는 여호와 신이나 열 두 배심원에게 호소하고 있기라도 하듯 두 손을 앞으로 내밀었다.

"이 방에 모인 사람 가운데 누군가가 이 질문에 대답해 줄 것입니다."

30초쯤 침묵이 흘렀다.

우드베리가 물었다.

"그럼, 당신은 이 가운데 한 사람이 그…… 범인과 통하고 있다고 ……."

"아닙니다, 천만에요. 그런 말은 하지 않았습니다."

변호사는 손바닥을 펼쳐 보이며 그 질문을 피했다.

"나는 다만 당신들이 웨스틀랜드 씨와 가깝다는 말을 했을 뿐입니다. 여기에는 친구도 고용인도 있습니다. 만일 범인이 내가 생각한 그를 함정에 빠뜨리려고 한 것이라면, 어째서 그런 짓을 했는지 당신들은 무언가 단서를 잡을 수 있을 겁니다."

변호사는 웨스틀랜드 앞에서 멈춰 섰다.

"본 적도 없는 모르는 다른 사람이 그에게 죄를 씌우기 위해 일부러 애써 이분의 부인을 죽이거나 하겠습니까?"

우드베리가 말쑥한 검은 머리를 가로저었다.

"로버트를 없애기 위해 부인을 죽였다는 당신의 말을 인정한다면, 그런 일은 있을 수 없지요."

에밀리 루 마틴의 가냘픈 몸이 테이블 위에서 가볍게 흔들렸다. 그녀는 바다처럼 파란 눈을 동그랗게 뜨고 있었다.

"그래서 우리는 어떻게 해야 하지요?"

그녀는 다리를 포개고 빨간 스커트를 끌어당겼다.

크레인이 경고하듯 윌리엄즈 쪽을 노려보았다.

변호사가 말했다.

"웨스틀랜드 씨를 유죄로 만들고 있는 증거를 다시 한번 음미해 봅시다."

변호사는 노트를 꺼냈다.

"조사해야 할 중요한 일은 네 가지입니다.

첫째로 열쇠입니다. 열쇠는 두 개밖에 없지요. 부인의 열쇠는 아파트 방 안에서 발견되었고, 웨스틀랜드 씨의 열쇠는 그가 가지고 있었습니다. 그러나 살인이 일어난 뒤 안쪽에서였든 바깥쪽에서였든 아무튼 방은 굳게 잠겨 있었습니다. 그러므로 범인이 어떻게 드나들었는가 하는 점을 알아내야 합니다.

둘째로 웨스틀랜드 씨의 권총이 어떻게 되었는지, 부인을 쏘기 위해 그 권총을 훔쳐낼 수 있었던 사람은 누구인지…… 이 점을 누군가가 알아내주어야 합니다. 잘되면 단서가 나올 것입니다.

셋째로 에밀리 루 마틴 양의 이름을 댄 전화에 대해 조사해 볼 필요가 있습니다. 누군가 웨스틀랜드 씨도 속을 만한 목소리를 냈다면 그녀는 에밀리 루 마틴 양을 잘 알고 있었을 게 틀림없습니다.

넷째는 총소리 문제입니다. 아파트 아래층에 사는 사나이는 그날 밤 12시 20분에 총소리를 들었다고 말했습니다. 웨스틀랜드 씨는 그 시각에 부인 방에 함께 있었음을 인정하고 있습니다. 이것도 조사해 볼 필요가 있습니다."

리처드 볼스턴이 갈색 트위드 윗옷 속에서 넓은 어깨를 위세 있게 으쓱했다.

"재미있게 되어가는군. 어째서 좀더 빨리 시작하지 못했을까?"

그러자 웨스틀랜드가 말했다.

"리처드, 그건 내가 나빴던 걸세. 어제까지만 하더라도 이 일을 내버려두고 있었거든."

이번에는 워튼이 끼어들었다.

"맞았어! 변호사님, 당신이 못 보고 넘긴 사나이가 있습니다."

"누구입니까?"

"웨스틀랜드의 고용인 사이먼즈입니다."

너무도 열심히 말하여 워튼의 얼굴은 칠면조처럼 뻘개졌다.
"그에게 물으면 권총에 관한 일을 알 수 있을 겁니다."
그는 우람한 몸을 의자 위에서 앞뒤로 흔들며 크레인 쪽을 보았다.
"어떻습니까? 전문가도 아닌 사람치고는 제법이지요?"
변호사가 입을 열었다.
"사이먼즈를 찾아봅시다. 잘 생각해 내주셨습니다."
에밀리 루가 물었다.
"하지만 우리는 무엇을 하지요?"
"우선 이 편지를 쓴 M G라는 사람을 찾아야 합니다. 우리의 수사로 범인이 경계하기 전에 그 사나이를 붙잡아 두는 편이 좋습니다."
리처드 볼스턴이 의자에서 일어났다. 마치 프로 권투선수 같은 몸집이었다. 떡 벌어진 어깨에 가는 허리가 단단해 보였다.
"그 일은 내게 안성맞춤이로군."
변호사가 손을 들어 가로막았다.
"좀더 좋은 생각 있습니다. M G란 아마 좀도둑 같은 사나이로 범죄자이라라고 생각합니다. 그러므로 이쪽이 사나이여서 그와 연락을 취하기가 쉽지 않습니다. 그러나······."
변호사는 에밀리 루에게로 웃음지은 얼굴을 돌렸다.
"아름다운 여성이 찾아 나서면 틀림없이 발견될 겁니다."
웨스틀랜드가 끼어들었다.
"에밀리에게 그런 곳을 서성거리게 하고 싶지 않습니다······ 절대로 싫습니다."
에밀리 루의 입이 삐죽이 내밀어졌다.
블렌티노 양이 외국 사투리가 좀 섞인 묘하게 거드름부리는 목소리로 말했다.

"내가 찾을까요? 나는 두려워하지 않아요. 물론 아름답지 못하기 때문에 안 된다면 어쩔 수 없지만."

에밀리 루 마틴이 말했다.

"나도 두렵지 않아요."

변호사가 끼어들었다.

"그렇군요. 둘이서 함께 가는 게 좋지 않겠습니까?"

웨스틀랜드가 뭔가 말하려고 했으나 변호사가 가로막았다.

"두 분 다 결코 위험한 일은 없을 겁니다. 크레인 씨와 윌리엄즈 씨가 두 분을 호위해 드릴 테니까요."

볼스턴이 따져 물었다.

"그럼, 나는 어떻게 되는 겁니까? 그리고 우드베리와 워튼은?"

그러자 워튼이 맞장구쳤다.

"정말 그렇습니다."

변호사가 힘주어 말했다.

"크레인 씨와 윌리엄즈 씨는 아주 능숙한 탐정입니다. 일단 마틴 양이 그 M G라는 사나이에게 접근하기만 하면 두 분은 결코 그를 놓치지 않을 겁니다. 만일 그 사나이가 마틴 양에게 이야기하기를 꺼리거나 하면 그때 두 분 가운데 누군가가 나서기로 하면 어떻겠습니까?"

우드베리가 말했다.

"그게 좋겠구먼."

웨스틀랜드가 말했다.

"그 의견에는 찬성할 수 없습니다."

그러자 크레인이 걸터앉았던 창틀에서 내려서며 말했다.

"여성들은 결코 염려없습니다. 우리 두 사람 가운데 하나가 늘 함께 있도록 할 테니까요."

"그럼, 이제 앞으로의 방침에 대해 이야기합시다."
변호사는 두 손으로 미끄러져 내린 안경을 고쳐 썼다.
"보고는 모두 웨스틀랜드 씨에게 해주십시오. 하루에 한번 소장이 웨스틀랜드 씨를 만나게 해줄 겁니다. 웨스틀랜드 씨는 자신의 사건을 맡은 탐정이 되는 겁니다."
변호사는 한숨 돌렸다.
"물론 여러 가지 의견을 끌어내어 모두 도와야 합니다. 내가 밖에서의 총지휘자가 될 터이니 여러분은 나로부터 저마다 할 일을 받아주십시오. 이의 있습니까?"
모두들 이의없다고 말했다.
변호사는 두께가 얇은 금손목시계를 보았다.
"이제 슬슬 점심식사를 할 시간입니다. 크레인 씨는 두 여자 분과 함께 조 페트로의 가게에서 점심식사를 해주십시오. 그리고 우리는 수사 결과를 기다리기로 합시다. 몸을 움직이지 않을 때에도 늘 사건에 대한 일을 머릿속에 떠올려 주십시오."
그는 손수건을 잘 접어 가슴주머니에 넣었다.
수프레이그 노인이 불쑥 말했다.
"이 문제를 해결하는 것은 힘이 아니라 두뇌로군요."
워튼이 문을 열면서 말했다.
"나는 레익 포레스트에 있겠습니다."
그는 소장실로 들어갔다. 소장은 자리에 없었다.
에밀리 루는 모두들의 뒤에 남았다. 그녀는 웨스틀랜드에게 키스하며 말했다.
"이제 모든 일이 다 잘되겠지요."
노란 깃털이 웨스틀랜드의 귀를 간지럽혔다. 그는 몸을 구부려 그녀에게 키스했다.

"그렇게 되면 좋겠소만."
 손을 마주잡고 두 사람은 크레인이 기다리고 있는 소장실 쪽으로 걸어갔다.

## 월요일 낮

　교도소 밖에 있는 형사법정 건물의 넓은 층계 위에 선 사립탐정 윌리엄 크레인은 꽤 열성스러운 모습이었다. 털가죽 코트를 입은 에밀리 루의 팔을 잡고 한 단 한 단 부축해 내려갔다. 진주 빛으로 흐린 한낮의 햇빛으로 보니 그녀의 머리카락은 갈색이라기보다 붉은색에 가까웠다.
　크레인이 물었다.
　"그 페트로라는 사나이의 가게로 어떻게 가지요?"
　"택시를 잡아요."
　아름다운 녹색 마스카라는 그대로였지만 눈에 괴었던 눈물은 코와 뺨의 오목한 곳을 따라 흘러내렸다. 그녀는 손수건으로 눈을 누른 다음 크레인에게 쓸쓸히 웃음지어 보였다.
　"용기를 가져야겠다고 애쓰지만 도무지 참을 수가 없어서…… 너무 가망성이 엷은 걸요."
　"정말 억측 같습니다. 하지만 아무것도 하지 않는 것보다는 뭔가를 하는 편이 낫지요."

그들은 보도까지 내려오자 먼저 나온 윌리엄즈와 블렌티노 양을 찾았다.

한낮이 조금 지났을 뿐인데 하늘은 진눈깨비라도 내릴 듯 짙은 잿빛 구름에 휘덮여 음침했다. 공기가 차가웠지만 바람은 불지 않았다. 마치 커다란 전기냉장고 속에 서 있는 듯했다.

에밀리 루가 몸서리치며 말했다.

"무서워요. 뭔가 무서운 일이 일어날 것만 같아서……"

크레인이 대답했다.

"추울 뿐이오. 점심식사를 하면 좀 기운이 날 겁니다."

윌리엄즈는 길가에 세워둔 커다란 갈색 컨버터블을 감탄한 듯이 바라보고 있었다. 그는 에밀리 루와 크레인이 다가가자 외경스러움이 담긴 목소리로 설명했다.

"이건 롤스로이스 차체를 쓴 영국제 벤트리입니다. 세계에서 가장 빠른 자동차지요. 지난달에 이 자동차와 똑같은 것을 롱아일랜드에서 보았습니다. 내 낡은 시보레를 팔아치우고 이것을 갖고 싶습니다."

그는 라디에이터 부근에 오른쪽 엄지손가락으로 둥그렇게 동그라미를 그렸다. 에밀리 루가 말했다.

"볼스턴 씨의 자동차예요. 그는 어디로 갔을까?"

그러자 윌리엄즈가 대답했다.

"그는 못 보았지만 우드베리 씨는 저 앞에 있습니다. 검은 머리의 여자와 이야기하고 있더군요."

우드베리와 블렌티노 양은 얼굴을 가까이 하고 마치 비밀이야기를 하듯 수군거리고 있었는데, 모두들이 다가가자 재빨리 서로 떨어졌다.

에밀리 루가 말했다.

"마치 무슨 음모를 꾸미고 있는 것 같군요."
우드베리가 크레인을 보며 말했다.
"일 문제로 잠깐 이야기를 나누었습니다. 블렌티노 양은 로버트가 저렇게 된 뒤 내 비서 일을 맡아주고 있으므로……."
크레인이 말했다.
"방해해서 미안합니다. 하지만 그 편지 일로 나가봐야만 해서요."
우드베리가 맞장구쳤다.
"그렇지. 나도 함께 가면 어떻겠습니까? 그 가게까지 자동차로 데려다줄 수 있는데다 남자가 한 사람 더 있으면 마음 든든할 테니까요."
"글쎄요. 남자가 많으면 그만큼 페트로도 의심하겠지요. 그 때문에 아가씨들을 모시고 가는 거니까요."
크레인은 말하면서 블렌티노 양의 침착하지 못한 검은 눈을 들여다 보았다.
"걱정할 것 없습니다."
"나는 조금도 두렵지 않아요."
"택시!" 하고 윌리엄즈가 외쳤다.
노란색 택시 한 대가 콘크리트에 타이어 소리를 내며 보도 끝에 멈춰 섰다. 윌리엄즈가 과장된 몸짓으로 문을 열었다. 모두들 택시에 올랐다. 크레인은 두 여자 사이에 끼어 앉고 윌리엄즈는 조수석에 탔다.
크레인이 운전 기사에게 말했다.
"남 홀스테드 거리 901번지로 갑시다."
자동차가 달리기 시작하자 우드베리가 말했다.
"잘하십시오."
블렌티노 양이 뒤창문으로 손을 흔들어 보였다.

그 가게까지는 자동차로 고작 5분 걸렸다.

크레인이 50센트 동전을 운전 기사에게 건네주고 거스름돈은 필요 없다고 말했다.

페트로의 가게는 가슴 높이쯤까지 초록색과 흰색 차광막이 둘러져 있었다. 그 안의 마호가니 카운터에서 맥주를 마시고 있는 이탈리아 사나이들의 윗몸만이 보였다.

크레인이 문을 열었다. 가게 안쪽에 마직 테이블보를 씌운 테이블이 놓여 있었다. 크레인은 모두들 다 들어갈 때까지 문을 잡아주었다. 가게 안에는 버번 위스키와 시큼한 맥주 냄새가 코를 찔렀다.

크레인은 매무새가 단정치 못한 바텐더에게 물었다.

"뭘 좀 먹게 해 주겠소?"

"아, 네, 얼마든지요."

금이 간 마룻바닥을 삐걱삐걱 밟으며 모두들 안쪽으로 갔다. 카운터에 늘어앉은 이탈리아 사나이들이 눈을 둥그렇게 뜨고 두 여자를 바라보았다. 한 테이블에서 초록빛 중절모를 쓴 결핵환자 같은 가무잡잡한 금발 사나이가 몹시 열띤 목소리로 말다툼하고 있었다. 크레인은 그들에게서 되도록 떨어진 자리를 골랐다.

윌리엄즈가 에밀리 루의 털가죽외투를 벗겨주고 있는데 소프트 모자를 쓴 종업원이 주방에서 나왔다. 그는 그들을 보자 좀 놀란 듯이 허둥지둥 안으로 들어가 버렸다.

"이게 무슨 일이람. 우리도 모자를 쓰고 있는 편이 좋을지 모르겠는걸. 모자를 쓰고 있지 않으면 누군가의 총에 맞는 게 아닐까?"

윌리엄즈는 중얼거리며 에밀리 루에게 웃음지어 보였다.

그러자 크레인이 말했다.

"모자를 쓰면 신문기자로 잘못 보일 걸세. 그보다는 차라리 총을 맞는 편이 낫지."

종업원이 다시 나타나서 물이 든 글라스 네 개를 나누어 놓았다. 사팔뜨기 눈에 덥수룩하게 수염을 길렀으며 왼쪽 귓불이 없는 사나이였다.

여전히 모자를 쓴 채였다. 그는 수상쩍은 듯이 윌리엄즈를 보며 물었다.

"뭘 드시겠습니까?"

윌리엄즈가 말했다.

"버번."

크레인이 두 여자에게 물었다.

"마티니가 어떻겠습니까?"

두 사람 다 고개를 끄덕였으므로 크레인이 주문했다.

"드라이 마티니 셋과 버번."

종업원의 얼굴이 침착해졌다. 그는 커다랗게 입을 벌리고 소리쳤다.

"올리브 셋, 켄터키 스트레이트!"

가만히 귀기울이고 있자 멀리서 바텐더가 고함쳤다.

"마침 알맞게 돌아왔군."

종업원은 마음 놓은 듯한 표정을 지었다.

"식사는 뭘로 하시겠습니까?"

크레인이 오르되브르, 그린 누들, 버섯과 상추 샐러드가 어떻겠느냐고 묻자 모두들뿐만 아니라 종업원까지도 그것이 좋겠다고 말했다.

종업원이 물러가자 윌리엄즈가 입을 열었다.

"저 사나이가 모자를 쓰고 있는 것은 디어본 요새의 학살로 인디언에게 머리 가죽을 벗기웠기 때문입니다."

종업원이 갑자기 걸음을 멈추었다.

"뭐라고요, 손님?"

무시무시한 빛을 띤 검은 얼굴의 입술이 순간 일그러졌다.
"아무것도 아니오."
윌리엄즈는 당황한 표정으로 물을 마셨다. 종업원은 작은 문을 지나 주방으로 들어갔다.
윌리엄즈가 다시 말했다.
"아무래도 말이 좀 지나쳤던 듯싶군."
크레인이 그 말을 받아 주의를 주었다.
"그런 듯싶은 게 아니라 바로 그렇네."
마실 것에 이어서 나온 오르되브르는 아주 훌륭했다. 얇게 썬 토마토에 얹은 소금 맛이 나는 앤초비, 포도 식초에 담근 고추, 얇게 저민 볼로냐 소시지, 굵은 흰 새우, 말갛게 비쳐 보이는 듯한 햄 슬라이스, 코티지치즈를 넣은 셀러리. 버터 바른 딱딱한 이탈리아 빵과 함께 등나무바구니에 담겨 있는 병에 마시는 산뜻한 키앙티 와인 등 어느 것이나 모두 훌륭했다.
에밀리 루도 잘 먹었다.
"이렇게 맛있게 먹어본 적은 처음이에요!"
빨강머리를 흔들면서 사랑스럽게 파란 눈을 반짝이는 그녀는 마치 흥분한 여학생 같았다. 햇볕에 그을려 얼룩이 생긴 듯 얼굴이 빨갰다. 그녀는 조지아 사투리가 섞인 졸린 듯한 말투로 물었다.
"윌리엄즈 씨, 실컷 먹어도 괜찮겠어요?"
윌리엄즈는 그녀에게 넋을 빼앗기고 있었다. 그 장난기 어린 동그란 눈은 분명 동경하는 마음을 나타내보여 주었다. 그는 입가에 흘린 버찌 빛깔의 포도주를 냅킨으로 닦으며 말했다.
"네, 얼마든지. 많이많이 드십시오."
그 포도주는 마치 고춧가루라도 뿌린 듯 톡 쏘는 맛이 있었다. 더구나 산뜻하여 감칠맛이 있다. 홀짝 들이마실 때마다 크레인은 입이

오므라드는 것 같았다. 레몬을 입에 물었을 때와 같았는데, 다만 그 울고 싶어지는 듯한 기분은 들지 않았다. 그는 포도주를 홀짝거리며 두 여자를 바라보았다.

이토록 눈이 큰 여자는 처음 본다고 크레인은 생각했다.

두 사람 가운데 블렌티노 양 쪽이 한층 더 두드러져 보였다. 틀림없이 그녀의 얼굴에는 그 독특한 용모를 잃게 하는 것이 없기 때문이리라. 아주 모양 좋은 도톰한 진홍빛 입술은 그리 크게 벌려지지 않고 이야기할 때에도 거의 움직이지 않았다. 그녀의 얼굴은 덜로리스 델 리어의 벤더에서 만든 창백한 발레리나의 가면과 닮았다고 크레인은 생각했다. 더욱이 그 얼굴 깊숙한 속에서 까맣게 반짝이는 검은 두 눈에 생기가 돌았다.

에밀리 루는 또 다른 느낌이 들었다. 그녀의 파란 눈도 역시 컸지만 어디까지나 얼굴의 일부분이어서 얼굴이 움직이면 눈도 움직였다. 보조개가 양쪽 뺨에 살짝살짝 나타나고 웃으면 입술이 조금 벌어져 가지런한 이가 드러나 보였다. 그녀는 코까지 움직이려고 했다.

버섯을 곁들인 그린 누들을 다 먹고 나자 크레인은 종업원에게 주인이 있느냐고 물었다.

종업원은 한 손을 테이블에 짚고 빵을 한 조각 발로 밟아 비비며 물었다.

"무슨 일이지요? 요리가 잘못되었습니까?"

윌리엄즈가 의자를 뒤로 밀어내고 일어섰다. 그는 접시 옆에 냅킨을 놓으며 말했다.

"이 녀석을 죽여줄까."

크레인이 그 팔을 누르고 깜짝 놀라는 종업원에게 말했다.

"페트로 씨를 불러다줘."

종업원이 뒷걸음질로 물러가자 윌리엄즈는 다시 의자에 앉았다.

에밀리 루가 몹시 놀란 표정으로 물었다.
"정말로 죽일 생각이었나요?"
크레인이 입을 열었다.
"권총을 두고 오라고 했을 텐데."
윌리엄즈가 윗옷을 두드리며 말했다.
"그만 주머니에 넣고 와버렸습니다. 언제나 습관이 되어서……."
몸집이 큰 이탈리아 사람이 테이블 옆에 섰다. 얼굴이 얽었으며 눈초리가 빈틈없었다. 목이 너무 굵어서 셔츠 칼라가 꼭 여며지지 않는 듯 빨간 넥타이 밑 칼라 사이로 1인치나 맨살이 들여다보였다. 제비꽃 빛깔의 셔츠를 입은 그 사나이가 말했다.
"내가 조 페트로입니다만……."
"나는 크레인이오."
크레인은 다른 세 사람을 소개하고 페트로에게 의자를 당겨주었다. 요리가 아주 맛있다고 듣기 좋은 말을 한 다음 그는 화제를 바꾸었다.
"우리는 당신의 친구를 찾고 있는데, 좀 도와주시오."
페트로는 커다란 어깨를 움츠렸다.
"내게는 친구가 아주 많은데요."
"우리가 말하는 것은 이 에밀리 루 마틴 양의 약혼자에게 편지를 보낸 인물이오. 서명은 M G로 되어 있었지요."
이탈리아 사람은 억센 손으로 가슴을 탁 두드렸다. 꼭 맞는 다이아몬드 반지 둘레에 햇볕에 그을린 살이 솟아올라 있었다.
"아, 그 편지라면 아오. 머니가 쓴 것이지요."
"머니?"
"머니 그랜트요."
시뻘건 눈꺼풀이 오목한 눈 위로 늘어졌다.

"어째서 나에게 그런 걸 물으러 왔소?"
"에밀리 루 마틴 양이 그 사나이를 만나 이야기하고 싶다고 해서……."
에밀리 루가 순진하게 눈을 크게 뜨며 물었다.
"페트로 씨, 그 사나이를 찾아주지 않겠어요?"
페트로는 에밀리 루의 가슴 위 뽀얀 살결을 바라보았다.
"글쎄요, 아주 찾기 힘든 녀석이라서요. 그 쪽에서 지금 당신을 만나고 싶어할지 어떨지도 모르는 일이오. 그리고 당신들이 G맨(형사)이 아니라는 걸 어떻게 알겠소?"
그는 윌리엄즈를 흘끔 노려보았다.
에밀리 루가 페트로의 셔츠 소매를 잡았다.
"내가 G맨으로 보이세요? 페트로 씨, 힘이 되어주시겠지요? 난 처한 처지에 있는 아가씨가 부탁하는데 싫다고 할 사람같이 보이지 않는데요."
레스토랑 주인은 갈빗대 언저리를 긁적였다. 셔츠 양쪽 겨드랑이에 땀으로 젖은 반달 모양의 얼룩이 보였다.
페트로는 한참 뒤에 대답했다.
"괜찮겠지요. 만날 수 있도록 해주겠소. 몽마르트 카페를 알고 있소?"
"네."
"오늘 밤 그곳으로 식사하러 가시오. 머니도 갈 거요. 거기서 그가 식사한 뒤에 동의하면 당신이 있는 곳으로 가겠소."
에밀리 루가 애교스럽게 물었다.
"좀더 빨리 만날 수는 없나요?"
"안되오. 내가 할 수 있는 일은 그것이 모두요. 더 이상은 할 수 없소."

그러자 크레인이 물었다.
"저쪽에서 우리를 어떻게 알아보겠소?"
"이런 아가씨라면 어디에서고 알 수 있지요. 티지아노의 그림과 검은 레오나르도 다빈치라고도 할 만한 멋쟁이니까요."
페트로는 천장에 담홍색과 황금색으로 그려진 한 무리의 천사 쪽으로 두 손을 쳐들어보였다.
"나도 정신적인 예술가요. 이 두 아가씨의 아름다움을 머니가 알아볼 수 있도록 잘 전해주겠소."
윌리엄즈는 코트를 입으며 페트로에게 말했다.
"저 종업원은 어쩐지 느낌이 좋지 않군요."
"마음 쓰지 마십시오. 쓰레기 같은 녀석이니까."
밖으로 나오자 크레인은 그날 저녁 7시 30분에 두 여자와 함께 만날 약속을 정했다.

축축한 바람이 그림자진 복도를 사정없이 불고 지나간다. 다시 해질녘이 되어 독방 안은 부드러운 어둠에 싸였다.
웨스틀랜드는 좁은 침대 위에 누워 복도에 비치는 미묘한 빛의 변화를 물끄러미 지켜보며 사건에 대한 생각에 잠겼다. 옆방에서 이제도어 밸리처가 훌쩍이며 우는 것조차 완전히 잊어버렸다.
웨스틀랜드는 앞으로 남은 날짜를 헤아려보았다──화, 수, 목, 금, 시간이 짧다는 사실에 무어라 말할 수 없는 초조함을 느꼈다. 언제든 수수께끼는 풀리겠지만, 그리 빨리 풀리지 못하는 것 아닐까? M G의 편지로부터 빨리 증거를 손에 넣어 변호사가 서둘러 손써주면 좋겠는데.
그건 그렇고, 편지를 쓴 사람이 이상스러웠다. 대체 살인이 일어난 날 밤 그는 그 아파트에서 무엇을 하고 있었을까? 정말 범인을 본 것일까? 만일 그렇다면 일은 간단하다. 그 사나이의 증언으로 적어도 처형을 연기할 수 있을 것이며 그 뒤부터는 범인에 대한 증거를 쌓아 올려 가면 된다.

잿빛 하늘을 배경으로 복도는 생나무를 태우는 연기 색깔 같은 빛으로 가득 차 있었다. 신경질적인 재빠른 발소리가 코너즈의 방에서 들려왔다. 하나, 둘…… 하나, 둘, 셋…… 하나, 둘…… 하나, 둘, 셋…… 마치 직육면체의 길을 걷고 있는 것 같다. 변화가 없는 이저도어 밸리처의 울음소리는 이따금 기침할 때 끊어지곤 했다.

범인 녀석! 웨스틀랜드의 머리는 범인의 모습을 그려내려고 하지 않았다. 틀림없이 그 자신이나 아내와 가까운 누구임에 틀림없다고 믿고 있었기 때문이다.

범인이 그녀를 죽여 버려서 그가 우연히 말려들어간 것일까? 아니면 그가 귀찮아 없애버리기 위해 그녀를 죽였을까? 그녀의 재산은 그에게 오게 되어 있으므로 그녀를 죽일 동기가 아무에게도 없는 듯 싶지만…… 그는 어떤 경우일까 하고 골똘히 생각했다. 만일 그를 방해자로 여겼다면 범인은 어째서 곧바로 그를 죽이려 하지 않았을까?

밸리처가 시끄럽게 울고 있었다. 숨이 끊어져 헐떡이는 빈사상태에 빠진 사람처럼 목이 그렁그렁 울렸다.

코너즈가 창살에 얼굴을 대고 고함쳤다.

"정말 성가신 녀석이군! 웬만큼 해두지 않으면 때려죽여버리겠어!"

코너즈의 눈이 무시무시하게 번뜩였다.

깜짝 놀란 듯 밸리처는 잠시 잠자코 있더니 다시 나직이 울기 시작했다.

웨스틀랜드는 우선 간교한 지혜가 뛰어난 사촌 로런스 위튼을 살인범으로 마음에 그려보았다. 이어서 몸집이 우람하게 떡 벌어진 리처드 볼스턴. 누구에게나 좋게 대하는 로널드 우드베리, 지배인 에이머스 수프레이그…….
 이 가운데 한 사람이 범인인 것일까?

   웨스틀랜드 볼스턴 우드베리 증권회사
   뉴욕 증권거래소 회원
   뉴욕 장외 증권거래소 회원
   시카고 상공회의소 회원
   시카고 장외 증권거래소 회원

 뿌연 유리문에 금빛 글씨로 이와 같이 씌어 있었다. 핑클슈타인 변호사는 크롬 손잡이를 돌렸다. 그려진 눈썹을 희한하게 구부리고 껌을 씹던 화려하게 생긴 교환원이 입을 멈추었다. 이어폰을 누르는 쇠고리가 그녀의 짧은 갈색 머리칼에 골짜기를 만들고 있었다.
 "볼스턴 씨 있습니까?"
 변호사가 묻자 그녀는 그런 이름을 처음 듣는다는 듯한 얼굴을 지었다.
 "볼스턴 씨라고요? 이미 늦은 시각이라 계실지……."
 그녀는 말을 마치자 반사적으로 껌을 씹었다.
 "늦든 이르든 괜찮소. 나는 그가 있는지 없는지를 묻는거요."
 변호사는 금손잡이가 달린 스틱으로 검은 금속 교환기 쪽의 크롬 손잡이를 힘 있게 두드렸다.
 그녀는 전화 쪽으로 화려하게 꾸민 얼굴을 가져갔다.
 "그럼, 물어보지요. 당신은?"
 "핑클슈타인."
 "용건은?"

변호사는 성난 싸움닭처럼 손잡이 쪽으로 다가가며 말했다.
"그 대답은 본인에게 하겠소. 듣고 싶거든 그에게서 듣구려."
그녀는 스위치를 넣은 다음 검은 송화구에 대고 입술을 움직이더니 웃음지은 얼굴로 말했다.
"뵙겠다고 합니다."
볼스턴의 방은 양쪽으로 프랑스 식 창문이 나 있어 점점이 반짝이는 다른 건물의 불빛이 아름다운 장식처럼 보였다. 큰 호두나무 책상 위에 놓인 은제 꽃병에서 노란 장미가 넘쳐 나올 듯했다. 변호사의 발은 푹신푹신한 초록빛 카펫에 묻혀버릴 것 같았다.
볼스턴은 책상 앞으로 나와 변호사와 악수하며 물었다.
"어떻습니까?"
그의 갈색 트위드 양복에서 토탄이 시들시들 타오르는 듯한 냄새가 났다.
변호사는 푹신한 의자팔걸이에 걸터앉으며 금손잡이 달린 스틱에 몸을 기댔다.
"크레인으로부터 지금 전화가 왔는데, 편지 쓴 사나이와는 아직 연락이 닿지 않은 듯합니다. 사나이의 이름은 머니 그랜트입니다. 크레인은 좀도둑 정도일 거라고 하더군요. 크레인과 그 두 여자 분이 몽마르트 카페에서 저녁식사를 하고 거기서 그 사나이와 만나기로 되어 있지요. 만일 저쪽에서 마음 내키면 이쪽 테이블로 오겠다는 겁니다."
"잘 잡혔으면 좋겠는데……."
"정말입니다! 그 사나이의 증언이 범죄를 증명하는 뚜렷한 증거가 되니까요. 그러나 다른 방향으로도 될 수 있는 일을 모두 해놓는 게 좋을 듯싶군요."
변호사는 주머니에서 노트를 꺼내 페이지를 넘겼다.

"우드베리 씨는?"
볼스턴은 전화를 집어 들고 말했다.
"우드베리 씨를 부탁하오."
전화가 통하자 그는 물었다.
"로널드, 잠깐 이리로 오겠나?"
변호사는 우드베리에게 크레인의 보고를 다시 들려주었다. 우드베리는 말없이 듣고 있었다.
"이 일을 잘해나가는 것은 우리의 책임입니다. 우리가 할 수 있는 일도 많이 있습니다."
변호사는 노트를 들여다보았다.
"지금으로서는 웨스틀랜드 씨에게 불리한 네 가지 중대한 증거를 검토하고 있습니다. 세 가지는 열쇠와 없어진 권총과 에밀리 루 마틴 양으로부터 온 전화입니다. 넷째는 총소리지요. 아래층 아파트에서 셔틀 부부가 12시 20분쯤 총소리를 들었다고 말하고 있습니다.

한편 웨스틀랜드 씨는 역시 그 시각에 부인 방에 있었다고 하는데, 아무래도 이 점이 이상하게 여겨집니다. 당신들이 조사해 주시겠습니까? 오늘 밤 셔틀 부부를 찾아가, 그쪽의 시계가 어쩌면 멎어 있었을지도 모르니 좀 이야기해 주시겠습니까?"
볼스턴이 말했다.
"기꺼이 가겠습니다."
변호사는 노트를 주머니에 집어넣으며 몸을 일으켰다. 그리고 웃는 얼굴로 말했다.
"그럼, 내일 아침 교도소에서 뵙기로 하지요."

## 월요일 밤

 놋쇠단추를 번쩍이는 흑인 문지기가 택시 문을 쾅 닫고 그들을 길가로 달아낸 닫집 아래의 빨간 카펫 위로 안내해 갔다.
 몽마르트 카페 안으로 들어가자 에밀리 루와 블렌티노 양은 '숙녀용'이라고 씌어진 문 안쪽으로 사라져버렸다. 멀리서 오케스트라 연주가 들려왔다.
 여사무원이 윌리엄즈에게 웃음지은 얼굴로 표를 건네주며 말했다.
 "이곳 프랑스 인 코러스 걸에게는 조심하는 게 좋을 거예요."
 윌리엄즈가 말을 받았다.
 "그렇지 않소. 저쪽이야말로 나를 조심하는 편이 좋을 거요."
 은손잡이 달린 트랩 같은 것이 음악이 들려오는 방향으로 뻗어 있었다. 배의 동체처럼 보였으며, 파란 해치를 페인트로 그린 캔버스가 입구 양쪽에 펼쳐져 있었다. 구명 벨트에 검은 글씨로 노르망디 호라고 씌어 있었다.
 회색 가운 왼쪽 어깨에 진홍빛 난초를 단 키 큰 여자가 트랩 밑으로 발끝이 걸려 크레인 쪽으로 쓰러질 듯하며 물었다.

"우리 주인을 만나지 못했나요?"
재스민 냄새가 향기롭게 풍겨왔다.
"네."
"잘됐어요!"
그녀는 그제야 크레인의 팔을 놓고 비틀비틀 '숙녀용' 화장실로 들어갔다.
"대단한 가게인 것 같군."
윌리엄즈가 말했다.
화장실에서는 블렌티노 양이 먼저 나왔다. 상아처럼 희고 통통한 어깨가 부드러운 검정 공단 이브닝드레스와 잘 어울렸다. 윤기 있고 아름다운 가슴이 드러나도록 목선이 대담하게 깊이 파여 있었다. 몸매는 가늘고 약해보였으나 성적 매력이 넘쳐흐르는 듯했다. 턱의 곡선이 모양 좋고 얼굴도 잘생겼으며 머리카락은 윤기 도는 젖은 까마귀 날개 빛이었다. 큰 눈에 웃음이 가득 담겨 있었다. 크레인은 이처럼 굉장한 멋쟁이는 본 적이 없다고 생각했다.

그 뒤를 이어 에밀리 루가 나왔다. 빨간 털이 돋보이는 부드러운 초록빛 이브닝드레스, 귀엽고 발랄해 보였으며 흰 담비 케이프를 걸치고 네모진 에메랄드 반지를 끼고 있었다.

트랩 꼭대기에서 뚱뚱하게 살찐 지배인이 물었다.
"예약하셨습니까?"
"윌리엄즈라는 이름으로 예약해 두었소만."
크레인이 대답하자 지배인의 얼굴이 상냥해졌다.
"네, 그렇습니까? 뉴욕에서 오신 윌리엄즈 씨 입니까?"
지배인을 따라 모두들 혼잡한 테이블 사이를 헤쳐 나갔다. 화려하게 꾸며진 카페 안쪽에서 울려오는 오케스트라. 타원형 댄스 플로어에서 춤추는 손님이 여러 쌍 있었으나 부드러운 간접조명으로 그 얼굴은 절반밖에 보이지 않았다. 음악은 그리 시끄럽지 않았으며 달콤한 곡이었다.

지배인이 잠깐 걸음을 멈추었다. 오른쪽 테이블에서 약품으로 표백한 인공 금발에 손톱을 새빨갛게 칠하고 등을 드러낸 여자가 잿빛 양복을 입은 뚱뚱한 사나이의 입에 위스키 글라스를 갖다대고 있었다.

"자, 파파, 한잔만 더 드세요."

여자가 권하자 남자는 글라스를 밀어냈다.

"안돼. 나는 아내와 콩팥 걱정도 해야 하거든."

댄스 플로어 주위의 빈 테이블에서 은그릇이며 글라스가 희미하게 번쩍이고 있었다. 뚱보 지배인이 재빨리 의자를 끌어내어 그들에게 권하며 크레인에게 물었다.

"여기면 괜찮겠습니까, 윌리엄즈 씨?"

크레인이 말했다.

"윌리엄즈는 저쪽이오."

그러자 윌리엄즈는 고개를 끄덕여 보였다.

"좋소. 아무튼 서비스를 잘해 주는구려."

두 종업원이 저마다 여자들에게 의자를 당겨주고 지배인은 한 종업원으로부터 메뉴를 네 장 받아들었다. 그는 네 사람 앞에 공손히 메뉴를 놓았다.

"칵테일을 드시겠습니까?"

윌리엄즈는 여자들에게는 그레너딘(석류로 만든 시럽)을 뺀 버컬디, 자기는 스코치 소다, 크레인에게는 드라이 마티니를 주문했다. 그리고 그는 재빨리 덧붙여 말했다.

"모두 더블로 부탁하오."

그들은 오르되브르, 수프, 새우튀김, 감자 수플레, 치커리(잎은 샐러드로, 뿌리는 커피 대용품으로 쓰임) 프렌치 샐러드를 먹기로 했다. 블렌티노 양과 에밀리 루는 샴페인보다 거품 이는 버건디를 마시고 싶다고 했다. 크레인은 빨강 마개의 소브네를 두 병 얼음통에 넣어오도록 주문했다.

뚱보 지배인은 만족스러운 듯이 같은 주문을 옆에 선 종업원에게 되풀이했다.

"윌리엄즈 씨, 만일 이밖에도 드시고 싶은 게 있다면 가져오겠습니다. 캐빈 총지배인으로부터 잘 대접해 드리라는 분부가 있었지요."

윌리엄즈는 아무래도 좋다는 듯 한 손을 흔들어 보였다.

"아, 알았소. 조금이라도 필요한 것이 있으면 눈짓하겠소."

모두들 오르되브르를 먹는 동안에 크레인은 이곳이 어떤 성질의 가게인지 알아보려고 오케스트라를 보았다. 오케스트라의 연주가 놀라우리만큼 지루했으므로 그는 곧 고급가게임을 알아차렸다.

질 낮은 가게에서는 오케스트라가 요란스럽기는 하나 즐겨 연주하는 것처럼 보이지 않는다. 중간 정도에서는 오케스트라가 요란하면서도 연주가 즐거워 보인다. 그러나 아주 고급스러운 곳은 오케스트라가 조금도 요란하지 않고 연주자도 몹시 지루해 하여 때로는 반쯤 눈을 감고 연주한다. 마치 잠자고 싶거나 어디든 다른 곳에 있고 싶은 듯한 모습이며, 실제로 그렇게 생각하고 있기도 하다.

제1색소폰 연주자가 눈을 감고 있는 것을 보고 크레인은 이곳이 고급가게임을 알았다. 그래서 음식맛을 봐주어야겠다고 생각했다.

수프가 끝나갈 무렵, 에밀리 루가 크레인의 어깨에 자기 어깨를 바싹 다가댔다. 향수가 향기롭게 풍겨왔다.

"스릴이 있어요. 그랜트 씨는 정말로 우리와 만나줄까요?"

크레인이 자신 없는 대답을 했다.

"글쎄요."

예고 없이 음악이 멎었다. 눈부신 불빛이 방을 비추고 춤추던 사람들은 눈을 깜박거리며 갑자기 꿈에서 깨어난 듯 자기 테이블을 찾았다. 여자들은 크고 흥분된 목소리로 친구를 부르거나 함께 온 이들과 열심히 이야기를 주고받았다. 남자들은 풀기가 빳빳한 칼라에서 턱을 쑥 내밀고 역시 풀기가 빳빳한 양복 가슴을 펴고 어깨를 뒤로 젖혀 딱딱하고 어색하게 걷고 있었다.

"그랜트가 무엇을 말해 줄지 모르지만 그의 증언이 무엇보다 중대하오. 만일 웨스틀랜드 씨를 돕고 싶다면……."

크레인은 조금 취해 있었으나 가까스로 '중대하다'는 말을 똑똑히 발음했다.

에밀리 루는 눈을 감았다.

"어떻게 해서라도……."

미국식 새우요리와 함께 나온 치커리는 새 지폐처럼 빳빳했다. 프렌치드레싱은 지금 막 만들어진 것이었으며, 더욱 놀랍게도 설탕을 섞지 않고 마늘 맛만 나는 진짜인 듯했다. 모두들 거품이 가득 이는 와인을 마음껏 마셨다.

지금은 텅 빈 댄스 플로어 저쪽 벽을 보며 블렌티노 양이 말했다.

"난 이탈리아 어는 읽을 줄 알지만 프랑스 어는 못해요. 저기 뭐라고 씌어 있지요?"

그녀의 낮은 목소리로 들으니 크레인은 등줄기가 오싹했다.

뒤장쥬 호텔의 멋진 현관에 씌어진 글자를 크레인은 영어로 번역하여 말했다.

"'머무르며 편히 쉴 방 있음' ……저 호텔은 좀 좋지 않을 듯싶군요."

블렌티노 양이 말했다.

"하지만 모던해요."

그녀의 얼굴은 침착하고 냉랭하여 차가울 정도였으나 크레인은 그

야무진 입술에서 정열이 느껴졌다.
"바란다면 성대하게 모시고 싶군요. 음, 정말입니다."
블렌티노 양의 맑은 눈에 비웃는 듯한 빛이 떠올랐다.
"그 말은 쉬고 싶다는 뜻인가요?"
"아니오. 하지만 당신과 함께라면 머물러도 괜찮습니다."
크레인은 열띤 목소리로 말하고 나더니 와인글라스를 단숨에 비웠다.
블렌티노 양의 얼굴에서 갑자기 경계하는 빛이 사라졌다.
"나는 탐정을 아주 좋아해요. 하지만 공교롭게도 시간이 완전히 꽉 짜여 있어요."
"상대는 우드베리 씨?"
블렌티노 양이 고개를 끄덕였다.
윌리엄즈는 샌프란시스코에서 밀수를 하던 마약에 중독된 사나이의 이야기를 에밀리 루에게 들려주고 있었다.
"그래서 그 중국인의 변발을 고양이 움켜잡듯 와락 거머쥐고 큰 물굽이에 처넣었지요. 경비원이 감시선을 출동시켜야만 하게 되었답니다."
크레인과 블렌티노 양이 바라보는 것을 알아차리고 에밀리 루가 말했다.
"윌리엄즈 씨는 아주 재미있는 이야기를 하고 있어요. 캘리포니아에서 마약 중독자가 마약 팔러 다니는 것을 막은 이야기예요. 남자를 넷이나 해치우고……."
"뭐, 그리 굉장한 상대는 아니었습니다. 고작 중국 사람이었는걸요."
윌리엄즈는 나비넥타이를 똑바로 고치며 어쩔 줄 몰라하는 척했다.
모두들 치즈 토스트 크래커를 먹었다. 크레인은 브랜디를, 여자들은 코앙트로를, 그리고 윌리엄즈는 스코치 하이볼을 마셨다.

뚱보 지배인은 몸집 작은 사나이와 통통하게 살찐 금발 여자를 댄스 플로어 맞은편의 작은 테이블로 안내하여 앉히더니 꾸벅 고개 숙여 보였다. 오케스트라가 낮은 쪽 자리에까지 흘러왔다. 댄스 플로어에서는 스포트라이트가 테스트하듯 커졌다꺼졌다했다.

윌리엄즈가 말했다.

"플로어 쇼가 시작되는가 보군요."

드레스 어깨 가득히 하얀 깃털을 단 금발 여자가 윌리엄즈를 지켜보고 있는 듯했다.

그가 윙크를 보내자 그녀는 얼굴을 홱 돌려버렸다. 오케스트라가 탱고로 〈매기, 젊은 날의 노래〉를 연주했다.

윌리엄즈가 화가 치민 듯이 말했다.

"놀랍군. 이러다가는 다음 유행이 룸바가 될지도 모르겠는걸."

한 곡이 끝나자 몸집 작고 통통하게 살찐 유태인이 지팡이를 들고 나타나 〈부인, 부디 그 손〉을 노래했다. 마치 앨 존슨이 자장가를 노래하는 듯했다. 마지막으로 두 사람은 합창하듯 다음 순서는 파리의 미의 여왕들이라고 소개했는데, 미국인은 보기만 해도 신음소리를 낼 거라고 그 유대인이 예고했다.

트럼펫이 울리는 댄스 플로어로 아가씨들이 춤추며 나왔을 때 윌리엄 크레인은 그녀들이 틀림없이 프랑스 사람임을 알았다. 적어도 미국인 코러스 걸들보다 자유로운 편성이라고 할 수 있었다.

밴드가 요란하게 연주되는 동안 프랑스 아가씨들은 호화스러운 의상을 입고 댄스 플로어 주위를 엄숙하게 돌아다녔다. 그녀들의 의상이 차츰 줄어들어 검은 머리카락의 뚱뚱한 아가씨가 마침내 흰 털로 된 미튼(손가락 부분이 없는 여성용 긴 장갑)만 남은 알몸이 되었다. 이 미튼을 마치 팬 댄서의 팬처럼 움직였는데 그 효과가 정말 놀라울 정도였다.

그 검은 머리의 아가씨는 자기가 자아내는 분위기에 완전히 빠져들어 거닐고 있었는데, 크레인의 테이블 옆에서 멈춰서더니 태연한 표정으로 모두에게 손을 흔들어보였다.

"안녕하세요, 윌리엄즈?"

윌리엄즈는 그리 취해 있지 않았으므로 얼굴이 빨개졌다.

"이게 어떻게 된 일이지?"

에밀리 루와 블렌티노 양이 소리죽여 웃었다.

"친구예요?"

블렌티노 양이 물었다.

"천만에요……"

크레인이 끼어들었다.

"자네는 여기서 대체 뭔가? 맥시 베어 큰 나릿님인가?"

윌리엄즈가 단숨에 물을 들이마시고 대답했다.

"아닙니다. 이곳 경찰국 수사과장에게 자리 예약을 부탁했을 뿐이지요. 그 수사과장과는 옛날에 함께 여러 가지로 일을 많이 했지만, 저 아가씨는 이제까지 한 번도 본적이 없습니다. 물론……"

"어째서 그처럼 자네를 지켜보고 있었는지 이제 겨우 알겠네. 자네는 백만장자 플레이보이 같군."

프랑스 아가씨의 퍼레이드가 끝나고 이번에는 파란 의상을 입고 빨간 모자를 쓴 프랑스 인 짐꾼 두 사람이 한 사나이를 바닥에 메어붙였다. 멋들어지게 인형 흉내를 내는 사나이였다. 그 사나이를 높이 던져 올렸다가 떨어뜨렸다가 팔을 비틀기도 하고 따귀를 세게 때리기도 했으나, 그 인형 녀석은 꿈쩍도 하지 않았다. 그런데 두 사나이가 등을 돌린 순간 그 인형 녀석을 와락 움켜잡아 상자에 처넣은 다음 뚜껑을 쾅 닫아 그것을 들고 잘난 척하며 위엄 있는 걸음걸이로 나갔다.
 가게 안에 맥 빠진 듯한 박수가 일었다. 오케스트라가 천천히 우울한 곡으로 바뀌었다. 눈을 감은 연주자가 둘레가 높은 은빛 모자로 코넷의 입을 가리고 블루스를 연주했다.
 한구석에서 바둑판무늬 롬퍼스(내리닫이옷)를 입은 빨강 머리 여자가 춤추기 시작했다. 맨발에 흰 넓적다리에 파란 혈관이 비쳐보였다. 그녀는 윌리엄즈를 보며 노래했다.

 당신께 드릴 수 있는 것은 사랑뿐
 사랑이라면 얼마든지 있어요…….

 방 끝의 트랩처럼 생긴 입구에서 바느질이 잘된 야회복을 입은 사나이가 넷 건들건들 내려왔다. 아래에서 잠깐 멈춰 서서 스포트라이트 속의 여자들을 바라보았다. 그 가운데 눈이 검은 두 젊은이가 있었는데, 그중 하나가 가게 안을 휘둘러보았다. 한순간 크레인의 테이블에 앉은 두 여자를 평가하듯 바라보았으나 곧 눈길을 돌렸다.
 그 젊은이가 함께 온 나이 많고 몸집 좋은 사나이를 쿡쿡 찌르며 뭐라고 말하자, 다른 한 젊은이만 남기고 세 사람은 댄스 플로어 쪽으로 갔다. 뚱보 지배인이 손을 들어 말리려 했으나 몸집 좋은 사나이의 팔꿈치에 떠밀리고 말았다.
 세 사나이는 댄스 플로어 끝을 따라 천천히 걸었다. 그 등이 불빛 속에 검은 그림자를 만들었다. 불빛 속에서 롬퍼스를 입은 빨강머리 여자가 노래하고 있었다.

 울워스 같은 사람에게도 없을 것 같은 다이아몬드 팔찌…….

세 사나이가 걸음을 멈춘 곳은 깃털장식을 단 몸집 큰 금발 여자와 함께 온 자그마한 사나이의 작은 테이블이었다. 작은 사나이는 식사를 하고 있었는데, 얼굴을 들더니 깜짝 놀라 눈이 휘둥그레졌다. 그가 허둥지둥 일어나려고 하자, 몸집 좋은 사나이가 겨드랑이 밑에서 검푸른 권총을 뽑아 그의 얼굴을 쏘았다.

 금발 여자가 겁에 질려 비명을 지르며 의자에서 떨어져 엉덩방아를 찧었으므로 깃털이 날았다. 총알은 작은 사나이의 턱을 꿰뚫었다. 그는 두 손으로 턱을 감싸며 웅크리고 앉았다. 피가 손가락 사이로 흘러 테이블보 위에 뚝뚝 떨어졌다. 몸집 좋은 살인자는 그 정수리에 다시 총을 두 발 쏘았다.

 노래하던 빨강머리 여자가 높은 쇳소리로 비명을 질렀다. 세 사나이 가운데 하나가 위협하듯 손가락을 흔들어보였다.

 "시끄러워! 잠자코 있어. 입 다물지 않으면 그 팬티를 홀랑 벗겨 줄 테다."

 빨강머리 여자는 깜작 놀라며 입을 다물었다. 오케스트라도 하나씩 소리가 꺼져갔다. 태엽이 끊어진 축음기처럼 템포가 점점 느려졌다. 마지막까지 들린 것은 드럼 소리였다. 드럼 치는 사나이가 살해된 사람에게 눈길을 못 박은 채 무의식적으로 베이스의 페달을 밟고 있었다.

 트랩 같은 입구에 남아 있던 젊은이가 물을 끼얹은 듯 조용해진 테이블 사이를 지나 동료에게로 다가갔다. 도중의 테이블에서 동행이 많은, 턱이 굳세 보이는 사나이가 일어서려다가 그 젊은이가 검은 눈으로 노려보자 슬그머니 주저앉았다.

 윌리엄즈는 권총을 무릎 위에 내놓은 채 중얼거리듯 말했다.

 "못된 녀석!"

 "잠깐만!"

크레인이 테이블 밑에서 윌리엄즈의 다리를 걷어찼다.

"가만히 있게——우리들까지 저 놈 총에 죽게 만들려고그래?"

이윽고 그 젊은이를 포함한 네 사람의 살인자는 주방문으로 뒷걸음질치며 물러갔다. 종업원이 겁먹은 게처럼 옆으로 비켜서서 그들에게 길을 내주었다. 앞장선 사나이가 작은 주방문을 열고 세 사람이 모두 나갈 때까지 문을 잡고 있더니 이윽고 천천히 동료의 뒤를 따라 나가 버렸다.

갑자기 누가 라디오 스위치를 켠 듯 가게 안에 윙윙거리는 소리가 넘쳤다. 여자가 지르는 쇳소리…… 의자가 뒤로 밀리는 소리…….

굳어져버린 블렌티노 양 뒤에서 한 사나이가 중얼거렸다.

"이게 무슨 일이람."

종업원 둘이 테이블에게 죽은 사람과 함께 온 금발 여자를 부축해 일으켜 입구쪽으로 데려갔다. 깃털장식은 먼지투성이였다. 시체 둘레에 사람 울타리가 만들어지고, 그 밖의 손님들은 와글거리며 입구로 나갔다.

노래하던 빨강머리 여자가 가슴에 손을 대고 소리쳤다.

"어머나, 아무도 범인을 뒤쫓지 않나요?"

에밀리 루 마틴의 얼굴도 핏기를 잃고 입술에만 희미하게 빛이 남아 있었다.

"나는 어쩐지 기분이 나빠져와요."

블렌티노 양이 얼른 한 손을 에밀리 루의 허리에 대고 끌어안듯하여 데리고 나갔다.

크레인과 윌리엄즈는 죽은 사람을 보러 갔다. 죽은 사람은 라틴 어 수업 중에 졸고 있는 학생처럼 팔위에 얼굴을 묻고 엎드려 있었다. 테이블보가 피로 흠뻑 젖어 있었다.

누군가가 시체 위에 또 한 장의 테이블보를 덮었다.

비취 귀걸이를 단 노부인이 뚱보 지배인에게 물었다.
"이 사람이 누군지 알아요?"
종업원은 피의 얼룩이 가려지도록 테이블보를 고쳐 씌우며 대답했다.
"머니 그랜트라는 사람입니다."

# 화요일 아침

 더러운 이를 드러내고 비위를 맞추는 듯한 웃음을 떠올리며 골트 교도관이 말했다.
 "소장님, 웨스틀랜드 씨를 데려왔습니다."
 그리고 그는 간질병환자처럼 흠칫 몸을 뒤로 빼더니 굽신굽신 머리 숙여 보이며 부지런히 나갔다.
 웨스틀랜드가 물었다.
 "소장님, 모든 일이 잘되어가고 있습니까?"
 백홀츠 소장은 마호가니 책상 앞 회전의자에서 우람한 몸을 일으켰다. 음 하고 소리 내자 뺨에 1달러짜리 은화만한 보조개가 파였다.
 "당신의 동료 볼스턴 씨가 어제 저녁 집에 돌아가는 길에 전해주었소. 그는 퍽 좋은 사람인 것 같더군요."
 소장은 웨스틀랜드 쪽으로 다가가 크고 두툼한 손을 그의 어깨에 올려놓았다.
 웨스틀랜드는 그 손을 얼른 피하며 말했다.
 "1만 달러를 전해준다면 물론 누구나 좋은 사람으로 보이겠지요."

소장은 이 빈정거림이 귀에 거슬린 모양이었다.
"나는 어디까지나 당신을 도우려는 것뿐이오. 굳이 그런 말을 할 필요가 없잖소. 나도 무슨 일이 일어난다면 몸의 위험을 생각해야 하니까요."
그리고 서글픈 듯이 고개를 가로저었다.
"이거 미안하오. 오늘은 좀 신경이 날카로워서 그만……."
소장은 옆방 쪽을 보았다.
"벌써 누가 온 것 같소."
에밀리 루는 잿빛 다람쥐 코트 앞가슴에 복숭아 빛 난초를 달고 있었다. 웨스틀랜드는 그녀에게 키스한 다음 다른 사람들을 둘러보았다.
"리처드와 로널드는?"
핑클슈타인 변호사가 금을 입힌 몸시계 뚜껑을 찰각 열었다.
"이제 올 때가 되었습니다."
웨스틀랜드는 윌리엄즈와 나란히 창틀에 걸터앉아 있는 크레인에게로 얼굴을 돌렸다.
"뭔가 좀 알았습니까? MG는 만났습니까?"
교도소 가운데뜰에서 잎이 떨어져 발가벗은 나무가 바람에 떨고 있었다. 성난 검은 고양이 꼬리처럼 취사장 굴뚝에서 연기가 한 줄기 모락모락 피어올랐다. 창문의 거미줄은 누군가가 털어낸 것 같았다.
크레인이 머리를 가로저었다.
"만났을 때 상대는 이미 죽어 있었습니다."
그는 전날 일어난 일을 들려주었다.
에밀리 루가 큰소리로 덧붙였다.
"굉장했어요. 하마터면 우리도 맞을 뻔했어요."
웨스틀랜드는 에밀리의 팔을 꽉 잡으며 걱정스럽게 말했다.

"당신을 그런 곳에 보내는 게 아니었소. 다시는 그처럼 무서운 일을 시키지 않겠소."

윌리엄즈가 웨스틀랜드와 귀여운 빨강머리 에밀리 루를 넋 잃고 바라보며 나직이 말했다.

"굉장한 남편감이로군. 가장 중요한 증인이 죽었으니 그 자신도 살아나지 못할 텐데 여자에 대한 걱정만 하고 있다니."

웨스틀랜드의 사촌 워튼이 뻘건 얼굴로 불평하듯 큰소리로 말했다.

"어쩔 수 없지요. 설마 그 사나이가 어젯밤 살해되리라고는 아무도 생각지 못했으니까요."

변호사가 금테안경을 밀어 올리며 물었다.

"그럼, 이 살인은 우리의 수사와 관계없다는 말입니까?"

"당연하잖습니까? 어이가 없군요."

웨스틀랜드가 끼어들었다.

"우리가 그 사나이를 만나고 싶어한다는 것을 어떻게 다른 사람이 안단 말입니까?"

크레인이 말했다.

"그런 일은 얼마든지 있을 수 있습니다."

블렌티노 양은 에이머스 수프레이그 옆에 앉아 그에게 미소 띤 얼굴을 지어보이고 있었다. 오늘은 갈색 펠트 모자에 담배 빛깔의 샤넬 슈트 차림이었다. 빨강과 노랑 비단 스카프가 애스코트 넥타이 스타일로 목에 감겨 있었다.

워튼은 불독같은 얼굴을 붉히면서 말했다.

"그런 말 마십시오. 그것은 지나친 생각입니다. 그 그랜트라는 사나이는 정평 있는 좀도둑으로 늘 목숨의 위험에 맞닥뜨려 살아가고 있었습니다. 그런데 우연히 어젯밤에 일이 닥쳤을 뿐이지요."

크레인이 말을 받았다.

"하지만 좀도둑이라면 그런 방법으로 사람을 죽이지는 못합니다."

워튼은 잿빛 체크무늬 골프 바지에 긴 감색 양말을 신고 있었다. 그는 사립탐정에게로 돌아섰다.

"여보시오, 내가 아무것도 모르고 이런 말을 지껄인다고 생각합니까?"

"하지만 그 정도의 일은 누구나 모두 알고 있으니까요."

"바보 같은 사나이로군."

창틀에 걸터앉은 크레인이 몸의 균형을 잡으며 말했다.

"당신은 아무래도 어젯밤 그랜트가 살해된 사건을 우연이라고 모두들에게 여겨지도록 하려는 모양이군요. 우리에게 그렇게 생각하도록 하고 싶은 무슨 개인적인 이유라도 있습니까?"

워튼은 주먹을 불끈 쥐었다. 윌리엄즈가 일어나 권총 손잡이로 워튼의 콧대를 한 대 칠 듯한 기세를 보였다.

웨스틀랜드가 워튼의 팔을 잡으며 타일렀다.

"여보게, 진정하게."

워튼은 마지못해 의자에 앉으며 중얼거리듯 말했다.

"마치 내가 그 사나이를 죽인 것 같은 말투로군."

변호사가 중간에 끼어들었다.

"크레인 씨는 모든 가능성을 생각해야 한다고 말하고 있는 겁니다. 그렇지요?"

"물론입니다."

"하지만 이 살인은 우리가 나설 일이 아닙니다. 경찰이 할 일이지요."

윌리엄즈가 말했다.

"그건 확실히 불량배들의 짓이었습니다."

크레인이 설명을 덧붙였다.

"그 살인은 우리가 뒤쫓는 사람의 짓이 아니었습니다. 그가 그랜트를 살해하기 위해 살인청부업자를 고용했을지도 모르지만, 그 살인자들은 자기들을 고용한 사람이 누구인지 알지 못할 겁니다. 제삼자의 손을 거쳐 올 테니까요. 비록 알고 있다 하더라도 붙잡아봐야 털어놓지 않겠지요. 우리는 쓸데없는 일에 참견하지 말고 어제 저녁 살인 사건은 경찰에 맡겨두는 편이 좋겠습니다."
블렌티노 양이 물었다.
"살인청부업자를 고용하는 일이 그토록 간단한가요?"
마스카라, 파우더, 입술연지를 고루 쓴 그녀의 화장은 대낮이니만큼 얼마쯤 부자연스러워 보였다.
크레인이 말했다.
"좋은 점을 생각했습니다."
그는 변호사 쪽을 보았다.
"누구나 간단히 살인청부업자를 고용할 수는 없지요. 우리가 찾는 범인은…… 만일 어젯밤의 제1막도 그가 쓴 줄거리라고 보면 불량배와 연결되는 사람입니다."
핑클슈타인 변호사는 아랫입술을 위로 밀어올리듯하며 말했다.
"나도 그렇게 생각합니다. 그런데 웨스틀랜드 씨, 당신은 불량배와 무슨 관계를 가졌던 일이 없습니까? 강도나 유괴범 같은 무리 말입니다."
"없습니다…… 물론 금주법시대의 밀주 관계자라면 한 사람 알고 있었습니다만."
"그 사나이와 어떤 문제가 있었습니까?"
"아무 일도 없었습니다. 사이좋게 지냈었지요. 그에게 링컨 로드스타를 사주었을 정도니까요."
"그 자동차가 사기친 물건은 아니었습니까?"

윌리엄즈가 끼어들어 묻자 크레인이 크게 나무랐으므로 그는 입을 다물었다.

소장실문이 열리고 잿빛 양복을 입은 볼스턴과 우드베리가 억세 보이는 중년사나이와 함께 들어왔다. 궁금한 듯한 빛을 떠올린 소장의 둥근 얼굴은 문이 닫히자 보이지 않게 되었다.

볼스턴이 소개했다.

"셔틀 박사입니다. 웨스틀랜드 부인이 맞은 총소리를 이분과 부인이 들었다고 합니다."

변호사가 노트를 꺼내들고 페이지를 넘겼다.

셔틀 박사는 서부 출신 하원의원이었으나, 배역을 받지 못한 셰익스피어 배우 같은 느낌을 주었으며 얼굴이 주름투성이였다. 윤기 잃은 놋쇠빛 머리카락이 귀 위까지 내리덮었다.

셔틀 박사가 입을 열었다.

"사실은 귀찮았지만, 이분들이 간곡히 나와 달라고 부탁하므로 이렇게 나왔소."

검은 비단 넥타이를 느슨하게 매고 금테안경이 목에 건 검은 리본에 매달려 있었다.

웨스틀랜드가 말을 받았다.

"아무 일 아닙니다. 우리 쪽에서도 그리 원망하거나 하지는 않으니까요."

셔틀 박사는 위엄을 보이며 말했다.

"나는 다만 의무를 다했을 뿐이므로 원망을 받는다면 곤란하지요."

우드베리는 여자 옷처럼 몸에 꼭 맞는 감색 양복을 빈틈없이 차려입고 있었다. 화사한 손에는 공들여 손톱 손질까지 되어 있었다. 그는 블렌티노 양이 앉은 소파 끝에 걸터앉았다.

위엄을 보이며 무뚝뚝하게 앉아 있는 그 두 사람을 보자 윌리엄즈는 언젠가 밀러 잡지에서 본 뉴욕을 방문 중인 스페인의 공작 부부가 생각났다.

볼스턴은 웨스틀랜드에게 말했다.

"한 가지 머리에 떠오른 일이 있는데, 잘 생각해 주기 바라네. 자네 부인이 살해된 날 밤 자네는 몇 시쯤 집을 나섰나?"

그의 얼굴은 건장한 핑크빛이었고 파란 눈이 맑았다.

"11시 30분이 조금 지난 무렵이었네. 그때까지 침대에서 책을 읽고 있었지."

"그러면 부인의 아파트에 닿은 시간은?"

"12시 조금 전이었네."

핑클슈타인 변호사는 노트에 얼굴을 가까이 가져가 자잘하게 씌어진 숫자를 들여다보며 고개를 끄덕였다.

"그곳에 얼마나 있었나?"

"40분쯤이었네."

"그렇다면 1시 전에 돌아갔겠군?"

"집에 돌아와서 보니 시계가 1시를 가리키고 있었네."

볼스턴은 두 손을 주머니에 집어넣고 있었다.

"좋아, 사건이 일어난 날짜를 기억하고 있나?"

웨스틀랜드는 에밀리 루의 팔에서 손을 떼며 놀란 듯이 눈을 크게 떴다.

"물론일세. 4월 28일 이른 아침이었지."

"그 전날은 4월 27일이었네. 그 날짜에서 뭔가 생각나는 일 없나?"

"아무것도 없네."

"4월 27일 자정에 시카고에서는 표준시간을 서머타임으로 바꾸지."

웨스틀랜드는 더욱 의아한 표정을 지었다.

"그래, 맞네. 그런데 그게 무슨……."

"자네는 그전에 시계를 고쳤나?"

"물론일세. 침대로 들어가기 전에 고쳤지."

"그러니까 부인의 아파트에 찾아가기 전이었겠지?"

"그렇네."

볼스턴은 떡 벌어진 어깨를 폈다. 그 모습은 마치 알로 칼라 필름의 선전사진 같았다.

"좋아. 자네가 말하는 시간은 서머타임일세."

볼스턴은 셔틀 박사 쪽을 돌아보았다.

"그런데……."

한편 크레인은 인디언처럼 벽에 찰싹 달라붙어 발소리가 나지 않도록 살금살금 문으로 다가가더니 느닷없이 문을 홱 열었다.

백홀츠 소장이 마치 기도하는 듯한 모습으로 두 손을 앞으로 내민 채 무릎 꿇고 앉아 있었다. 오른쪽 눈이 열쇠구멍 위치에 있었다. 그는 큰 몸을 앞으로 허우적거리다가 보기 흉하게 두 손으로 소장실 바닥을 짚었다.

크레인은 그를 부축하여 일으켜 세운 다음 먼지를 털어주었다.

"우리들 속에 끼시겠습니까?"

소장은 가까스로 말했다.

"혹시 교도관이 있지 않은가 해서요. 이야기하는 데 방해하고 싶지 않았소. 아마 감방 쪽에 가 있는 모양이군요."

소장은 뒷걸음질쳐 나가 문이 닫히자 보이지 않게 되었다.

변호사가 말했다.

"우리가 그랜트를 찾는다는 것도 저런 식으로 새어나갔을지 모르겠군요."

크레인이 문손잡이에 기대서며 말했다.

"이제 아무것도 들을 수 없습니다."

그러자 볼스턴이 조금 전 이야기를 계속했다.

"그런데 셔틀 박사님, 당신과 부인이 총소리를 들은 것은 몇 시였습니까?"

셔틀 박사는 코안경을 만지작거리며 신경질적인 떨리는 목소리로 대답했다.

"우리 집 시계로 12시 20분 정각이었소."

"공판에서 당신은 그 시각에 웨스틀랜드 씨가 그 아파트에 있었다고 증명하려는 검사측을 위해 증언했었지요?"

셔틀 박사는 위엄을 갖추고 말했다.

"나는 다만 진실을 말했을 뿐이오."

볼스턴은 그에게로 더욱 가까이 다가서며 물었다.

"그때까지 박사님은 무엇을 했습니까?"

"차를 마시고 있었소."

모두들 웃음을 터뜨렸으므로 셔틀 박사는 기분상한 듯 입을 다물었다.

"잠자리에 든 것은 몇 시쯤이었지요?"

"1시 30분쯤이었소. 나는 오르간을 연주하므로……."

박사는 비단 리본으로 달아맨 안경을 만지작거렸다.

윌리엄즈가 또 웃음을 터뜨렸으나 셔틀 박사가 흘겨보자 기침으로 얼버무렸다.

박사는 볼스턴 쪽을 보고 말했다.

"이래봬도 나는 유럽의 고귀한 분들 앞에서 리사이틀을 한 적도 있소. 내 아내도 나도 리사이틀을 한 뒤에는 언제나 늦게까지 잠들지 않지요. 예술적인 감흥이 가라앉으려면 시간이 좀 걸리기 때문이오, 신경이 흥분되어 있으니까요."

"그럼, 그날도 리사이틀을 가졌습니까?"

"그렇소. 오케스트라 홀에서였지요. 아무래도 당신들은 내 이름을 모르는 모양이군요. 나는 프레드릭 셔틀 박사요. 교회 오르간 연주자지요."

셔틀 박사는 가슴을 펴고 배를 쑥 내밀었다. 등이 주목 나뭇가지로 만든 활처럼 뒤로 젖혀졌다.

볼스턴이 흰 이를 번쩍이며 말했다.

"오, 그렇군요. 그렇게 말씀하시니 성함이 귀에 익은 것 같습니다."

그의 뺨은 아주 팽팽하게 긴장되었고, 피부가 연어 살빛을 띠었다.

"그런데 박사님, 당신은 언제 시계를 맞추었는지 그 점을 좀 물어보고 싶습니다만……."

"그것은 아까 집에서 말하지 않았습니까? 잠자리에 들기 전에 시계를 감았었소."

볼스턴은 천천히 말을 계속했다.

"그렇다면 당신은 표준시간으로 12시 20분에 총소리를 들었습니다. 웨스틀랜드의 시계로는 서머타임으로 1시 20분이었습니다. 다시 말해서 그가 집으로 돌아가 20분이 넘어선 뒤에 일어난 일입니다."

한순간 침묵이 흘렀다. 가운데뜰의 잎 떨어진 우듬지에서 참새 한 마리가 짹짹거렸다. 셔틀 박사의 얼굴에 걱정스러운 표정이 떠올랐다.

웨스틀랜드가 볼스턴의 팔을 잡았다.

"이거 기막힌 일이로군…… 머리가 비상하네."

셔틀 박사가 입을 열었다.

"나는 다만 있는 그대로 말했을 뿐이오."
웨스틀랜드가 말했다.
"그것으로 충분합니다."
그러자 에밀리 루도 큰소리로 말했다.
"정말 훌륭해요. 이제는 다만 주지사에게 조운이 살해되었을 때 당신이 그 방에 있을 수 없다는 점만 말하면……."
그녀는 웨스틀랜드의 왼손을 꼭 잡고 있었다.
변호사가 노트를 흔들어댔다.
"잠깐만. 아직 그토록 간단하게 되지는 않습니다. 비록 셔틀 박사가 총소리를 들은 게 웨스틀랜드 씨가 돌아간 뒤라고 증언한다 해도 아무 소용없지요. 웨스틀랜드 씨는 자신이 말하는 시간에 이미 그 아파트를 나왔으며 우리가 그것을 인정했다 하더라도 그것만으로는 증거가 되지 않습니다. 확실한 증인이 없으면 주지사도 이쪽의 청원에 귀기울여주지 않을 테니까요."
볼스턴이 실망한 목소리로 말했다.
"잘됐다고 생각했었는데."
변호사는 노트를 덮었다.
"확실히 도움되기는 합니다. 다만 이것만으로는 안 된다는 거지요. 웨스틀랜드 씨가 돌아가는 모습을 본 사람이 누군가 있으면 좋겠는데……."
그러자 우드베리가 말했다.
"그랜트가 있으면 그 사실에 도움되었을 거라는 말이로군요."
에밀리 루가 끼어들었다.
"아무튼 볼스턴 씨는 굉장해요. 머리가 좋아요. 이것으로 그날 밤의 범인이 로버트일 리 없다는 것을 알 수 있어요."
블렌티노 양이 거의 억양 없는 목소리로 불쑥 말했다.

"그건 이미 알고 있었던 일이잖아요."
그러자 웨스틀랜드가 당황한 표정으로 변호사에게 물었다.
"핑클슈타인 씨, 다음에는 어떻게 하면 되겠습니까?"
"잠겨 있었던 문에 대해 좀더 잘 조사해 보고 싶습니다. 열쇠가 두 개밖에 없다는 것은 분명합니다. 웨스틀랜드 씨는 틀림없이 자기 열쇠를 갖고 있었고, 또 하나는 잠겨진 방 안에서 부인의 시체와 함께 발견되었습니다. 그러나 범인이 어떻게 그 방을 빠져나갔는지, 틀림없이 방법이 있을 것입니다. 크레인 씨와 윌리엄즈 씨와 내가 그 방을 한 번 보러 가는 게 좋다고 생각합니다.

그러나 좀더 중요한 것은 동기입니다. 웨스틀랜드 부인이 어째서 살해되었는가? 그 점만 알면 다음 문제는 훨씬 쉬워지지요."
변호사는 비단 손수건으로 입술을 닦았다. 손을 위로 들어올려 다이아몬드 반지가 보이도록 움직였다. 그의 손수건에는 녹색 실로 'CF'라는 머리글자가 수놓여 있었다.
에이머스 수프레이그는 구석에 조용히 앉아 있었다. 그가 별안간 소리 내어 웃음을 터뜨리며 말했다.
"변호사님, 그 동기에 대해 내일쯤이면 이야기할 수 있을 것 같습니다. 내일입니다."
그의 굵고 보기흉한 허연 눈썹 밑의 눈이 음침한 빛을 띠고 있었다. 웨스틀랜드가 물었다.
"그게 무슨 말이오, 에이머스?"
노인은 마치 중풍 걸린 사람처럼 혼자 아는 듯 고개를 끄덕이며 높은 목소리로 말했다.
"아직 이야기할 수 없습니다. 너무 성급한 것 같으니까요. 다만 이 말만은 할 수 있습니다. 여기에는 몇 백만의 돈이 얽혀 있습니다. 몇 백만이지요…… 몇 백만……."

변호사가 다시 몸시계 뚜껑을 찰칵 열었다.
"벌써 낮이로군."
그는 시계를 주머니에 넣고 노트도 덮었다.
"아무튼 볼스턴 씨가 시간문제를 해결해 준 셈입니다."
줄지어 문을 나갈 때 크레인이 볼스턴에게 물었다.
"서머타임으로 바뀌는 경계였다는 것이 무슨 일로 생각났습니까?"
"글쎄, 무엇 때문이었을까요? 4월의 마지막 일요일이었다는 생각이 문득 떠올라 셔틀 박사에게 물어봤을 뿐입니다."
"아무튼 훌륭한 솜씨였습니다."
크레인이 급히 방을 나가 층계에서 핑클슈타인 변호사를 따라붙었다.
"핑클슈타인 씨, 윌리엄즈와 셋이서 점심식사를 함께 하시지 않겠습니까?"
"좋지요. 갑시다."
핑클슈타인은 우드베리와 블렌티노 양을 가만히 바라보고 있었다. 두 사람은 팔짱끼고 층계를 내려가며 머리를 맞대고 이야기하고 있었다. 변호사가 말했다.
"저 두 사람은 무척 사이가 좋은 것 같군요. 그렇지요?"
크레인은 옆얼굴만 조금 보이는 여자의 늘씬한 몸매를 바라보았다. 가느다란 허리, 페르시아 새끼산양 외투 밑으로 내다보이는 늘씬한 다리. 크레인이 말했다.
"저런 여자라면 나도 사이좋게 지내고 싶은데요."
핑클슈타인 변호사가 맞장구쳤다.
"이의 없소."

## 화요일 오후

 세 사람은 시카고 거리 큰길에서 조금 옆으로 들어간 리케츠에서 점심식사를 했다. 마티니를 마시고, 윌리엄즈는 디저트로 크레이프 시제트를 들었다.
 윌리엄즈가 말했다.
 "정말 맛이 기막히군요. 그런데 두 분은 디저트로 아무것도 안 드십니까?"
 그러자 크레인이 입을 열었다.
 "그걸 또 집어넣을 생각인가? 이제 의자에서 꼼짝도 못하게 될 걸세. 더 이상 들어갈 수없을 것 같은데."
 윌리엄즈는 장난기어린 눈길로 이따금 윙크하면서 검은 빛 도는 금발의 여종업원을 바라보고 있었다.
 "나는 남북전쟁 종군 군인회 용사였거든요."
 그는 허리가 아파 의자에서 일어나지 못하는 듯한 시늉을 해보였다. 눈은 그 여종업원 쪽으로 돌린 채. 그런데 그의 코트가 의자등받이에 걸려 왼팔 밑으로 까만 가죽 권총케이스가 삐죽이 보였다. 그녀는 소리죽여 웃기 시작했다. 권총은 보지 못한 모양이었다.
 크레인이 그것을 보고 말했다.
 "그 대포는 호텔에 두고 온 줄 알았는데."
 윌리엄즈가 변명하듯 말했다.
 "아무래도 이게 없으면 발가벗고 있는 것 같아서요."
 접시 위에 담긴 설탕에 절인 마지막 무화과를 먹으면서 핑클슈타인이 말했다.
 "권총 때문에 언제까지나 걱정할 건 없습니다. 경찰에 붙잡히면 얼마든지 도와드릴 테니까요."
 "윌리엄즈가 경찰에 잡히든 말든 상관없습니다. 그런 건 마음에 두지도 않습니다. 그보다도 언제 어느 때 총알이 날아와 내게 맞을지 모른다는 생각이 드는군요."
 점심식사 값은 핑클슈타인이 치렀다. 윌리엄즈는 가느다란 콧수염을 냅킨으로 닦으며 아직도 그 여종업원을 바라보고 있었다. 그가 물었다.
 "당신 이름은?"
 보조개를 만들면서 종업원이 대답했다.
 "글래디스예요."
 "가끔 만나러 오지. 엉덩이 미인 아가씨."
 여종업원이 눈을 동그랗게 떴다.
 "어떻게 내 별명을 아세요?"
 윌리엄즈가 대답했다.
 "탐정이니까."
 세 사람이 큰길로 나왔을 때 핑클슈타인 변호사가 말했다.
 "웨스틀랜드 씨 아파트로 가서 고용인 사이먼즈를 만나 봅시다. 두세 블록 앞이니 걸어서 갈 수 있소."

큰길 가게에는 숙녀용 의상이 즐비하게 진열되어 있었다. 튼튼해 보이는 트위드 옷, 화려한 이브닝드레스, 부드러운 은빛 여우털이며 밍크코트, 마치 거미줄처럼 만들어진 연한 빛깔의 속옷.

호수에서 곧바로 불어오는 축축한 북동풍이 길을 오가는 사람들의 뺨을 발갛게 물들였다.

그 바람은 느닷없이 여자의 스커트를 말아 올려 모양 좋은 다리며 흰 살이며 가터가 드러나 보이게 했다. 핑크, 하양, 검정…… 바람을 안고 걸어가는 사람들은 기도라고 하듯 등을 앞으로 굽히고 구부정하게 걸어갔다. 그러나 바람을 등지고 걷는 세 사람은 몸을 뒤로 젖히고 중국인 종업원처럼 종종걸음으로 나아갔다.

서크스 '5번 거리'의 진열장에서 탭 칼라(tab collar)의 와이셔츠를 들여다보고 있던 윌리엄즈가 크레인을 쿡쿡 찔렀다.

"보십시오, 저기 있는 사람을."

에밀리 루 마틴이었다. 계산대 앞에 서서 비스듬한 무늬가 든 넥타이를 들어올려 보고 있었다. 그 옆에 있는 사람은 리처드 볼스턴. 팔에 다른 넥타이를 두 개를 걸쳐들고서 보고 있었다.

볼스턴은 크레인과 윌리엄즈를 알아보고 웃는 얼굴로 가볍게 인사하더니 안으로 들어오라고 손짓했다. 크레인은 고개를 젓고 앞장서 걸어가는 변호사의 등을 가리키며 '일하는 중'이라는 말을 입술로 해 보였다. 볼스턴도 알았다는 듯이 고개를 끄덕였다.

애스터 거리에 있는 웨스틀랜드의 아파트에 닿자 크레인은 마음이 놓였다. 추워서 오른뺨이 심하게 저렸고 손가락이 곱았다. 자동 엘리베이터를 타고 8층으로 올라갔다.

벨 소리에 대답하여 사이먼즈가 얼굴을 내밀었다. 뾰족한 얼굴의 좀스럽게 보이는 중년사나이로, 풀기 빳빳한 와이셔츠에 검정 양복 차림, 학교 교사 같은 느낌이었다.

"핑클슈타인 변호사인데, 오늘 아침 볼스턴 씨로부터 연락받았겠지요?"

그 말을 듣자 남자의 눈에서 경계하는 빛이 사라졌다. 그는 문을 활짝 열고 말했다.

"자, 들어오십시오."

8.5m에 9.1m인 거실은 연초록색과 상아색으로 꾸며져 있어 청결한 느낌을 주었다. 거리가 내려다보이는 두 개의 높은 창문에는 베니션 블라인드 위에 연초록색 새틴 커튼. 먼지 하나 없는 검정과 흰색 대리석. 벽난로 위에는 로트렉의 화려한 파리 카페 그림. 다리긴 글라스로 에메랄드 빛 압생트를 마시고 수염 난 사나이를 세 창부가 설득하고 있는 모습이었다.

검은 벽난로 둘레에 어울리게 깐 카펫은 옅은 회색이고, 의자와 큰 소파 등 현대적인 가구에는 마치 빛바랜 중국 무명자루 같은 빛깔과 촉감의 덮개가 씌워져 있었다. 양피지 갓이 달린 집정부 시대풍의 은빛과 검정색 스탠드가 한구석의 테이블 위에 놓여 있었다.

"웨스틀랜드 씨의 권총에 대해 조사하려고 왔소."

변호사는 갈색 외투를 벗어 그것을 받아들려는 사이먼즈에게서 낚아채듯 갈색 의자 위로 내던졌다.

"곧 돌아갈 테니 걱정하지 않아도 되오. 권총은 어디에 넣어두었었소?"

"이 서류장입니다."

경옥으로 만들어진 코끼리 한 쌍이 꼭대기에 장식되어 있는 서류장의 서랍에는 금빛 손잡이가 번쩍이고 있었다. 사이먼즈가 빈 서랍 하나를 열어보았다.

"여기입니다."

크레인이 끼어들었다.

"마지막으로 그 권총을 본 게 언제였소?"

사이먼즈는 잠시 머뭇거리며 얇은 입술을 깨물었다.

"사건이 일어난 날 오후……."

"호, 경찰에는 말하지 않았소?"

사이먼즈는 불안한 듯이 크레인으로부터 핑클슈타인에게로 눈길을 옮겼다.

그가 마음을 놓을 수 있도록 크레인이 말했다.

"괜찮소. 우리도 경찰과 그리 사이좋은 편은 아니니까."

"네, 실은 말하지 않았습니다. 그런 말을 하면 웨스틀랜드 님에게 좋지 않을 것 같아서요."

변호사가 말했다.

"그럴지도 모르지요."

크레인이 소파의 거칠거칠한 덮개를 쓰다듬으면서 물었다.

"그 권총을 본 뒤 오후 내내 집에 있었소?"

"네, 한 번도 나가지 않았습니다."

"웨스틀랜드 씨는 집에서 저녁식사를 했소?"

"네. 혼자 저녁식사를 하시고, 잠자리에 드신 것은 우드베리 씨가 돌아가신 뒤였습니다."

변호사와 크레인이 서로 얼굴을 마주 보았다. 변호사가 질문을 맡았다.

"우드베리 씨가? 대체 무엇 때문에 왔었소?"

"저녁식사를 마친 뒤에 오셨는데, 잘은 모르지만 사업에 대한 말씀인 듯했으나 무슨 이야기인지 알려고 하지 않았으므로 나는 모릅니다. 겨우 4, 5분 동안 계셨을 뿐입니다."

크레인이 물었다.

"웨스틀랜드 씨가 권총을 그 서랍에 넣어둔 사실을 아는 사람이 많소?"
"네, 많고 말고요. 사연이 있는 권총이기 때문에…… 기관총이 망가져서 그 권총으로 독일 폭격기를 쳐부쉈다는 이야기가 얽혀 있답니다. 웨스틀랜드 님은 전쟁이야기가 나올 때마다 권총을 꺼내보이곤 하셨지요. 이름이 새겨진 은판이 붙어 있었습니다."
변호사가 물었다.
"웨스틀랜드 씨는 그날 밤 우드베리 씨를 이 방에 혼자 있게 한 일이 있었소?"
"당신은 설마……."
사이먼즈는 겁먹은 얼굴로 검정 양복 소매를 잡아당겼다.
"우드베리 씨를 범인으로 여기시는 건 아니겠지요?"
변호사가 손을 조금 들어보였다.
"아니, 그런 뜻이 아니오. 그러나 우리로서는 모든 가능성을 조사해 봐야 하오."
다이아몬드 반지가 번쩍 빛났다.
사이먼즈는 눈살을 찌푸리며 생각했다.
"글쎄요…… 그렇지! 혼자 계신 적이 있었을 겁니다. 내가 마실 것을 만들어드린 다음 웨스틀랜드 님께서 소다수를 좀더 가지러 부엌으로 오셨었습니다."
그리고 그는 다시 덧붙였다.
"내가 쉬기 위해 방으로 돌아가 있었기 때문이었지요."
소리 나게 손을 썩썩 비비면서 변호사가 말했다.
"됐소. 이로써 조금은 알았소."
크레인이 사이먼즈에게 물었다.
"우드베리 씨와 웨스틀랜드 씨는 언제나 사이가 좋았겠지요? 돈이나 어떤 문제로 다투거나 복잡한 일은 없었소?"

"물론입니다. 전쟁이 끝나고 내가 이 집에 있게 된 뒤로 지금까지 두 분은 아주 사이 좋았습니다…… 프랑스 전선에서 함께 지낸 전우였다는 것은 아시겠지요?"

윌리엄즈는 갈색 의자에 앉아서 모자를 눈 위까지 내려 쓰고 있었다. 그는 여자가 없으면 집 안에서 결코 모자를 벗지 않았다. 윌리엄즈가 처음으로 입을 열었다.

"한 가지 물어볼 게 있는데, 괜찮겠습니까?"

모두들 괜찮다고 했다.

"그럼 물어보겠소. 그 빨강머리 아가씨에게 전화 왔었던 것은 정말이오?"

"그건 모릅니다. 누구에게서인지 전화가 걸려온 다음 웨스틀랜드 님은 곧 외출하셨습니다."

크레인이 물었다.

"돌아온 것도 알고 있었소?"

"아닙니다. 나는 자고 있었지요…… 부엌 뒷방이기 때문에 아무 소리도 들리지 않습니다."

핑클슈타인 변호사는 의자에서 갈색 외투를 집어 들었다. 그는 금빛 손잡이가 달린 서랍을 수상쩍은 듯이 들여다보았다.

"지문은 없겠지요?"

크레인이 대답했다.

"그날 밤 우드베리 씨가 다녀간 뒤 틀림없이 사이먼즈가 닦아버렸겠지요."

사이먼즈의 학교 교사 같은 갸름한 얼굴이 걱정스럽게 일그러졌다.

"그렇습니다. 잘못되었습니까?"

"하는 수 없지요. 지문 같은 것을 알아차렸을 리 없으니까."

크레인은 위로하듯 말하고 윌리엄즈에게 턱짓을 했다.

사이먼즈의 도움을 받으며 핑클슈타인도 코트를 입었다.
변호사가 말했다.
"우드베리 씨에게도 좀 주의를 기울이는 게 좋을 것 같군요."
사이먼즈가 말했다.
"만일 내가 도와드릴 일이 있다면……."
크레인이 서류장 서랍을 열었다 닫았다하면서 대꾸했다.
"우리가 이런 말을 물었다는 사실을 이야기하지 않으면 되오."
서랍은 매끄럽게 소리도 없이 열렸다 닫혔다했다.
"그런데 웨스틀랜드 씨는 어디서 체포되었소?"
사이먼즈는 갑작스러운 질문에 깜짝 놀라는 듯했다.
"체육 클럽이었습니다. 경찰에서 집으로 전화 걸어 왔기에 내가 계신 곳을 알려드렸습니다. 그때는 무슨 일이 일어났는지 몰랐으므로……."
"아침부터 체육 클럽에서 뭘 했을까?"
"날마다 11시부터 클럽에서 전문가를 상대로 스쿼시 테니스를 연습하셨습니다."
변호사가 손으로 모자를 비틀면서 말했다.
"오늘 오후에는 한 일이 산더미처럼 많은데……."
크레인이 서류장 서랍을 만지작거리며 말했다.
"잠깐만 기다려주십시오. 배경을 머릿속에 명확하게 그려두고 싶습니다. 그럼, 경찰에서는 웨스틀랜드 씨를 그 클럽에서 붙잡아 구류시킨 거로군요, 사이먼즈?"
"네, 웨스틀랜드 님이 부인에게 써 보낸 편지——부인의 핸드백에 들어 있었지요——에 대해 물어볼 일이 있다면서 스테이트 거리의 수사부라는 곳으로 데려갔는데, 그래도 부인을 쏜 권총이 웨블리였다는 것을 알기 전까지는 곧 풀려나오실 줄 알았습니다."

"곧 풀려나오리라는 걸 어떻게 알았소?"
"나도 수사부까지 함께 갔었기 때문입니다."
"당신도? 그럼, 당신도 체포되었었소?"
"아닙니다. 볼스턴 씨로부터 전화가 걸려 왔었습니다. 웨스틀랜드 님께서 경찰에 붙잡혀 수사부로 연행되었다고 말입니다. 나도 함께 가면 보석 보증인이나 또는 누군가에게 전화할 필요가 생겼을 때 웨스틀랜드 님을 도와드릴 수 있을 거라고 말씀하셨습니다."
"어째서 그 자신이 함께 가지 않았을까?"
"보증인에게 줄 돈을 마련하고 변호사도 구해야 하므로 사무실로 가야겠다고 하셨습니다. 1시쯤 경찰에 와서 나와 교대하여 돌아가라고 하셨습니다."

크레인이 지루한 얼굴로 앉아 있는 윌리엄즈에게 눈짓을 했다. 그리고 사이먼즈에게 질문을 계속했다.

"볼스턴 씨로부터 전화 걸려 온 게 몇 시쯤이었지요?"
"11시 30분 정각이었습니다. 마침 시계를 보았기 때문에 잘 기억하고 있습니다."
"그런데 중요한 일을 한 가지 묻고 싶소."

크레인은 책장에서 떨어져 이번에는 벽난로의 예스러운 놋쇠 나무 받침대를 바라보았다.

"웨스틀랜드 씨가 부인 아파트의 열쇠를 새로 더 만들었는지 어떤지 모르오?"
"만들지 않았습니다. 확실합니다. 부인께서는 붙박이 금고에 넣어 둔 보석이며 증권을 도둑맞을까봐 걱정하고 계셨습니다. 그래서 특별히 주문한 자물쇠를 달았는데, 웨스틀랜드 님의 열쇠는 열쇠고리에 그대로 꽂혀 있었습니다."

흥미가 솟아올라 핑클슈타인 변호사도 반쯤 눈을 감았다.

"누군가 그 열쇠를 가져다 여벌 쇠를 만들 기회는?"
"열쇠고리째 가져갔다면 모르지요. 그러나 그랬다면 웨스틀랜드 님이 알아차리셨을 겁니다."
크레인이 물었다.
"그럼, 이 아파트 열쇠는 당신 말고 또 누가 가지고 있소?"
"아무도……."
사이먼즈는 잠시 난처한 표정을 짓고 있더니 말을 이었다.
"마틴 양은 다릅니다. 그녀는 오후에 이따금 쇼핑하러 나왔다가 들르곤 했습니다. 그다지 특별한 일은 없으리라 여겨져……."
"흠, 과연."
크레인은 문 쪽으로 걸어가기 시작했다.
"이 이야기를 우드베리 씨에게 하지 말아주오."
사이먼즈가 문을 열었다.
"부디 웨스틀랜드 님을 도와주십시오."
무대의 막이 거꾸로 된 것처럼 그들이 탄 엘리베이터가 아래로 내려가 보이지 않게 될 때까지 사이먼즈는 꼼짝도 하지 않고 바라보고 있었다.

높은 아파트 모퉁이에서는 바람이 가로수를 흔들며 윙윙거리고 있었다. 큰길 맞은편에는 미시간 호수가 있다. 돌로 쌓은 둑을 타넘으려는 듯 파도가 무섭게 덮쳐 부서지는 물방울이 바람에 흩날렸다. 소용돌이는 낙엽이며 종이쓰레기가 흙과 함께 윌리엄즈의 주위에 날아올랐다.
윌리엄즈가 말했다.
"시카고를 '바람의 거리'라고 부르는 까닭을 이제 알겠군. 그런데 이제부터 어디로 가는 겁니까?"

"시카고를 '바람의 거리'라고 부르는 것은, 옛날 이 거리에 살던 사람이 자네처럼 거짓말을 잘했기 때문이라네. 그리고 이쪽 길은 핑클슈타인 씨가 잘 알고 계시지."

변호사는 빠른 걸음으로 걸으며 금테안경 너머로 크레인을 바라보았다.

"쥰 디어라는 아가씨에게도 들려보는 게 좋을 것 같소. 웨스틀랜드 부인의 하녀였던 아가씨로, 지금은 이 거리 저 앞에서 일하고 있지요. 그건 그렇고, 우드베리 씨에 대해 조금 수확이 있는 듯하군요."

크레인이 말했다.

"한 번 훑어보는 것도 좋겠지요. 다만 사이먼즈도 유산을 1만 달러 받을 수 있다는 것을 잊어서는 안 됩니다."

벨 소리에 대답하여 MGM 영화에 나오는 영국인 집사 같은 사람이 얼굴을 내밀었다.

"디어? 그런 성을 가진 여자가 분명 있었던 것 같습니다만."

집사는 어딘지 수상쩍다는 듯이 세 사람을 바라보며 문 앞에 버티고 서 있었다.

"그럼, 좀 만나게 해주시오."

윌리엄즈가 말했다.

"그녀는 자기 집에서 다니는 하녀입니다. 볼일이 있으면 그녀의 집으로 가는 편이 좋을 겁니다."

변호사가 막 닫히려는 문에 한쪽 발을 들이밀고 말했다.

"시경찰국에서 왔소. 그 태도를 바꾸지 않으면 공무집행 방해로 연행하겠소."

윌리엄즈도 덩달아 말했다.

"그전에 콧잔등을 한 대 먹여줄까."

집사는 깜짝 놀라 어두운 복도 안으로 들어갔다. 문이 활짝 열려져 따뜻한 공기가 밖으로 흘러나왔다.

조금 뒤에 나온 디어 양은 몹시 성이 나 있었다.

"경찰이 또 무슨 볼일이에요? 나를 실업자로 만들 작정인가요?"

거무스름한 갈색 머리에 비단 하녀복을 입어 귀엽고 발랄해 보였지만, 그다지 젊은 편은 아니었다.

핑클슈타인 변호사가 웨스틀랜드를 위해 조사하고 싶은 일이 있어 왔다고 말하자 그녀의 태도가 부드러워졌다. 웨스틀랜드 씨는 훌륭한 신사로 전부터 좋은 감정을 품고 있었다는 것이었다.

핑클슈타인이 물었다.

"어디 이야기 좀 할만한 곳이 없겠소? 두세 가지 묻고 싶은 일이 있소만."

디어 양은 널빤지가 길게 이어진 복도를 지나 반쯤 지하실로 되어 있는 밝은 빛깔의 벽지를 바른 부엌으로 그들을 안내했다. 부엌에서는 파란 옷에 흰 앞치마를 두른 몸집 큰 아일랜드 계 여자 요리사가 전기난로 뒤에서 부글부글 끓는 냄비를 들여다보고 있었다. 자기도 모르게 입에 군침이 돌 만큼 달콤새콤한 젤리 냄새가 부엌에 가득 감돌았다. 그녀는 부엌으로 들어서는 그들을 흘끔흘끔 바라보았다.

디어 양이 설명했다.

"경찰에서 오신 분들이에요."

요리사는 표정도 바꾸지 않고 다시 냄비 속을 들여다보며 버찌 빛깔의 음식을 스푼으로 저었다.

크레인은 디어 양에게 살인한 진범인을 체포할 단서를 찾고 있다고 설명했다.

"특히 그 아파트 열쇠 말인데, 웨스틀랜드 부인이 열쇠를 하나밖에 가지고 있지 않았다는 건 확실하오?"

그녀는 뚜렷이 고개를 끄덕이며 대답했다.
"분명히 말할 수 있어요. 부인께서는 나를 믿으셨지만 그래도 혹시 잃어버리거나 하면 안된다면서 열쇠를 만들지 못하게 하셨어요. 생각조차 할 수 없는 일이에요. 그 열쇠는 부인께서 결코 몸에서 떼어놓은 적은 없으니까요."
변호사가 물었다.
"웨스틀랜드 씨가 예비로 여벌 쇠를 만들어 두었다고 생각되지는 않소?"
"절대로 만들지 않았을 거예요. 웨스틀랜드 씨는 부인이 금고 걱정하는 것을 알고 있었고, 그 열쇠를 결코 몸에서 떼어놓지 않겠다고 약속하시는 것을 내 귀로 똑똑히 들었으니까요."
크레인이 물었다.
"그런데 부인은 헤어져 살며 어째서 열쇠를 주었을까요?"
"웨스틀랜드 씨는 그 아파트에 자동 온도 조절장치가 달린 특별한 술 저장실을 만들어 두었습니다. 아주 값비싼 술이 들어 있지요. 헤어져 살기로 했을 때 새 아파트에 그런 시설을 만들려면 돈이 무척 많이 들므로 부인께서 그대로 써도 좋다고 했지요. 웨스틀랜드 씨는 거기에서 이따금 술을 한두 병 꺼내가셨어요."
핑클슈타인 변호사가 물었다.
"술 저장실을 만들 정도였다면 아파트도 웨스틀랜드 씨 이름으로 되어 있겠군요?"
"네, 그래요. 부인도 일부 공동명의로 되어 있었지만."
"범인이 문이 아닌 다른 데로 그곳을 빠져나올 수는 없었을까요?"
디어 양은 천천히 검은 머리를 내저었다.
요리사는 달고 새콤한 냄새가 나는 냄비를 그대로 두고 스테인리스 개수대에서 셀러리를 씻기 시작했다. 그리고 물소리보다 더 경쾌한 소리를 내며 샐러리를 썰었다. 베어진 곳에 세모꼴 심(芯)을 보이며 보기 좋은 술 모양으로 썰어나갔다.

크레인이 물었다.

"당신은 아침마다 정해진 시간에 웨스틀랜드 부인의 아파트로 갔었소?"

"네, 9시 30분에 갔지요. 부인은 밤늦게 주무시므로 그보다 일찍 가면 싫어하셨어요."

"그 문을 부수고 들어갔을 때 일을 기억하고 있소? 다시 말해서 어떤 순서로 들어갔었지요?"

크레인은 먹고 싶은 듯이 샐러리 쪽을 바라보았다.

"문을 부순 것은 아파트 경비원이었는데, 그 사람이 맨 앞에 섰어요. 그 뒤를 모두 우르르 따라 들어갔는데…… 볼스턴 씨와 내가 맨 뒤에 있었어요. 안쪽 현관에서 거실로 뛰어든 경비원 설리번이 놀란 숨소리를 낸 것을 기억하고 있어요. 그 뒤를 따라 들어갔는데, 부인은 거실 바닥에 쓰러져 있었지요. 마치 잠자고 있는 것 같았어요. 하지만 아름다운 갈색 머리카락이……."

"머리카락이?"

"피에 흠뻑……."

샐러리를 써는 소리가 멎어 있었다.

"그 안쪽 현관에서 다른 방으로 갈 수는 없소?"

"침실로 갈 수 있어요."

"그럼, 당신들이 모두 거실로 들어가기를 기다렸다가 범인이 그쪽으로 나와서 엘리베이터를 탔다고 생각할 수는 없겠소?"

디어 양은 콧방울에 주름을 잡으며 말했다.

"그럴 수는 없어요. 복도에는 엘리베이터 보이 토미가 기다리고 있었으니까요. 토미는 문이 부서지기를 기다렸다가 관리인 웨인 씨가 경찰에 신고하러 가도록 엘리베이터로 아래에 태워다주었거든요."
핑클슈타인 변호사가 금테안경을 만지작거리며 말했다.
"이상한데…… 확실히 열쇠가 거기에 있었소?"
크레인이 셀러리 쪽으로 손을 뻗쳤다.
"안돼요!"
요리사가 셀러리를 끌어안듯이 두 손에 들고 냉장고 쪽으로 가버렸다.
디어 양은 크레인에게 웃음지은 얼굴로 말했다.
"열쇠는 분명 거기에 있었어요. 내 눈으로 똑똑히 보았어요. 다른 열쇠며 잔돈과 함께 테이블 위 핸드백 옆에 있었어요. 부인은 그 테이블 바로 밑에 쓰러져 있었지요."
요리사는 냉장고 앞에 웅크리고 앉아 부스럭부스럭 무엇을 싸고 있었다.
변호사가 물었다.
"부인의 보석류는? 아무것도 도둑맞은 게 없었소?"
"모두 그대로 있었어요. 몸에 지닌 것까지도 그대로였어요."
"어디를 맞았지요?"
윌리엄즈가 입을 열었다.
"머리 옆, 별안간 습격당했겠지요. 어디서 쏘았는지 보이지도 않았을 거예요."
"질문은 이 정도면 됐소."
변호사가 말했다.
디어 양이 부엌 뒷문을 열었다. 그리고 윌리엄즈를 보며 생긋 웃었다.
"뒷문으로 나가는 편이 좋을 거예요. 집사가 화나 있으니까요. 웨스트랜드 씨가 풀려나시도록 기도드리겠어요."

크레인이 식기실 앞을 지날 때 아일랜드 인 요리사가 신문에 싼 꾸러미를 내밀었다.

"이거라도 뭔가 보탬이 될 거예요. 내 아들 에드도 디트로이트에서 경관 일을 하고 있지요."

그녀는 나직이 소곤거리며 오른쪽 눈을 찡긋해 보였다.

크레인은 겁먹은 태도로 꾸러미를 받아들었다.

밖은 완전히 어두웠다. 가로등 밑만 동그랗게 밝았다.

세 사람은 가로등 밑에서 걸음을 멈추고, 크레인이 꾸러미를 펼쳤다.

증기로 찐 닭이 반쯤 들어 있었다.

크레인이 다리를 떼어내고 나머지를 변호사에게 주었다. 변호사가 날개를 잡아떼고 가슴 부분을 윌리엄즈에게 건넸다.

큰길을 걸으면서 세 사람은 깊은 생각에 잠겨 우물우물 닭고기를 씹었다.

크레인이 내뱉듯 한마디했다.

"경관이 되는 것도 나쁘지 않군."

## 화요일 저녁

 세 사람은 웨스틀랜드 부인의 아파트 관리인을 만났다. 장소는 스테인드글라스 창이 있는 고딕 식 사무실.
 한참 동안 여러 가지로 물어보았으나 아무 도움도 되지 않았다. 관리인 웨인은 턱 언저리에 군살이 늘어질 만큼 기름지고 배가 불룩 나온 40대 사나이였다. 그는 웨스틀랜드가 아내를 죽였다고 믿고 있는 듯했다.
 "그가 아내를 쏘아죽이고 문을 열쇠로 잠근 뒤 달아난 게 틀림없습니다. 그 특별히 주문하여 만든 열쇠는 아무데서나 여벌 쇠를 만들 수 있는 그런 게 아니니까요."
 지루해 하는 점잖고 무례한 신부처럼 그는 마음내키지 않는 듯이 대답하면서도 질문에 담겨진 재미스러움을 놓치지 않았다. 문은 하나밖에 없고 열쇠는 틀림없이 잠겨 있었다고 분명히 말하는 것이었다. 창문 걸쇠도 안에서 걸려 있는 것을 이미 확인했으며, 침실 어딘가에 범인이 숨어 있었다고 생각할 수도 없다고 했다.
 "경비원 마이크 설리번이 클리블랜드에 가 있어 정말 유감입니다.

그러면 틀림없이 분명하게 이야기해 줄 수 있을 텐데요. 엘리베이터 보이 토미 역시 아무도 그 방에서 나오지 않았다고 말했지요. 엘리베이터에서 그 방문이 잘 보이니까요."

핑클슈타인 변호사의 궁금해 하는 듯한 눈길에 대한 답으로 크레인은 어깨를 으쓱했다.

웨인은 하녀 디어 양과 똑같은 말을 할 뿐이었다.

변호사가 물었다.

"부인의 열쇠는 어떻던가요? 분명히 보았습니까?"

웨인은 또렷하게 대답했다.

"틀림없이 보았지요. 테이블 위에 다른 열쇠며 잔돈과 함께 분명히 있었습니다. 하녀가 그 열쇠는 특별히 만들어진 거라고 말하자 검시관이 곧 그것을 압수했지요. 경찰에서도 처음부터 방에 열쇠가 잠겨 있었다는 점을 중요시하더군요."

웨인은 빨강 가죽을 씌운 의자팔걸이에 두툼한 손을 얹더니 엉거주춤 일어섰다.

"자, 이런 데서……."

크레인이 말했다.

"방을 한 번 보고 싶습니다."

웨인이 불쾌한 듯이 볼을 부풀렸다.

"모처럼의 부탁이지만, 그 방에는 지금 호건이라는 아가씨가 살고 있습니다. 틀림없이 그녀가 싫어할 겁니다."

그러자 변호사가 나섰다.

"그 방은 웨스트랜드 씨 소유일 텐데요."

"그렇습니다. 그러나 내가 빌려주었지요."

변호사는 뚱보 웨인의 코끝에 손가락을 들이댔다. 그리고 높은 가슴을 비둘기처럼 죽 펴고 말했다.

"뭐라고요? 당신 혼자 마음대로 방을 빌려주었단 말입니까? 더욱이 우리가 방을 보려면 재판소의 영장을 가져와야 들어갈 수 있다는 말이겠지요? 좋습니다, 다음에 영장을 가져올 때는 당신 체포장도 가져오겠습니다."

웨인은 손가락으로 엷은 보랏빛 양복 단추를 잡아당기며 입을 열었다.

"나는 다만…… 어차피 빈방이므로 누군가가 쓰는 게 좋겠다고 여겨져서…… 더욱이 요즘은 살고 있는 사람도 방을 정리하지 못하리라 생각되어……."

그는 말하면서 그 뚱뚱한 얼굴에 희미한 미소를 떠올렸다.

변호사는 진지한 목소리로 말했다.

"그런 짓을 했으니 당신이 관리인 지위도 빼앗기게 될지 모릅니다. 우리가 와 있다는 것을 호건 양에게 알리시오. 미리 말해 두겠는데, 그 방의 물건 가운데 부서졌거나 없어진 게 있으면 당신이 물어내야 합니다."

변호사는 웨인 쪽으로 등을 돌리고 크레인과 윌리엄즈에게 눈짓했다.

"웨인 씨, 당신을 어떻게 조치할 것인지는 나중에 결정할 테니 그리 아시오."

웨인은 상아 빛 탁상전화를 돌렸다.

"호건 양을 불러줘."

그는 땀에 젖은 손으로 송화구를 막고 말했다.

"아무도 불평하리라고는 생각지 않습니다."

그리고 곧 손을 떼더니 갑자기 부드러워진 목소리로 말했다.

"나는 관리인입니다만, 웨스틀랜드 씨의 변호사가 왔는데 그 방을 보고 싶다고 하시는군요. 지금 곧 올라가실 것 같습니다."

상대방이 투덜거리는 소리가 들렸으나, 웨인은 더 큰 목소리로 말을 이었다.
"급한 모양이니 어쩔 수 없습니다. 뭐든지 서둘러 입으면 되겠지요."
또다시 투덜거리는 소리가 들렸다.
"그런 건 모릅니다. 그럼, 지금 올라가겠습니다."
웨인은 요란하게 수화기를 내려놓았다.
핑클슈타인이 말했다.
"당신은 함께 가지 않아도 좋습니다, 웨인 씨. 당신 볼일은 끝났으니까. 그보다도 여기에 앉아서 그 방 물건 가운데 무엇이든 없어진 게 없기를 기도하고 있는 편이 나을 테지요."
세 사람은 엘리베이터에서 내리자 2303호 방을 노크했다. 오렌지빛 머리에 붉은 입술과 초록빛 도는 갈색 눈을 한 통통한 여자가 문을 열었다.
그녀가 높은 목소리로 말했다.
"재미있는 시각에 오셨군요. 대체 무슨 일이지요?"
그녀는 껌을 씹으면서 문 앞을 떠났다. 빨강, 파랑, 초록의 화려한 화장 가운 밑으로 보스턴 커피색의 늘씬한 맨다리가 언뜻 드러나 보였다.
핑클슈타인은 심포니 콘서트에 온 것처럼 예의바르게 그녀에게 인사했다.
"아가씨, 이런 시간에 방해하게 되어 참으로 미안하지만 지난 봄에 있었던 사건의 마지막 조사를 하는 중이라서요. 아무래도 방을 보지 않을 수 없어 찾아왔습니다."
변호사가 모자에 손을 댔을 때 그의 손가락에 끼워져 있던 다이아몬드 반지가 현관 불빛을 받아 반짝 빛났다.

그녀는 반지에 눈길을 멈추며 말했다.

"당신들이 이 방을 샅샅이 뒤지고 다니도록 내버려 두어야겠군요."

그녀는 느릿느릿 거실 쪽으로 걸음을 돌렸다.

진보랏빛 카펫에 잿빛 테라코타 벽. 그 벽의 두 군데에 호화찬란한 인도의 금화무늬 벽걸이가 걸려 있었다. 다른 한쪽 벽에는 빨간 입에 큼직한 보랏빛 포도송이를 밀어 넣고 있는 스페인 소년의 화려한 초상화. 구석에는 피아노, 방 한 가운데에는 대리석 맨틀피스 쪽으로 놓여진 둔한 검은 비단을 씌운 긴 의자. 꾸밈없는 의자와 예스러운 테이블도 갖추어져 있었다. 창문은 두 곳에 나 있었다. 호건 양이 스위치를 켜자 방에 간접조명이 비쳤다.

"시체는 저 테이블 옆에서 발견되었지요."

모두들 기다리고 있는 동안 크레인은 특별히 몸에 지닌 셜록 홈즈식의 탐정 능력을 발휘해 보여주었다. 작은 확대경을 꺼내들고 카펫 있는 데로 성큼성큼 걸어가더니 핏자국이 묻은 듯한, 색깔이 좀 바랜 곳을 차근차근 주의 깊게 들여다보였다. 옆 테이블을 자세히 조사하고 긴 의자 옆을 여기저기 살펴보더니 이번에는 쿠션을 들어올려 두드려보는가 하면 시트 밑에 손을 넣어보기도 했다.

그녀는 어이가 없는지 빨간 입술을 삐죽거리며 말했다.

"아무리 찾아봐도 범인은 이미 그런 곳에 숨어 있지 않아요."

그녀는 또 하나의 큰 테이블에 몸을 꼬고 기대섰다.

크레인이 작은 테이블 있는 곳으로 돌아와 물었다.

"바늘 없습니까? 그리고 실도 조금."

호건 양은 이마를 찌푸렸다.

크레인은 현관 쪽으로 걸어가며 말했다.

"물론 있겠지요……."

윌리엄즈가 눈을 빛내며 그 뒤를 따랐다.

"저 여자는 바보거나 영리하거나 둘 중 하나일 것입니다."
크레인이 바닥에 주저앉아 윌리엄즈에게 말을 건넸다.
"윌리엄즈, 식당문을 열어주게."
그는 현관 옆의 유리 끼운 미닫이문을 가리켰다.
윌리엄즈는 그 미닫이문을 열고 침실로 들어간 그녀 쪽을 바라보았다. 식당에는 빨간 타일이 깔리고 연철에 보잘것없는 나무판자를 올려놓은 커다란 식탁이 있었다. 지나치리만큼 푸른 강에 걸린 핑크빛 다리가 그려진 화려한 그림이 벽에 걸려 있었다. 마주보이는 벽 왼쪽에 바깥복도 쪽으로 난 작은 창문이 있었다.
호건 양이 바늘과 갈색 실꾸리를 들고 와 크레인의 무릎 위로 던져주었다. 이번에는 라일락 향기가 짙게 풍겼다. 그녀의 다리가 또 살짝 보였으므로 크레인은 비단 화장 가운 밑에 그녀가 뭘 입었는지 어떤지 마음이 쓰였다.
크레인이 그녀에게 물었다.
"여기에는 출입구가 하나뿐입니까?"
"당신들이 들어온 문밖에 없어요."
"그러나 부엌에 밖으로 통하는 작은 창문이 있군요."
"그런 곳으로 드나들 수 있는 것은 아마 원숭이밖에 없을 거예요."
"그렇다면 밤에도 마음 푹 놓고 잘 수 있겠군요."
마스카라 밑의 초록빛 도는 갈색 눈이 거만하게 빛났다.
"나는 밤에도 그다지 문단속에 마음 쓸 필요를 느끼지 않아요."
윌리엄즈가 입을 열었다.
"이 거리는 다정한 곳이니까요."
그러나 변호사가 나무랐다.
"여보시오, 아무리 미인 앞이지만 우리는 지금 일하러 온 거요."
윌리엄즈가 흘끗 그녀를 바라보며 말했다.

"이런 일은 언제라도 그만둘 수 있지요."

크레인이 윌리엄즈에게 실꾸리를 흔들어보였다.

"윌리엄즈, 부엌의 작은 창문을 열어주게. 어차피 이 아가씨는 우리에게 흥미 없어."

그녀는 시치미 떼며 말했다.

"글쎄요, 어떨지……."

크레인은 현관으로 가서 문을 바라보았다. 문은 꼭 닫혀 있어 아래에도 위에도 이리저리 쑤셔서 열 만한 틈은 전혀 없었다. 특별한 자물쇠도 똑바로 맞춰야만 잠겨질 정도였다.

크레인은 되돌아와 윌리엄즈가 얼굴을 내밀고 있는 식당의 작은 창문으로 갔다.

그는 윌리엄즈에게 말했다.

"자네는 잠시 밖으로 나와 있어 주게."

작은 창문은 사람의 키 높이쯤 되는 곳에 있었으며, 크기도 가로 세로 30센티미터 남짓이었다. 이런 곳으로는 도저히 사람이 드나들 수 없다.

윌리엄즈가 바깥 복도로 나가 그리로 오자 크레인은 실 끝을 내주었다.

"붙잡고 있게."

크레인은 그대로 실을 늘여 열쇠가 놓여 있었다던 작은 테이블이 있는 곳으로 갔다. 그 위에 놓인 책을 한 권 밀어 놓고 테이블의 갈라진 틈에 바늘을 단단히 찔러 세웠다. 실꾸리에서 실을 잘라 끝을 고리처럼 만들어 바늘에 걸었다. 그리고 바늘에 건 실의 고리가 빠지지 않을 만큼 실을 팽팽하게 들어올려 작은 창문에서 한끝을 잡고 선 윌리엄즈가 있는 곳으로 다가갔다.

여자와 변호사는 눈을 동그랗게 뜨고 지켜보았다.

크레인은 작은 창문 있는 데서 실에 열쇠를 꿰어 식당 벽으로부터 거실까지 그 열쇠가 실을 타고 미끄러져 내려가게 하려고 했다.
　일직선이 아니므로 열쇠가 잘 미끄러지지 않았다. 크레인은 실을 조금 흔들어보았다. 실 끝이 바늘에서 빠져나와 열쇠가 타일 바닥에 짤랑 소리 내며 떨어졌다.
"쳇, 안되는군!"
그때 윌리엄즈가 복도를 돌아왔다.
"명탐정 선생님, 무엇을 하시는 건지 좀 설명해 주시겠습니까?"
크레인은 실을 실꾸리에 다시 감으면서 말했다.
"저 작은 창문에서 열쇠를 실에 꿰어 테이블 위로 보낸 뒤 힘껏 잡아당기며 실과 바늘이 끌려 올라오리라고 생각했네. 열쇠만 테이블 위에 놓이게 말일세."
크레인은 테이블에서 바늘을 뽑아 실꾸리와 함께 그녀에게 돌려주었다. 그는 그녀가 연노랑 브래지어를 하고 있음을 알아차렸다.
"미스터리 소설에 잘 나오는 트릭이라네. 죽인 뒤 열쇠를 이런 식으로 방 안에 미끄러뜨려 넣는 걸세. 시간만 있으면 할 수 있는 일이지. 범인은 아마도 이렇게 말할 걸세——'안에서 여자를 죽였지요. 그리고 누군가가 밖에서 문을 잠가버린 것처럼 보이게 하고 싶었던 겁니다.'"
변호사가 장난스럽게 말했다.
"범인은 원숭이를 길들여서 그 원숭이에게 열쇠를 되돌려놓게 했는지도 모릅니다. 원숭이라면 저 작은 창문으로 드나들 수 있으니까요."
윌리엄즈도 고개를 끄덕이며 맞장구쳤다.
"아니면 욕실 하수구로 바다표범이라도 들여보냈을까?"
그녀가 허리 오른쪽에 손을 얹으며 어이없는 듯이 물었다.

화요일 저녁

"당신들은 대체 어느 정신병원에서 도망쳐 나왔나요?"
크레인이 검은 비단을 씌운 긴 의자에 앉으며 말했다.
"그렇게 말하지 마시오. 몇 해 만에 가까스로 세상 밖에 나왔으니까요. 그런데 호건 양, 웨스틀랜드 씨의 열쇠로 밖에서 문을 잠갔다 하더라도 열쇠를 테이블 위에 놓고 저 문 아닌 어딘가 다른 곳으로 밖에 나가거나, 문으로 나가 다시 문을 열지 않고 테이블 위에 열쇠를 되돌려놓아야 할 경우 당신이라면 어떻게 하겠소?"
그녀는 오렌지 빛 머리를 가로저으며 말했다.
"도저히 할 수 없는 일이에요. 남편이 열쇠로 문을 잠근 게 틀림없어요. 신문에도 그렇게 나와 있지요. 나는 전부터 그렇게 생각했어요. 그런 돈 많은 바람둥이는 대개 믿을 수 없거든요."
"당신이 그런 것을 어떻게 알 수 있소?"
"나도 그런 사람들과 사귀어본 일이 있기 때문이에요."
"그건 그렇겠지요."
크레인은 그녀라면 틀림없이 그런 사람들의 돈을 우려냈을 거라고 생각했다.
"그렇지만 호건 양, 우리는 웨스틀랜드 씨를 위해 일하고 있소. 그가 범인이 아니라고 보는 편에 서 있는 거지요."
"좀더 쉽고 빠르게 큰 발견을 하면 그런 사람을 위해 일하지 않아도 좋을 텐데……."
그녀는 말을 마치자 가느다란 허리에 화장 가운을 꼭 맞게 여몄다.
핑클슈타인 변호사가 말했다.
"이런 일을 하고 있어봐야 아무 소용없습니다."
그러자 크레인이 윌리엄즈에게 말했다.
"침실에서 밖으로 나갈 수 있는지 어떤지 잠깐 살펴봐 주게, 윌리엄즈. 뭔가 방법이 있을 것 같네."

변호사가 말했다.
"창문은 안쪽으로 고리가 걸려 있었고, 문은 하나뿐입니다."
 호건 양은 윌리엄즈를 따라 침실로 들어갔다. 보기 좋게 햇볕에 그을린 늘씬한 다리를 드러내 보이면서.
 크레인이 그것을 바라보며 말했다.
"아무튼 빨리 여기서 나갑시다. 그 관리인 사나이는 무엇 때문에 저런 여자를 들였을까요?"
 창문으로 불이 켜진 큰길을 바라보고 있던 변호사가 말했다.
"불경기 탓입니다. 아마 저절로 굴러들어왔겠지요. 돈줄만 찾아내면 여자는 떠나가 버릴 겁니다."
"하지만 어쩌면 그런 여자도 좋을지 모르지요. 언제나 이쪽이 정신이 바짝 차릴 수 있을 테니까요. 누워서 잠잘 때에도 한쪽 눈을 뜨고 있지 않으면 목을 찌를 것 같아 두렵습니다. 그 대신 착실하고 성실한 여자로부터 배반당하는 것보다는 덜 놀랍겠지요."
"그 블렌티노 양도 웨스틀랜드 씨를 방해하고 있다고 생각되지 않습니까?"
"그녀는 우드베리 씨와 사이가 좋지요. 그녀 자신도 그렇게 말했습니다. 사이먼즈의 말이 옳다면 그녀가 웨스틀랜드 씨의 권총을 가지고 있었는지도 모릅니다."
"동기는? 웨스틀랜드 씨가 방해로 여겨졌다면 어째서 직접 그를 죽여 버리지 않았을까요?"
 크레인은 귀찮은 듯이 말했다.
"글쎄요. 이런 사건은 유럽에 가 있는 소장이 아주 잘 해결할 텐데요. 나는 서투른 탐정이라서 뭘 좀 생각하면 골치가 아파집니다."
 크레인은 무거운 엉덩이를 긴 의자에서 들어올렸다.
"그 수프레이그 노인이 이야기한 동기는 제대로 들어맞는 것일까요?"

"나로서는 그렇게 생각되지 않습니다. 그냥 나오는 대로 지껄인 말이겠지요."

윌리엄즈가 그녀와 함께 돌아왔다.

"침실에서 나가는 길은 없었습니다."

"그럼, 이만 돌아가는 편이 좋겠군요."

크레인은 그녀의 뺨을 콕 찔렀다.

"언제 또 뵙겠소."

"나는 전혀 생각 없어요."

그녀는 말을 마치자 현관으로 가는 핑클슈타인 변호사에게 상냥한 웃음을 지어 보였다.

"하지만 당신을 위해 뭔가 도움 될 일이 있다면……."

변호사가 새삼스럽게 자기 이름을 댔다.

"잘 부탁하오. 나는 핑클슈타인 변호사요."

문이 닫히자 크레인이 말했다.

"후유! 굉장한 밤이로군요. 눈 깜짝할 사이에 저만한 구슬을 차지해 버리니 말입니다."

변호사는 낙타외투에 묻은 솜털을 손가락으로 집어내며 말했다.

"그게 다 나이 들었기 때문입니다."


로버트 웨스틀랜드에게 오늘도 에밀리 루로부터 과일이 보내져왔다.

잘게 다진 쇠고기와 시큼한 빵에 커피를 곁들인 식사가 끝나자 그는 밸리처에게도 과일을 주었다. 전에 과자가게를 했었다는 이 사나이는 오늘은 그다지 울지 않았다. 그는 파란 배를 집었다.

"고맙소."

꺼먼 이를 드러내며 밸리처는 웃음을 떠올렸다. 목 언저리가 벗겨져서 보랏빛으로 멍들어 있었다.

"나도 전에는 과일장사를 한 적이 있었지요."

코너즈는 포도를 한 움큼 집었다.

"저 조무래기 악당과 무척 사이좋게 지내는 것 같군요."

"저 사람이 좀 가엾어졌소. 저 사람은 이런 데보다 정신 병원에 가는 게 좋을 거요."

웨스틀랜드는 과일바구니를 바닥에 놓았다. 복도를 지나가는 찬바람 때문에 몸이 부르르 떨렸다. 이처럼 추운데 코너즈가 윗옷을 벗고 있을 수 있는 게 이상했다.

코너즈가 입을 열었다.

"그 살해된 그랜트라는 녀석에 대해 생각해 보았소. 마침 좋은 때 살해되었잖소. 틀림없이 폭로되면 난처한 일이 있었기 때문에 없애버린 걸 거요."

"그런 것 같소. 하지만 어쩔 수 없잖소? 그를 죽인 범인을 찾아내고 있을 겨를이 없으니까 말이오. 남은 것은 사흘…… 나에게 뭔가 도움이 될 단서를 잡는 게 급한 문제요."

코너즈는 언제나처럼 입술을 움직이지 않고 중얼거리듯 말했다.

"그 살인자를 고용한 녀석들을 잡기만 하면 당신 부인을 해치운 범인도 잡을 수 있을 거요."

"틀렸소. 언젠가는 거기까지 더듬어갈 수 있을지도 모르지만, 그전에 나는……."

"하긴 그렇군. 당신이 억울하다는 증거를 무엇이든 잡아야겠지요."

"그렇소. 조금만 더 살아 있을 수 있다면 진범을 잡을 시간이 넉넉할 텐데 말이오."

코너즈는 사과를 집어 베어 물었다.

"나로서는 그런 총질쯤 아무렇지도 않게 여기지만, 그건 전문가의 솜씨요. 그것만은 말할 수 있소. 그러니 그 사건의 경위를 알아낼 수 있는 사람들이 있을 거요."

코너즈는 사과를 또 한 입 베어 물었다. 사과가 절반이 되었다.

"그렇게 하면 당신을 귀찮게 여기는 사람이 누구인지 알 수 있소."

"하지만 나는 이제까지 갱들에게 미움 살만한 관계를 가진 일이 한 번도 없었소. 그런데도 무엇 때문에 내 일 따위에 그토록……."

웨스틀랜드의 목덜미에 찬바람이 스쳐지나갔다. 멀리 버링턴 주차장에서 기관차가 무거운 열차를 끌어당기는 소리가 들렸다.

코너즈가 말했다.

"내 동료에게서 편지가 올 터이니, 그것을 받아보면 어떻게 해야 좋을지 알 수 있을 거요."

핑클슈타인 변호사는 중요한 볼일이 있다면서 두 탐정과 중심가에서 헤어졌다. 두 사람은 셔먼 호텔의 자기들 방으로 돌아오자 세수를 하고 캐나다 산 라이 위스키에 얼음을 넣어 한 시간쯤 마셨다.

식사하러 가기 위해 방을 나설 때 크레인이 문을 잠그며 말했다.

"이렇게 언짢은 사건은 처음일세. 나는 지금까지 술에 흠뻑 취하고 싶다는 생각을 해본 적이 한 번도 없었는데 이번은…… 대개의 사건에는 시간이라는 게 있지. 필요하면 1년이 걸려도 좋아. 그런데 이번 일은 금요일까지 모든 것을 해결지어야 한단 말일세. 머리가 이상해질 것만 같네."

윌리엄즈가 말했다.

"소장님이 계신다면 얼마나 좋을까요."

엘리베이터를 기다리는 두 사람 뒤에 연초록색 양복차림의 이탈리아 인이 서 있었다. 엘리베이터 문이 덜컹 열리자 그 사나이는 거칠게 두 사람을 젖히고 먼저 올라탔다. 아래로 내려가는 동안에도 그는 두 사람을 빤히 노려보고 있었다.

향수 냄새를 짙게 풍기며 시커먼 얼굴에 탤컴 파우더를 듬뿍 바르고 있었다. 엘리베이터에서 내릴 때에도 그는 두 사람을 젖히고 앞서 갔다.

로비의 슬롯머신 앞을 지나가며 윌리엄즈가 아무렇지도 않게 말했다.

"기분 나쁜 녀석이로군요."

크레인이 말을 받았다.

"그도 우리를 그렇게 생각할 걸세."

그들은 디어본 거리의 비프스테이크 집으로 천천히 걸어갔다. 종업원이 주문을 받아 물러가자 윌리엄즈가 물었다.

"핑클슈타인 씨의 중요한 볼일이란 대체 무엇일까요?"

"짐작은 가네."

크레인은 주머니에서 동전을 꺼내 옆의 전화 부스로 가서 어떤 번호를 불러냈다.

한참 만에 그는 말했다.

"호건 양 방을 부탁하오. 여기는 변호사회인데, 핑클슈타인 씨에게 급한 볼일이 있소만……."

다시 한참 지난 다음 크레인이 말했다.

"핑클슈타인 씨입니까? 이런 말씀드리기는 뭐하지만, 거실 블라인드를 내려둘 정도의 에티켓은 알고 계셨으면 좋겠는데요."

그리고는 소리 나게 수화기를 내려놓았다.

테이블로 돌아올 때 크레인은 마치 이 웨스틀랜드 사건을 해결하고 난 것처럼 아주 기분이 좋았다.

# 화요일 밤

 식사가 끝나자 두 사람은 경찰국 수사부의 스트롬 경감을 만나러 가기로 했다.
 밖은 바람이 세지 않았지만 사각사각 소리를 내며 싸락눈이 내리기 시작했다. 마치 손톱깎기로 타조의 목 깃털을 장난삼아 자잘하게 깎아놓은 듯한 눈이었다. 전철은 하얗게 눈을 뒤집어쓴 레일 위를 미끄러지듯 달리고, 자동차도 하얀 길을 조심스럽게 달려갔다. 스테이트 거리는 조용하고 깨끗한 전원 풍경이었다. 두 사람은 백화점의 진열창을 바라보며 남쪽으로 걸어 내려갔다.
 크레인은 웨스틀랜드의 일을 생각하며 음울하게 중얼거렸다.
 "빨리 어떻게 될 것 같지 않구먼."
 윌리엄즈가 말했다.
 "글쎄요. 나는 아직도 우드베리에게서 눈을 떼지 않는 편이 좋을 것으로 여겨지는데요."
 철교 밑을 지나 밴 버렌 거리 남쪽 싸구려 술집이 늘어선 거리로 나왔다. 사격장의 싸구려 간판, '뉴욕의 미녀 50명'이라는 벌레스크

(익살스런 문구), 빨간 간판에 의하면 '일곱 명의 현존 모델에 의하여 대도시의 악덕을 대담하게 폭로함'이라는 또 다른 벌레스크, 문신쟁이, 전당포……

윌리엄즈가 보라는 듯 뽐내는 얼굴로 설명했다.

"문신을 하고 싶어지면 여자 이름만은 새겨 넣지 않는 편이 좋습니다."

"나는 문신 따위는 하고 싶지 않네."

"만일 하고 싶어졌을 경우 말입니다. 터져버린 심장이나 자유의 여신상이나 잎사귀를 입에 문 비둘기 같은 것은 좋지만, 여자 이름만은 안 되지요. 언제 어느 때 마음이 달라질지 모르는 일이니까요. 게다가 그것을 없애기는 좀처럼……"

경찰국은 바로 옆이었다. 거리가 어두컴컴하고 오른쪽은 판자로 둘러친 석탄 하치장. 그 맞은편은 갈색 4층 건물인 싸구려 아파트. 사람들도 거의 다니지 않았다.

윌리엄즈가 말을 계속했다.

"메리라는 좋은 아가씨가 있었는데, 언젠가 호보큰이라는 녀석으로부터 인어와 메리라는 글자를 내 가슴에 문신해 받았지요. 앤젤러라는 이탈리아 여자를 유혹할 때까지는 아주 잘되어 나갔는데, 메리의 이름을 지우지 않으면 나와 관계하지 않겠다고 버티는 겁니다. 앤젤러는 경건하지 못한 일이기 때문이라고 말했지만, 지금까지도 모르겠습니다. 어째서 그녀가 그토록 앙탈부렸는지……"

크레인이 말했다.

"틀림없이 신의 이름을 더럽히는 일도, 불의도 싫었던 거겠지."

갑자기 윌리엄즈가 뒤를 돌아보았다.

"위험해!"

그는 크레인의 허리에 팔을 돌려 쓰러뜨렸다. 두 사람은 길바닥에 나동그라졌다.
 따따따따따 하고 철책에 막대기를 그으며 달리는 듯한 불규칙한 소리가 나며 검은 커튼을 내린 자동차가 시속 30마일쯤 되는 속도로 달려갔다. 앞좌석에서 몸을 내민 사나이가 기관총을 마구 쏘아대고 있었다.
 크레인은 눈이 얼굴에 닿아 차갑게 여겨졌다.
 윌리엄즈는 외투 속에서 가까스로 권총을 꺼내 재빨리 마주 쏘았다. 두 사람 뒤쪽의 노란 가로등 불빛 아래에서 중산모자에 연갈색 외투를 입은 흑인이 하나 눈이 동그래져 바라보고 있었다. 기관총 사나이는 콩 볶듯 이쪽에 대고 마지막으로 한 차례 쏘아대더니 자동차 안으로 들어가 버렸다.
 크레인은 다시 얼굴을 땅에 납작 엎드렸다. 이번에 머리를 들었을 때는 자동차 모습이 보이지 않고 뒤에 서 있던 흑인이 도랑에 거꾸로 처박혀 낚싯줄에 걸린 농어처럼 버둥거리고 있었다.
 크레인은 두려운 마음으로 일어나 모자를 집어 들었다. 흑인은 길로 기어 올라오더니 손발로 헤엄치는 듯한 모습으로 다시 질질 끌리듯 도랑에 미끄러져 떨어졌다. 윌리엄즈가 내려다보자 그는 흠칫 몸을 움츠렸다.
 윌리엄즈가 말했다.
 "죽이지 않아. 어디를 다쳤지?"
 흑인의 두 눈은 나란히 프라이한 달걀 같았다. 그는 다리 쪽을 손가락질했는데, 바짓가랑이 밑에서 피가 뿜어 나와 하얀 눈 위에 빨갛게 번져갔다.
 윌리엄즈는 권총을 집어넣고 칼로 바지를 찢었다.
 흑인은 신음하며 말했다.
 "하나밖에 없는 나들이옷인데."

"바지와 목숨 가운데 어느 쪽이 소중한가?"

윌리엄즈는 흑인의 목에서 물방울무늬 비단 스카프를 낚아채듯 빼내 상처 위에 칭칭 감았다. 크레인과 둘이 양쪽 끝을 잡고 힘껏 당겨서 잡아맸다.

트럭이 한 대 가까이 다가왔다. 운전 기사가 말을 걸었다.

"왜 그러시오?"

'클리닝…… 독신자의 벗 사(社)'라고 씌어진 트럭이었다. 그 밑에 '일하면서 결혼하려면?'이라는 글자가 보였다.

"이 흑인 친구가 다쳤소. 쏜 녀석은 달아났지요. 성 누가 병원까지 태워다주겠소?"

윌리엄즈는 말하며 흘끗 니켈 배지를 내보였다.

"잘 알겠습니다."

젊고 뚱뚱한 운전 기사는 흑인을 앞좌석에 태우고 재빨리 달려가 버렸다.

크레인이 말했다.

"우리도 그만 가보는 게 좋겠네."

"그렇지요. 경찰 눈에 띄면 귀찮은 신문을 당할 테니까요……."

"그런데 그 자동차에 타고 있던 녀석 말인데……."

그러자 윌리엄즈가 괘씸하다는 듯이 말했다.

"짐승 같은 녀석! 이번에 오기만 해봐…… 솜씨가 형편없는 녀석이었지요."

"고마운 일이었지."

두 사람은 서둘러 눈길을 걸었다. 시카고 경찰국 한 블록쯤 이르렀을 때 윌리엄즈가 크레인의 팔을 와락 움켜잡았다.

"그 녀석입니다! 그 엘리베이터에서 만난 이탈리아 녀석! 연초록색 양복을 입었던 녀석 말입니다."

"그 녀석이?"

"우리 뒤를 밟아온 겁니다. 아무래도 이상하다고 생각했었지요. 녀석의 안내로 그 자동차가 우리 뒤를 따라온 겁니다."

"하지만 우리를 왜 쏘려고 했을까?"

윌리엄즈가 대답했다.

"우리는 나리와 달리 명탐정이 아니잖습니까. 나는 대학이라는 곳에는 가보지 못했으니까요…… 그러나 그랜트를 없앤 것도 틀림없이 같은 녀석들일 겁니다. 우리가 방해되었던 모양이지요."

경찰국 문 앞 눈 위에는 발자국이 수없이 많았다. 두꺼운 유리에도 물방울이 맺혀 부옇게 흐려 있었다.

크레인이 힘없이 말했다.

"우리가 알고 있는 일이 겨우 이 정도라는 것을 안다면, 그들도 그리 두려워하지 않을 텐데."

경찰국 안은 땀 냄새가 물씬 풍겼다.

윌리엄즈의 어깨에 굵은 왼팔을 올려놓은 다음 수사부차장 어니스트 스트롬 경감은 크레인과 거칠게 악수를 나누었다.

"윌리엄즈의 친구라면 내게도 친구지요. 부디 잘 부탁합니다, 크레인 씨?"

스트롬은 맥주통 같은 몸집에 눈이 파랗고 뺨이 불그레했다. 그 목소리는 열차 아나운서 같았다.

그는 두 사람을 창문이 하나밖에 없는 조그만 자기 방으로 데려가더니 의자와 여송연을 권했다. 책상 뒤의 갈색 회전의자에 그가 앉자 삐걱거리는 소리가 났다. 그는 여송연에 불을 붙이고 책상 위에 다리를 척 올려놓았다. 잿빛 양복은 이제 세탁소에 보내도 좋을 듯했다.

그는 여송연을 입에 문 채 말했다.

"오랜만일세, 독. 정말 오랜만이야."
윌리엄즈도 말했다.
"요 5년 동안 뉴욕에 있었으니까. 사립탐정으로 일하고 있다네."
"돈을 잘 벌겠구먼."
"뭐 그렇지."
"이거 아주 다행이군."
 스트롬 경감은 여송연에서 파란 연기를 뿜어내며 크레인을 흘끗 바라보았다.
"몇 해 전에 독과 함께 일했었지요. 둘이서 무척 많은 사건을 해결했습니다. 아주 큰 것도 있었지요. 여보게, 독, 버츠호츠의 위조지폐공장사건을 기억하고 있나?"
"물론이지. 그 늙은이가 휘두른 페이퍼 나이프에 입은 상처가 아직도 있으니까."
"자네는 언제나 실수만 했지, 하하하."
 유리창이 깨질 만큼 큰소리로 웃은 다음 경감은 곧은 눈썹 밑으로 다시 크레인을 슬쩍 보았다.
"하지만 나와 옛날이야기나 하려고 여기 온 것같이 보이지 않는군 그래."
윌리엄즈가 대답했다.
"웨스틀랜드 사건에 대해 이야기하고 싶네."
"호! 그런데 그게 어떻게 되었다는 건가?"
"자네가 이 사건을 맡았었지?"
"그렇네만."
 경감의 목소리는 왠지 기운이 없어졌다.
"그 사건은 내가 맡았었지. 그런데 왜……?"
 윌리엄즈는 크레인 쪽을 비스듬히 바라보며 말했다.

"별일 아니네만, 우리는 그를 살려내려고 하네. 그가 범인이라고 생각되지 않네. 어떻게든 구해주고 싶어."

스트롬 경감은 파란 눈을 가만히 못 박은 채 숨죽이고 있는 듯하더니 마침내 입을 열었다.

"아무튼 굉장한 일에 참견하고 나섰구먼. 첫째, 앞으로 겨우 사흘밖에 없네. 더욱이 웨스틀랜드를 살려낼 수 있는 오직 하나의 길은 진범을 잡아내는 일이지……. 물론 만일 진범이 따로 있다면 말이네만."

크레인이 입을 열었다.

"그 일을 해보려는 겁니다. 웨스틀랜드 씨가 부인을 죽이지 않았다는 아주 강력한 증거를 손에 넣었지만, 아무래도 형을 미룰 만큼 결정적인 것은 못됩니다."

"어떤 증거지요?"

"그전에 묻고 싶은데…… 그 머니 그랜트 사건으로 무언가 알고 있지 않습니까? 총에 맞아서 죽은 그……."

"아, 그것은……."

스트롬 경감은 익숙한 솜씨로 손가락 사이에 여송연을 끼웠다.

"신문의 머리기사로 실렸었지요."

윌리엄즈가 말했다.

"웬만큼 아는 정도로는 안 되네. 게다가 우리는 기자가 아니니까."

"그랜트에 대해 무엇을 알고 싶습니까, 크레인 씨?"

크레인은 편지에 대한 일이며, 자기들이 그랜트를 찾고 있었던 일을 경감에게 이야기했다.

스트롬의 금빛 눈썹이 거의 눈 있는 데까지 바싹 다가붙었다.

"흠…… 그러나 당신들은 적어도 지금으로서는 그랜트의 친구들에게 그리 알려져 있지 않을 겁니다……. 물론 그랜트를 찾고 있었다는 것을 그들이 안다면 문제가 다르지만."
크레인은 말을 이었다.
"그러나 그 편지는? 그랜트가 사건이 일어났을 때 뭔가 보았다고 생각되지 않습니까?"
"살인사건이 신문에 실리면 언제나 편지가 산더미처럼 모여드는 법입니다. 그 그랜트도 좀 돌았던 모양이군요. 사건이 일어난 날 밤 마약주사라도 맞았기 때문에 여자를 죽인 것은 자기였다고 생각했던 건 아닐는지……."
윌리엄즈가 크레인에게 말했다.
"시간이 틀렸던 것을 가르쳐주는 편이 좋겠군요."
크레인은 볼스턴이 생각해 낸 사실과 셔틀 박사의 증언이 바뀐 것을 경감에게 이야기했다. 그리고 덧붙여 말했다.
"이로서 웨스틀랜드의 진술이 되살아날 수 있을 겁니다. 그는 부인이 살해되기 전에 아파트를 나왔다고 말했는데, 그것이 가능했지요."
스트롬 경감은 커다란 머리를 가로저었다.
"부인이 살해되기 전에 방을 나왔다고 말하는 건 당연하잖습니까? 안 그렇습니까?"
스트롬 경감이 갑자기 크레인의 얼굴을 들여다보았다.
"어떻게 된 거지요? 누구에게 걷어차였습니까?"
크레인은 아까 길바닥에 쓰러졌을 때 부딪친 얼굴 언저리를 손으로 닦으며 말했다.
"눈에서 미끄러졌지요."
"심하게 넘어졌군요."
윌리엄즈가 말했다.
"여보게, 우리는 자네에게서 뭔가 들을 수 있으리라 생각하고 왔는데……."
"그러나 그 일은 막다른 길에 부닥치고 말 걸세. 웨스틀랜드가 범인임에 틀림없어."
"하지만 그랜트가 총에 맞아 죽었잖나? 이상하게 생각되지 않나?"
비스듬히 입에 문 여송연에서 연기가 피어올랐다.
"우연한 일이었네. 마침 자네와 크레인 씨가 그를 찾고 있을 때 누군가가 그를 해치운 것뿐일세."
스트롬의 발이 책상에서 미끄러져 떨어졌다.
"사실대로 이야기해 주지. 그랜트 사건에 대해 지금 우리는 꽤 뚜렷한 단서를 잡고 있네. 그랜트는 보석도둑으로, 솜씨가 꽤 좋았지. 그런데 그가 마이애미에서 저지른 월바움 사건으로 동료를 배반했다는 정보가 들어와 있네. 지난해 겨울 일인데, 기억나겠지? 물론 이 이야기는 뱃속에만 넣어두어야 하네."
스트롬은 엄지손가락과 집게손가락으로 여송연을 비볐다.
크레인은 말했다.
"우리는 웨스틀랜드 말고는 흥미가 없습니다. 그러나 웨스틀랜드에게는 크게 흥미가 있지요. 그런데 그 사건에 관계된 사람들 가운데 전과자가 있는지 어떤지 알 수 있습니까?"
"사람들이라니, 누구 말입니까?"
"우드베리, 볼스턴, 워튼, 마틴 양, 블렌티노 양, 그리고 수프레이 그 노인도."
윌리엄즈는 깜짝 놀라며 앉음새를 고쳤다.
"설마 마틴 양이……."
"모두 조사해 보아서 나쁠 건 없겠지?"
경감이 대답했다.

"그러나 모두들 건실한 사람들입니다. 나도 만나보았지만, 설마 그들 가운데……."
"자료실에 알아보았었습니까?"
"아니오. 웨스틀랜드가 범인임을 알고 있는데, 그럴 필요가 없지 않겠습니까?"
"그럼, 지금 알아봐주실 수 없습니까?"
경감은 신음 소리를 냈다.
크레인이 필요한 이름을 종이에 써서 불려온 형사에게 내주었다.
스트롬이 말했다.
"빨리 부탁하네."
크레인을 바라보는 경감의 파란 눈이 날카로웠다.
"용의자가 이 여섯 사람으로 좁혀졌다면, 수완 있는 탐정으로서 이제 문제없겠지요?"
"아직 그다지 잘 할 수 없습니다. 아무튼 시간이 없으니까요. 지금 알고 있는 것은 우드베리가 웨스틀랜드의 권총을 훔칠 수 있었다는 것뿐입니다. 사건이 일어난 날 밤 그는 웨스틀랜드의 아파트에 갔었으니까요. 물론 흉기가 확실히 웨스틀랜드의 권총이었다고 한다면 그렇다는 말입니다."
"그 점은 틀림없습니다. 감식전문가 리 소령의 조사로 총알이 전쟁 때 쓰였던 웨블리 권총임을 알아냈으니까요. 소령은 지금까지 한 번도 실수한 적이 없지요."
"그럼, 어째서 권총을 감추었을까요?"
"웨스틀랜드는 그것이 유죄가 되는 결정적인 증거가 된다는 걸 알고 있었기 때문이지요. 그 자신이 감추었을 겁니다."
"흠, 과연 그런데 만일 웨스틀랜드가 범인이 아니라고 한다면 누군가가 왜 권총을 감추었을까요?"

스트롬 경감은 여송연을 물지 않은 쪽 입 끝으로 빙그레 웃었다.
"나 자신이 손댄 사건을 뒤집어엎기 위해 지혜를 짜내야 할 의리가 있을까요?"
형사가 아까 일러준 사람들의 이름이 씌어진 종이를 가지고 들어왔다.
"아무도 전과 기록이 없습니다."
경감은 보라는 듯이 커다란 머리를 끄덕였다.
"어떻습니까. 모두 결백합니다."
윌리엄즈가 중얼거리듯 말했다.
"성가시게 되었군."
형사가 나가고 문이 소리 내며 닫히자 크레인이 물었다.
"마틴 양의 가짜 전화에 대해서도 조사해 보았겠지요?"
"그것도 아리송합니다. 처음에는 마틴 양에게서 왔다고 하다가 그녀가 부정하자, 이번에는 그녀 이름을 댄 가짜 전화였다고 했으니까요. 자기 연인의 전화 목소리도 알아듣지 못하다니 이상한 일이잖습니까."
"확실히 이상하군요."
"아무튼 우리도 조사할 만큼 조사해 보았습니다. 마틴 양은 숙부 부부와 로저스 공원 북쪽에 살고 있는데, 그 집에는 전화가 하나밖에 없지요. 더욱이 거실 옆 복도에. 웨스틀랜드에게 전화가 걸려왔다는 시각에 그녀는 거실에 있었고 아무도 전화를 쓰지 않았다더군요. 내가 직접 물어보았지요."
윌리엄즈가 물었다.
"혹시 그녀가 밖에 나갈 일은 없었나?"
"나가지 않았다네. 숙부 부부도 분명하게 말했지."
크레인은 입을 열었다.

"왜냐하면 실제로 전화한 건 다른 사람이었으니까……."
그러자 경감이 가로막았다.
"아무도 전화 따위는 하지 않았습니다. 웨스틀랜드가 꾸며낸 일이지요."
"웨스틀랜드를 좋아하지 않는 것 같군요."
"좋아하지 않을 것도 없습니다. 나는 다만 아내를 쏜 건 웨스틀랜드라고 말할 따름입니다."
경감은 웨스틀랜드가 좋다든가 싫다든가 하는 하찮은 일에는 아무 관심도 없다는 듯이 여송연을 흔들었다.
"아직도 더 물어볼 게 있습니까?"
크레인이 물었다.
"문제가 되는 것은 그 열쇠인데, 범인이 열쇠 없이도 그 방에서 나갈 방법이 있었습니까?"
"방은 안쪽으로 모두 잠겨 있었습니다. 우리도 여러 가지로 조사해 보았는데, 어느 창문이나 다 단단히 잠겨 있었지요. 밖으로 나가려면 문을 지나갈 수밖에 없습니다. 그런 다음 밖에서 잠그는 거지요. 그것이 당연합니다."
"그렇다면 누군가가 여벌 쇠를?"
"여벌 쇠 따위는 없었습니다. 열쇠는 꼭 두 개밖에 없었습니다. 신문에도 두 개의 열쇠 사진이 실리고 '제3의 열쇠는?' 따위의 요란한 제목이 붙었었지요. 변호사 쪽에서 일부러 열쇠 사진을 찍었을 정도였습니다. 어느 열쇠장이가 여벌 쇠를 만든 일이 밝혀지면 웨스틀랜드의 유일한 기회가 되는 셈이니까요. 그 열쇠장이가 제3의 열쇠에 대해 알고 있다는 결론이 되니 말입니다."
윌리엄즈가 책상에 팔꿈치를 짚고 말했다.
"변호인측에서 제대로 손쓴 일이란 고작 그뿐이었군."

스트롬이 어깨를 움츠렸다.

"그밖에 무엇을 할 수 있었겠나? 웨스틀랜드는 검찰측보다도 더 많은 유죄 증거를 자신이 스스로 내놓은 거나 다름없었다네. 누군가가 여벌 쇠를 만들 가능성은 없다고 자신이 인정했을 정도였으니 말일세."

크레인이 물었다.

"그럼, 범인은 어떻게 밖으로 나갔을까요?"

"그야 간단하지요. 웨스틀랜드가 아내를 죽이고 자기 열쇠로 나간 겁니다."

"아무래도 웨스틀랜드에게로 돌아오고 마는군요."

경감은 아랫입술 위로 연기를 감돌게 하며 말했다.

"당연하잖습니까."

젊은 형사가 문을 열고 고개를 들이밀었다.

"성 누가 병원에 총상을 입은 이상한 환자가 실려 왔다는데 흑인으로 다리를 맞았답니다. 형사와 갱들이 맞총질을 했는데, 바로 큰길 두세 블록쯤 앞에서 기관총에 맞았다고 합니다. 가보시겠습니까?"

"좋아, 가세."

경감이 회전의자에서 우람한 몸을 일으켰다. 그는 외투에 팔을 꿰면서 두 사람에게 말했다.

"재미있는 사건일지도 모르지. 어떻습니까, 함께 가겠습니까?"

크레인이 당황하여 말했다.

"아니, 괜찮습니다. 이제 가봐야 할 시간이니까요."

호텔로 돌아와 좀 마시려고 했으나 아직 10시였다. 이번에도 캐나다 산 라이 위스키를 물에 타서 마셨다.

크레인이 가득 따른 글라스를 집어 들며 물었다.
"목숨을 살려준 데 대해 인사했던가?"
윌리엄즈가 글라스를 입으로 가져가며 말했다.
"정신없이 쓰러졌을 때는 나도 정신이 아찔했지요."
"아무튼 고맙네. 그 총알을 맞고 싶지는 않았으니까."
"누구나 마찬가지지요."
크레인은 의자에서 일어나 침대로 다가갔다. 머리 밑에 베개를 높직이 괴고 지루한 듯이 방 안을 둘러보았다.
"웨스틀랜드 부인의 방만큼 고급스럽지 못하군."
"그럴 겁니다, 여기에는 오렌지 빛 머리의 여자가 없으니까요."
"그런데 그 선생께서는 어떻게 하고 있을까?"
윌리엄즈가 글라스에 다시 술을 따르며 말했다.
"누구? 아, 핑클슈타인 씨 말입니까? 잘하고 있겠지요."
크레인은 베개에 머리를 대고 눈을 감았다. 길바닥에 부딪친 데가 조금 아리고 쓰라렸지만 기분 좋게 잠드는 것을 방해할 정도는 아니었다.
"경찰에서는 우리 의뢰인이 무죄라는 걸 그리 생각해 보지도 않은 듯하네."
"우리도 때로는 자신이 없어지는 판이니까요."
큰길을 한 블록쯤 간 팰리스 테아트르에서 네온사인 불빛이 꺼졌다 켜졌다 하며 방 안으로 비쳐 들어왔다. 눈이 아직도 내리고 있었으나 바람은 전혀 없었다.
"웨스틀랜드가 시간에 대해 거짓말했다고 생각되지는 않네. 자신이 무죄라는 것을 핑클슈타인이나 나에게 납득시킬 필요는 그다지 없었으니까. 어찌되었든 우리는 죽을힘을 다해 일할 테니 말일세."
말을 마치자 크레인은 위스키 글라스에 손을 뻗쳐 입으로 가져갔다.
 "셔틀의 증언이 잘못되었음을 볼스턴이 발견했는데, 그로써 살인이 일어났을 때 웨스틀랜드가 방에 있지 않았다는 증거가 된다고 나는 생각하네."
 "우리에게는 증거가 되지만, 저쪽에서는 어떻게 여길는지……."
 "그렇네. 저쪽에서는 받아들이지 않겠지."
 "그럼, 다음에는 어떤 방법을 쓰지요?"
 "도무지 알 수가 없네."
 윌리엄즈는 대가리가 빨간 부엌용 성냥을 엄지손가락 손톱에 대고 문질러 담배에 불을 붙였다. 그는 연기를 깊숙이 빨아들였다가 내뱉으며 말했다.
 "이렇게 하면 어떻겠습니까? 그 여섯 사람 말입니다. 그들이 사건이 일어난 날 밤 어디에 있었는지 조사해 보면?"
 크레인이 감았던 눈을 떴다.
 "그거 좋군. 내일 핑클슈타인과 의논하세."
 "변호사 선생이 그 여자를 상대하고 있으니, 내일도 살아 있을 수 있다면 말이지요."
 요란한 전화 벨소리.
 크레인이 벌떡 일어나 글라스를 밀어냈는데, 테이블에서 굴러 떨어질 듯하자 가까스로 다시 잡았다.
 "아무래도 아까의 그 총질로 신경이 날카로워진 모양일세."
 다시 전화벨이 울리자 크레인이 수화기를 들었다.
 "여보시오…… 아, 좋습니다."
 "누구입니까?"
 "볼스턴일세. 할 이야기가 있다는군."
 볼스턴은 검은 바바리코트 속에 깃이 접힌 턱시도를 입고 있었다.

가슴의 단추 구멍에는 상아 빛 치자꽃. 그는 책상 옆에 놓인 등받이가 곧은 의자에 앉아 물탄 라이 위스키를 받아들었다.
"지금 중심가에서 늦은 식사를 하고 오는 길입니다. 무엇이든 내가 도울 수 있는 일이 없을까 하고 잠깐 들렀지요."
"난처한 것은 바로 그 점입니다. 도무지 어디서부터 어떻게 해야 할지 알 수가 없군요."
크레인의 말을 듣고 볼스턴은 공들여 빗어 올린 금발의 머리를 끄덕였다.
"확실히 귀찮은 일입니다. 웨스틀랜드는 꽤 많은 돈을 쓰고 있지요…… 교도소 소장에게 1만 달러 주었고, 변호사에게도 얼마나 빼앗길지……."
그러자 윌리엄즈가 말했다.
"변호사가 그에게서 돈을 받을 수 있게 되기만 한다면 좋겠습니다."
"하긴 그렇지요. 그러나 좀더 어떻게든 움직여주지 않으면……."
크레인이 졸린 듯한 목소리로 물었다.
"흠, 우리도 마찬가지라는 말씀입니까?"
"아니, 그런 건……."
크레인은 다시 글라스에 위스키를 따랐다. 이것으로 벌써 다섯 잔째였다.
"일이 좀처럼 진척되지 않는 것은 사실이지만, 우리도 힘껏 애쓰고 있습니다. 무슨 좋은 생각이 있거든 말해 주십시오. 시간을 그냥 허비하고 있다는 말만은 하지 말아주십시오. 이를테면 핑클슈타인 변호사도 지금 열심히 일하고 있는 중이지요."
윌리엄즈는 터져 나오려는 웃음을 억지로 참느라 기침을 했다.
볼스턴의 갈색 얼굴이 누그러졌다.

"아니, 나는 불평하는 게 아닙니다. 어떻게든 해주었으면 하는 마음이 간절할 뿐이지요. 죄없는 사람이 전기의자에 앉혀진다는 건 끔찍스러운 일이니까요."
그는 머리를 설레설레 내저었다.
윌리엄즈가 말했다.
"진범이라 할지라도 기분 좋은 일은 아닐 겁니다."
크레인이 말했다.
"지금까지 확실해진 것은 당신이 조사해 온 시간 차이뿐입니다. 그 다음에는 언제나 범인이 잠겨진 아파트를 어떻게 빠져나왔을까 하는 문제에 부딪치게 되지요. 오늘 밤에도 그 일로 스트롬 경감을 만나고 왔는데, 다른 출구가 없는 것은 틀림없는 듯하더군요."
크레인은 침대 위에서 몸을 돌려 앉음새를 고치고 머리를 한 번 긁적였다.
"이것은 아주 확실한 문제인데, 방 안은 문만 빼놓고 모두 안쪽으로 잠겨 있었고 방문은 꼭 맞는 두 개의 열쇠 가운데 하나로 잠겨져 있었습니다. 게다가 쉽게 저절로 잠기는 게 아니라 열쇠를 빙빙 돌려야만 합니다. 두개의 열쇠 가운데 하나는 방안에, 다른 하나는 웨스틀랜드 씨의 손에 있었다면, 범인은 열쇠를 쓰지 않고 어떻게 밖으로 빠져나갔을까요?"
한참 뒤 볼스턴이 물었다.
"혹시 부인이 살해된 것처럼 보이도록 꾸미고 자살한 건 아닐까요? 남편이 마틴 양과 결혼하는 것에 반대했다는 일은 알고 계시겠지요?"
"그렇다면 권총을 어떻게 없앨 수 있었겠습니까?"
"셜록 홈즈의 소설에도 있지요. 다리 위에서 자살하는데, 권총에 무거운 돌을 달아놓습니다. 머리를 쏜 순간 권총이 손에서 떨어져

나가 물속으로 가라앉게 하는 방법이 있지요. 홈즈가 없었다면 가라앉은 권총과 같은 것을 지니고 있던 다른 사람이 범인으로 몰릴 뻔했다는……."

"그런 방법도 여러 가지로 생각해 보았지만, 권총을 감출만한 곳은 없었습니다. 침대 밑 같은 곳이 어떨까 여겨졌지만, 거기에도 없었지요."

"그러나 뭔가 그런 방법의 변형을 생각하여……."

윌리엄즈가 세 개의 글라스에 넘치도록 위스키를 따랐다. 창문 밑 큰길에서 신문팔이 소년이 소리치고 있었다.

"백만 달러의 화재! 타죽은 사람 둘! 백만 달러의 대화재!"

볼스턴이 물었다.

"우드베리 씨가 웨스틀랜드 씨를 귀찮게 여길 만한 까닭은 없습니까?"

볼스턴은 웃으며 대답했다.

"당치도 않습니다. 그 두 사람은 서로 친한 친구 사이며 그런 짓을 해도 우드베리에게는 아무 이득이 없습니다."

"사건이 일어난 날 아침 우드베리 씨는 어디 있었지요?"

"사무실에 있었습니다. 나도 사건이 일어난 뒤 롤스로이스를 타고 아파트에서 사무실로 달려갔지요. 거기서 우드베리와 변호사며 비용 마련에 대해 의논한 다음 경찰국으로 갔으니까요."

"그 커다란 자동차를 중심가의 어디에 세워뒀습니까?"

볼스턴이 이를 드러내 보이며 말했다.

"거리에는 세워두지 않습니다. 사무실에서 한 블록쯤 떨어진 호텔 차고를 빌어 쓰고 있으니까요."

크레인이 질문을 다시 처음으로 되돌렸다.

"우드베리 씨의 중개업은 벌이가 그리 신통치 않겠지요?"

"그렇지요. 손님을 많이 잡지 못했고, 게다가 웨스틀랜드도 그리 일하지 않았으니까요."
"하지만 그에게는 개인적인 수입이 있었습니다. 당신에게도 있겠지요?"
"아니, 그것은 내게 돌아오지 않습니다."
"그럼, 웨스틀랜드 씨의 죽음으로 이득을 보는 건 누구입니까?"
"글쎄요, 워튼 정도가 아닐까요? 웨스틀랜드의 가장 가까운 친척이니까요."
"그는 돈에 궁색합니까?"
"그럴 겁니다. 웨스틀랜드를 대신하여 우드베리가 일하고 있는데, 워튼이 두 번쯤 크게 실패한 듯했으니까요."
볼스턴은 크레인에게 웃음지어 보였다.
"그를 범인으로 내가 귀띔해준 것처럼 여겨지고 싶지 않고 또한 그를 조금도 의심하지 않지만, 조사해 봐서 나쁠 건 없겠지요."
"워튼에 대해 그밖에 또 뭔가 아는 점이 있습니까?"
"골프를 하고, 노름을 하고, 경마장에도 쫓아다니지요. 알고 있는 사실은 그것뿐입니다."
"나쁜 소문은?"
"들은 적 없습니다만."

방 안이 후텁지근해졌다. 크레인이 창문을 열었다. 차가운 바람이 흘러들어와 얼굴과 손을 어루만졌다.

창문으로 큰길을 바라보며 크레인이 말했다.

"사건이 일어난 날 밤, 당신들이 모두 어디에 있었는지 알고 싶습니다. 어쩌면 단서가 잡힐지도 모르니까요."

눈을 하얗게 뒤집어쓴 레일 위로 전철이 둔한 소리를 내며 지나갔다.

"어째서 우리 가운데 한 사람이 범인이라고 생각하는 거지요?"
"그밖에는 웨스틀랜드 씨를 방해로 여길 동기를 가진 사람이 없으니까요."
"하지만 그런……"
볼스턴은 바지주머니에 손을 집어넣고 다리를 앞으로 내밀었다. 흰 가로줄 무늬가 있는 얇은 검정색 비단 양말을 신고 있었다.
"부인이 방해가 되어 없어버리고 그 남편을 범인으로 꾸며 놓았는지도 모르지요. 그것이 경찰을 따돌리는 빠르고도 쉬운 방법이니까요. 부인에게도 애인이 있어 그 사나이가 그녀에게 싫증났을지도 모르는 일이고, 부인이 누군가의 비밀을 쥐고 있었기 때문일지도……"
"여자가 싫어졌다고 해서 죽이는 사람은 좀처럼 없지만, 그것도 생각할 수 없는 일은 아니지요. 아무튼 생각할수록 머리가 이상해지는군요."
크레인이 위스키를 들이마셨다.
윌리엄즈가 맞장구쳤다.
"나도 그렇습니다. 이렇게 앉아 있는 동안에도 감옥에 갇힌 사람이 우리에게 목숨을 걸고 있다는 것을 생각하면 몸서리쳐집니다."
볼스턴이 말했다.
"사건이 일어난 날 밤, 모두들 어디 있었는지 알고 싶다면 기꺼이 도와드리겠습니다."
"다른 사람들이 어디 있었는지 알고 있습니까?"
"아니…… 나에 대해서밖에……"
"어디에?"
"그다지 확실한 알리바이는 없지만 영화를 보고 클럽에서 한잔한 뒤 집으로 돌아갔습니다."

"영화관에는 누구와?"
"혼자서. 그러나 클럽에서는 피터 블래디와 함께 마셨지요. 12시쯤 그가 자동차로 바래다주었습니다."
"당신 부인은?"
"독신입니다. 그러나 일본인 종업원을 고용하고 있으므로 그에게 물어보면 집에 돌아온 뒤 나가지 않았다는 것을 알 수 있을 겁니다."
"좋습니다. 블래디는 누구지요?"
"변호사입니다. 사무실은 북 라 샐 거리 160번지. 물론 그에게 사실 여부를 확인하러 갈 필요도 없겠지요. 그가 바래다주었다 하더라도 아직 죽이러 갈 시간은 없었을 테니까요."
볼스턴은 웃음소리를 냈다.
"누구나 그 아파트에 갈 시간이 있었으리라고 생각합니다. 그러나 결코 갈 수 없었던 사람이 있다면 제쳐놓을 수 있어 도움되겠지요."
"잘되면 좋겠군요."
크레인은 시체를 발견했을 때의 일을 물었지만, 하녀 디어 양이며 관리인의 이야기와 똑같았다. 사건 전날인 금요일 그는 우드베리로부터 증권에 관한 일로 웨스틀랜드 부인이 월요일 아침에 와달라고 했다는 전갈을 받았던 것이다.
볼스턴이 말했다.
"틀림없이 투자에 대한 일로 뭔가 묻고 싶었을 겁니다."
아파트 경비원이 문을 부수고 들어갈 때까지 볼스턴은 뒤에 물러서 있다가 모든 사람과 함께 뛰어들었다고 한다. 그러나 문단속이 어떻게 되어 있는지는 보러 다니지 않았다. 그것은 경찰이 하는 일이라고 그는 말했다.

크레인은 불쑥 물었다.
"권총을 주워서, 그를 돕기 위해 몰래 가져나온 건 아닙니까?"
볼스턴은 글라스의 술을 단숨에 마셨다.
"그렇게 바보로 보입니까? 권총 같은 건 보지도 못했으며, 만일 있었다 하더라도 어떻게 아무도 눈치채지 못하게 줍는단 말입니까?"
"그렇겠지요. 그런데 그때 부인의 옷차림을 기억하십니까?"
볼스턴이 좀 미안해하는 얼굴로 말했다.
"아니오, 그다지 잘 기억하지 못합니다. 확실히 초록색 드레스를 입고 있었는데…… 그밖에는 아무것도 기억나지 않는군요. 아무튼 너무도 놀랐기 때문에……."
"그랬겠지요. 잘 기억하고 있으리라고는 생각되지 않았습니다. 다만 옷을 제대로 입고 있었는지 어떤지…… 잠옷만 입고 있었는지 어떤지 그 점을 알고 싶었습니다."
"옷을 제대로 입고 있었던 것은 확실합니다. 하녀에게 물어보면 분명히 알 수 있겠지요."
볼스턴은 벌떡 일어나더니 바바리코트에 팔을 꿰고 모자를 집어 들었다.
"자, 이제 돌아가야겠습니다. 내일은 바쁘니까요."
크레인이 문가에서 물었다.
"내일 교도소에서 의논할 때 와주시겠지요?"
볼스턴은 복도에서 대답했다.
"될 수 있는 대로 가지요."
크레인이 문을 닫았다. 윌리엄즈가 글라스를 든 채 중얼거리듯 말했다.
"저 사람은 바빠서 친구의 목숨도 구할 겨를이 없다는 말이로군요."

"기막힌 일이지!"

크레인은 잠자리에 들기 전에 한잔 더 따랐다. 술병은 거의 비어 있었다.

"하지만 지금까지 조금이라도 도움이 돼 준 것은 저 사람뿐이었네."

"사건이 일어난 날 밤 우드베리가 그 권총을 훔쳐낼 기회가 있었다는 것을 저 사람에게 왜 지금 이야기해 주지 않았습니까?"

크레인이 시무룩하게 대답했다.

"탐정이란 뭔가 손 안에 비밀을 쥐고 있고 싶어하는 법일세. 그렇지 않나?"

"우리의 비방이 그런 것뿐이라면 이 보이 스카우트 놀이는 그만두는 편이 좋겠습니다."

윌리엄즈는 술을 다 마시자 자기 방으로 가는 사잇문을 열었다.

"이제 자야겠군. 오렌지 빛 머리 아가씨와 기관총을 쏘아댄 녀석들의 꿈이라도 꾸면서."

크레인이 이를 닦고 침대에 들어가 막 전등을 끄려는데 윌리엄즈가 문가에 나타났다. 빨간 비단잠옷. 가슴에 이름의 머리글자가 수 놓여 있었다.

그는 분연한 목소리로 말했다.

"오늘 저녁 우리를 쏘려 했던 녀석들을 알았습니다."

크레인이 말했다.

"나도 알았네. 이제 자게."

## 수요일 아침

 교도소 가운데뜰은 눈에 뒤덮여 버터 빛깔의 아침햇살을 받아 밝게 빛나고 있었다.
 여교도관 차장실 창문에 달린 차양에서 바깥쪽 시멘트 문턱에 눈 녹은 물이 줄줄이 떨어져 유리창에 물방울이 튀었다. 하늘은 거무스름하니 흐린 잿빛.
 웨스틀랜드가 깜짝 놀란 듯이 크레인과 윌리엄즈에게 말했다.
 "경찰국 옆에서 당신들을 노리는 그런 위험한 짓을 하는 걸 보니 저들도 겁먹고 있나 보군요. 아무래도 어떤 사실에 가까이 다가간 모양입니다."
 크레인이 말했다.
 "글쎄, 어떨는지요. 놀림받은 일은 당신과 어떤 관계가 있을지도 모릅니다."
 "네, 틀림없을 겁니다. 무엇보다도 당신들을 죽이려는 적이 있습니까?"
 크레인은 아직도 아픈 뺨을 문지르며 대답했다.

"없습니다. 적어도 이 시카고에는. 이곳에는 아는 사람이 없으니까요. 그러나 누가 그런 짓을 했는지 대강 짐작은 갑니다……."
웨스틀랜드가 말했다.
"그렇겠지요. 당신들이 그런 위험을 무릅쓸 필요는 없습니다. 이 교도소에서 사귄 사람으로, 필요하면 자기 동료를 두엇 불러주겠다는 사나이가 있지요. 틀림없이 만일의 경우에 대비하여 데리고 다니기에 꼭 알맞은 사람들일 겁니다."
"보디가드로는 이 윌리엄즈가 있으니까요. 그러나 그들에게도 부탁할 일이 있을 것 같군요."
크레인은 돌 밑에서 얼어붙은 지푸라기 하나를 끌어올리려 하고 있는 참새를 창문으로 바라보았다.
"그렇고말고요. 코너즈에게 말하여 소장을 통해 연락을 취하도록 하겠습니다."
"코너즈?"
윌리엄즈가 되물었다.
"트럭 운전 기사 조합에서 알 카포네를 쫓아낸 갱 말입니까?"
"그런 것 같습니다."
"그렇다면 더없이 좋은 사람들이 올 겁니다."
크레인이 물었다.
"연락은 어떻게 하지요?"
"정오쯤 이곳 소장에게 전화해 주시면 만나는 방법과 준비를 해드리도록 하겠습니다. 그런데 에밀리가 어떻게 된 일일까요?"
웨스틀랜드는 문 쪽을 흘끗 보았다.
"이제 곧 오겠지요. 우리가 좀 일찍 왔습니다. 어제 저녁에 저격 받은 일을 다른 사람들 모르게 알려드리고 싶었기 때문입니다. 당신만 알고 있어주시겠지요?"

웨스틀랜드는 좀 놀라운 듯이 말했다.

"물론이지요. 하지만 어째서……."

"조심하는 것일 뿐입니다. 그리고 당신 유언장에 대해 묻고 싶은 일이 있습니다. 마틴 양에게 유산이 주어진다는 것을 누가 알고 있지요?"

"공동경영자들과 유언장을 만든 변호사입니다. 하지만 아무도 그 일을 다른 사람들에게 말하지는 않았으리라고 생각합니다."

"부인 쪽은……."

백홀츠 소장이 문을 열고, 우드베리와 블렌티노 양이 들어왔다.

"방해하지는 않겠소."

소장은 무뚝뚝하게 말하고 문을 닫았으나 유쾌함을 참지 못하는 표정이었다.

우드베리가 마지막 말을 알아듣고 물었다.

"웨스틀랜드 부인이 어떻다고요?"

블렌티노 양은 올이 굵은 하늘색 울 슈트 차림. 어깨를 뒤로 젖히고, 허리를 꽉 쥔 스커트에 플레어가 조금 들어 있는 스타일. 여우목도리 위의 얼굴은 빛깔이 산뜻하지 못한 꽃 같았다.

크레인은 그녀의 옷차림에 감탄하고 우드베리의 질문을 얼버무리며 대답했다.

"그날 밤 찾아갔을 때 부인이 어떤 옷차림이었는지 묻고 싶었습니다."

웨스틀랜드는 솔직하게 대답했다.

"초록색 이브닝드레스를 입고 있었습니다. 똑똑히 기억하고 있지요."

"거실 테이블에 잔돈이 놓여 있었습니까?"

"네, 작은 테이블에 잔돈이 얼마쯤 놓여 있었습니다. 열쇠와 함께."

크레인은 고개를 끄덕였다.

"그렇다면 그날 밤 당신이 돌아간 뒤부터 아침에 시체가 발견된 때까지 아무것도 움직여지지 않은 모양이군요."

웨스틀랜드는 아직도 문 쪽에만 신경 쓰고 있었다.

"그렇습니다. 공판 때 여러 가지 증언을 듣고 내가 돌아간 뒤 곧 총에 맞은 것으로 생각했지요."

크레인은 창가에서 떠나며 말했다.

"흠…… 당신이 문으로 나왔을 때 누군가가 복도에서 소음장치가 달린 권총으로 쏘았다고 생각할 수는 없을까요? 확실히 엉뚱한 생각이긴 하지만……."

웨스틀랜드가 이의를 주장했다.

"그녀는 문가까지만 배웅해 주었습니다. 더욱이 아주 가까운 거리에서 총에 맞았지요. 화약의 화상이 남아 있을 정도였으니까요."

"좀 이상한 이야기로군요."

크레인은 다시 창가로 돌아갔다. 참새가 아직도 얼어붙은 지푸라기를 콕콕 쪼아대고 있었다.

"……하는 수 없지."

그는 우드베리에게로 흘끗 눈길을 보냈다.

"실은 한 가지 알고 싶은 일이 있습니다. 사건이 일어난 날 밤에 모두들 무엇을 했는지 알고 싶습니다. 우드베리 씨, 당신은 무엇을 했었는지 기억하고 있습니까?"

조금도 빈틈없는 옷차림을 한 우드베리는 프랑스 사람처럼 보이는 옅은 회색 줄무늬가 든 진한 잿빛 플란넬 더블양복을 입고 있었다. 탭 칼라의 연초록빛 셔츠에 올리브 빛 넥타이가 잘 어울렸다. 초록빛 머리글자가 든 손수건이 주머니에서 살짝 내다보이고 있었다.

"웨스틀랜드와 내가 맡았던 옛날 일에 대해 이야기를 나누고——그의 아파트에서였지요——그 뒤 블렌티노 양과 함께 블랙 호크에 갔었습니다. 10시쯤 그녀를 불러내어 2시 넘게까지 춤을 추었지요."

"시간이 맞습니까, 블렌티노 양?"

까만 눈이 반짝이고 있었지만, 블렌티노 양의 파리한 얼굴은 옆으로 빛을 받아 매우 까다로워보였다.

그녀는 아무 억양 없는 단조로운 목소리로 차갑게 말했다.

"웨스틀랜드 씨의 방에 간 것은 잘 모르지만, 10시부터 2시까지 블랙 호크에서 춤춘 것은 확실해요."

크레인이 뚫어지게 그 눈을 들여다보았으므로 그녀도 그의 차분한 눈길을 마주 쏘아보았다. 이 여자에게 좀더 듣기 좋은 말로 접근할 수 있는 시간이 있다면 좋을 텐데 하고 그는 생각했다.

"절대로 확실한 알리바이가 있겠지요, 두 분 모두?"

"어머나, 우리에게 알리바이가 필요하다고 생각하시나요?"

크레인은 옛부터 내려오는 경찰의 어길 수 없는 규칙을 생각하며 말했다.

"알리바이란 아주 중요한 것입니다."

문이 열리고 에밀리 루와 핑클슈타인 변호사가 들어왔다. 에밀리 루는 갑자기 소리 지르며 웨스틀랜드에게 안겼다.

변호사의 얼굴빛은 마치 레몬 같았으며 눈에 핏발이 서 있었다. 그는 의자에 쓰러지듯 앉더니 신음 소리를 냈다. 그 손가락에서 다이아몬드 반지가 아직도 무사히 반짝이는 것을 보고 윌리엄즈는 눈을 동그랗게 뜨며 감탄했다.

에밀리 루 마틴은 웨스틀랜드로부터 조금 몸을 떼고 그의 여윈 얼굴을 찬찬히 들여다보았다.

"무슨 좋은 소식이 있나요?"

예쁘게 그린 눈썹 밑의 파란 눈을 커다랗게 뜬 걱정스러운 얼굴이었다. 감색 드레스의 흰 레이스 칼라가 그녀의 얼굴을 앳되어 보이게 했다.

웨스틀랜드는 고개를 저었다. 얼굴빛이 나쁘다고 크레인은 생각했다. 누런빛 도는 파리한 얼굴로, 살갗에도 윤기가 없었다. 마치 시체 안치소의 냉동실에 놓아둔 시체 같았다. 웨스틀랜드는 변호사의 얼굴을 살피듯 보았다. 변호사는 한 손을 이마에 대고 기운 없이 앉아 있었다.

"나는 허탕이었소. 크레인 씨, 당신은?"

크레인은 유리창에 기대서 있었으므로 어깨에 차가움을 느꼈다.

"아무것도."

변호사는 방 안을 둘러보았다.

"오늘은 모이는 성적이 나쁜 것 같군요."

우드베리가 입을 열었다.

"수프레이그가 어떻게 된 걸까? 오늘 뭔가 중요한 말을 하겠다고 했었는데."

크레인이 이상하다는 듯 말했다.

"당신 회사 사람일 텐데요……"

"오늘 나는 아직 사무실에 나가지 않았습니다. 볼스턴은 웬일일까? 수프레이그가 사무실에 나가 있다면 볼스턴이 알고 있을 텐데."

반쯤 기대듯 에밀리의 허리에 팔을 두르고 있던 웨스틀랜드가 입을 열었다.

"소장에게 전화가 왔는데, 오늘 아침에는 올 수 없다고 말했다네. 볼일이 생겼다더군."

블렌티노 양이 무심한 목소리로 말했다.
"내가 사무실에 가면 수프레이그 씨의 일을 알 수 있어요."
핑클슈타인이 물었다.
"그 빨간 옷을 입은 사냥꾼 같은 위인은?"
우드베리가 재미있다는 듯이 말을 받았다.
"워튼 말입니까?"
"그렇습니다. 어떻게 된 걸까요?"
그러자 웨스틀랜드가 말했다.
"그 녀석은 상대하기 어렵습니다. 말이나 개를 길들이고 있겠지요. 그는 개나 말이라면 모든 것을 깡그리 잊어버리고 마니까요."
"여자에게 빠져서 그렇게 되는 사람도 있지요."
크레인의 말을 듣고 변호사는 괴로운 얼굴을 하며 대꾸했다.
"탐정님, 오늘 아침에는 무엇이 그렇게도 재미있으신지요?"
"여러 가지로. 그런데 좀더 묻고 싶은 일이 있습니다. 그것이 끝나면 다시 일을 하기로 합시다."
핑클슈타인이 말했다.
"잠깐만 기다려 주십시오."
윌리엄즈가 눈길을 모아 변호사의 얼굴을 보았다.
"뭐지요?"
"당신들은 어젯밤 나에게 왜 전화를……."
"아무것도 아닙니다."
크레인은 두 손을 바지주머니에 찔러 넣고 뒤꿈치를 바닥에서 들어올려 창틀에 올라앉아 몸의 균형을 잡고 있었다.
"마틴 양, 이것은 형식에 지나지 않습니다만, 우리는 사건이 일어난 시각에 모두들 어디 있었는지 알아보고 있습니다. 괜찮으시다면 이야기해 주십시오."

웨스틀랜드가 성난 눈초리로 물었다.
"그런 일을 물을 필요가 있소?"
그는 크레인 쪽으로 몸을 내밀었다.
에밀리 루 마틴이 말했다.
"네, 좋아요. 당신이 모두에게 물었다는 걸 알고 있으니까요. 나는 그날 저녁 7시부터 줄곧 집에 있었어요."
"누구와 함께 있었지요?"
"네, 숙부님과 숙모님. 서양 주사위 놀이를 하고 라디오를 듣다가 12시 30분쯤 잠자리에 들었어요."
"좋습니다. 이로써 또 한 사람 빼놓을 수 있겠군요."
크레인은 몸의 균형이 허물어져 허리를 굽히며 창틀에서 내려와 바닥에 섰다.
"그런데 웨스틀랜드 씨, 마틴 양으로부터 왔다고 여긴 그 전화에 대해 자세히 듣고 싶습니다. 정말로 그 전화가 걸려왔었습니까? 만들어낸 이야기는 아니겠지요?"
웨스틀랜드는 불끈 성난 표정을 지었다. 심기가 좀 불편한 듯했다.
"물론이지요. 그렇지 않다면 아내를 찾아갈 리 없지 않겠습니까? 나는 그 전화가 에밀리로부터——마틴 양 말입니다만——온 것으로 생각했었지요."
차분한 빨강머리를 웨스틀랜드의 뺨에 대고 있던 에밀리 루가 말했다.
"물론 그랬겠지요. 무리도 아닌 일이라고 생각해요."
"그때는 그렇게 여겼었지만 지금은 그렇지 않습니다. 그 전화를 한 사람은 에밀리라면 쓸 것 같지 않은 말을 쓰고 있었으니까요."
크레인이 한쪽 눈을 깜박거렸다.
"그렇다면 무슨 욕지거리라도?"

"그렇지는 않습니다만, 뭐랄까, 문법적으로 틀린 말을 했지요."
"뭐라고 했습니까? 될 수 있는 대로 그때 주고받은 대화를 그대로 생각해 내주겠습니까?"
크레인은 천천히 방 안을 왔다갔다하고 있었다.
웨스틀랜드는 눈을 감고 이마에 주름을 잡으며 말했다.
"무척 오래된 일이라서…… 아, 그렇습니다, 전화벨이 울리기에 수화기를 들고 '여보시오'라고 하자 저쪽에서 '여보세요, 로비?' 하고 대답했습니다. 에밀리 루 같아 나는 '아, 에밀리, 당신이오?' 하고 말했지요."
크레인은 흥미를 느낀 듯 그 다음을 재촉했다.
"그래서요?"
"그러자 '로비, 무서운 일이 생겼어요. 당신 부인에게서 조금 전 전화가 왔는데, 내가 당신과 만나는 것을 그만두지 않으면 체포하도록 시키겠다고 했어요' 라더군요."
웨스틀랜드는 에밀리 루의 팔을 올려놓은 손에 힘을 주었다.
"그밖에 뭐라고 했는지는 똑똑히 기억하지 못하지만, 아내가 '이 매춘부야' 라고 외쳤다고 했습니다. 그리고 '가만두지 않을 테다' 라는 말도 했다고 했지요."
웨스틀랜드는 크레인 쪽으로 머리를 흔들어보였다.
"나중에야 에밀리라면 그런 말을 쓰지 않는다는 것을 깨달았습니다. 전화를 건 여자는 몹시 흥분해 있었는데, 내가 아내를 만나러 가겠다고 하자 좀 가라앉는 것 같았지요."
크레인은 물었다.
"그 말은 누가 꺼냈습니까?"
"물론 내가 했지요. '곧 옷을 입고……'라고 말했습니다."
"상대방이 내일 아침에 가라고 하지 않던가요?"

"하지만 내 쪽에서 곧 가겠다고 나섰으므로……."
"전화의 마지막 말은?"
"'걱정하지 않아도 되오'라고 내가 말하자 '믿고 있겠어요, 달링'이라고 하더군요."
"마틴 양은 '달링'이라는 말을 썼습니까?"
"물론이지요. 그렇잖소, 에밀리?"
크레인은 주머니 속에서 잔돈을 쩔렁거리며 말했다.
"아주 당연했군요. 그런데 이 전화문제가 도움이 될지 어떨지……."
"그게 무슨 뜻이지요?"
"나 자신도 모르겠습니다. 그런데 또 한 가지 묻고 싶은 일이 남아 있습니다."
그러자 변호사가 입을 열었다.
"한 가지만 물으면 끝나겠습니까?"
크레인은 그를 무시하고 우드베리 쪽을 곁눈질해 보았다. 우드베리는 테이블에 올라앉아 오른쪽 다리를 건들건들 흔들고 있었다.
크레인이 웨스틀랜드에게 이야기했다.
"사건이 일어난 날 밤, 당신 권총이 틀림없이 서랍에 있었다고 생각하십니까?"
"그렇습니다. 확실합니다. 적어도 그 전날 오후에는 서랍에 들어 있었습니다."
"그렇다면 권총은 그날 밤에 도둑맞은 셈이 되는군요. 사이먼즈도 사건이 일어난 날 오후에 청소하며 보았다고 했으니까요."
웨스틀랜드는 깜짝 놀란 얼굴이 되었다.
크레인이 우드베리 쪽으로 눈길을 돌리고 이야기를 계속했다.
"사이먼즈는 잠자코 있는 편이 좋으리라 여겨져 입을 다물고 있었다더군요. 그날 밤 누군가 손님이 계셨다지요?"
우드베리의 흔들거리던 다리가 갑자기 멈췄다.
"우드베리뿐이었습니다."
크레인은 우드베리 쪽으로 돌아섰다.
"당신은 권총을 가져가지 않았겠지요?"
우드베리의 거무스름한 얼굴은 침착했다. 그러나 오른쪽 다리는 아직도 부자연스럽게 들려져 있었다.
"내가 그것을 왜 가져가겠습니까? 내 것도 있는데."
"글쎄요, 그냥 물어보았을 뿐입니다."
"나는 가져가지 않았습니다."
크레인은 우드베리에게로 얼굴을 돌린 채 웨스틀랜드에게 물었다.
"그날 밤에 다른 손님은 없었겠지요?"
"없었습니다. 하지만……."
"마틴 양은? 그녀는 들르지 않았습니까?"
"내가 집에 있는 동안은 오지 않았습니다."
에밀리 루의 파란 눈은 그리 부드럽지 못했다.
"나는 그날 한 번도 가지 않았어요."
"기분 나쁘게 생각지 마십시오. 나는 다만 탐정으로서 할 수 있는 일을 하는 것뿐이니까요."
크레인은 에밀리 루의 늘씬한 다리에 반해 넋 잃고 있는 윌리엄즈를 흘겨보고 문 쪽으로 가면서 말을 이었다.
"어떻든 잠깐 한눈팔았던 모양입니다."
웨스틀랜드도 그를 따라 소장실의 빛바래고 얼룩진 카펫 위를 걸어 복도로 가며 말했다.
"음, 어제 마신 술이 안 깨는데."
뒤에서 따라 나오던 윌리엄즈가 물었다.

"그녀에게 얼마나 뜯겼습니까?"
"아, 아주 좋은 아가씨더군요."
크레인이 말했다.
"좋은 아가씨고 또한 위험하지요."
블렌티노 양과 우드베리도 소장실에서 나와 우리들이 있는 곳으로 왔다. 블렌티노 양이 장갑 낀 손을 크레인의 팔에 얹으며 물었다.
"어떤 사람의 목소리와 아주 많이 닮은 목소리가 그 사람 자신의 목소리일 수도 있을까요?"
블렌티노 양의 목소리는 막힘이 없고 의미 있는 듯이 들렸다.
에밀리 루가 거기서 1.5m 남짓 떨어진 곳에 있었다. 눈을 치켜뜨며 블렌티노 양을 보았다.
"어쩌면 그런 말을! 몰래 숨어서 돌아다니는 고양이처럼!"
그 목소리가 복도에 쩽 울렸다. 그녀가 한 걸음 앞으로 나섰기 때문에 크레인은 두 걸음쯤 뒤로 물러섰다.
"당신은 웨스틀랜드 씨의 비서로 있을 때 그의 마음에 들려고 무척 애썼지만 실패했어요. 내가 그의 마음에 들었으니까요. 이제 와서 그 앙갚음을 하려 해봐야 소용없어요. 내가 그렇게 하도록 내버려 둘 것 같아요!"
에밀리 루는 분노로 몸을 부들부들 떨었다. 블렌티노 양의 하얀 얼굴은 침착했다. 빨간 입술이 비웃듯 일그러졌다. 그녀는 다시 무표정한 목소리로 말했다.
"바보 같은 소리 하지 말아요."
그녀는 에밀리 루의 성난 얼굴에 등을 돌리고 파란 슈트에 싸인 날씬한 허리를 암표범같이 우아하게 흔들며 걷기 시작했다. 우드베리가 그 뒤를 따라갔다.

밖은 살을 에는 듯 추위 발밑의 눈이 고무 매트처럼 뽀드득거렸다.
지붕이 노란 택시가 한 대 위태로운 모습으로 전철 선로 가장자리를 따라 달려왔다. 바퀴에 감긴 체인이 끊어져 왼쪽 뒤 펜더에 철그덕철그덕 닿았다.
변호사는 몸을 부르르 떨며 외투깃을 귀까지 세웠다.
"아무래도 기분이 언짢군."
크레인이 말했다.
"기운 내십시오. 할 일이 산더미 같으니까요."
변호사는 손으로 만든 멋진 돼지가죽 장갑을 끼면서 말했다.
"빨리 어떻게 해야겠는데. 웨스틀랜드 씨의 얼굴을 보았지요?"
"몹시 겁에 질려 있더군요."
윌리엄즈도 말했다.
"무리도 아니지요."
크레인이 말했다.
"앞으로 사흘밖에 없는데, 그 사람들의 알리바이 조사로 시간을 다 보낼 수는 없지만, 그들 가운데 누군가의 짓인 것처럼 생각되는군요."
변호사는 열없는 목소리로 물었다.
"그렇습니다. 나는 무엇을 하면 좋겠습니까?"
"블랙 호크 나이트클럽을 찾아가 우드베리 씨와 블렌티노 양이 그날 밤 거기에 정말로 갔었는지 조사해 주십시오……. 누군가 그들을 본 사람이 있는지 어떤지…… 그리고 볼스턴 씨도 피터 블래디라는 변호사와 클럽에서 한잔한 모양인데……."
"피터 블래디라면 내가 압니다. 회사의 고문변호사지요."
"볼스턴 씨의 알리바이는 완전하지 않습니다. 블래디 씨가 그날 밤 그를 집까지 데려다준 게 정말인지 어떤지 알고 싶습니다."

크레인은 다음에 온 택시를 불러 세웠다. 그 택시 바퀴에는 체인이 감겨져 있지 않았다.
"우리는 워튼 씨와 마틴 양을 조사하겠습니다."
변호사가 자동차 창문으로 목을 들이밀고 물었다.
"수프레이그 노인은 어떻게 하지요?"
"그렇군요. 그쪽도 부탁합니다. 낮에 당신 사무실로 전화 드리지요."
변호사는 문을 쾅 닫았다. 택시가 움직이기 시작하자 뒷바퀴가 눈 속에서 잠시 헛돌았다. 운전 기사가 창문을 닫았다.
"어디로 모실까요, 손님?"
"레익 포레스트의 디어퍼스 로드를 알고 있소?"
"레익 포레스트?"
운전 기사는 뒷머리를 바짝 올려 깎았기 때문에 목 줄기 살갗이 추위로 터 있었다.
"후유! 30마일이나 되지요. 북쪽 끝 깊은 산 속······."
크레인이 말했다.
"그렇소? 하지만 갈 수 있을 데까지 가주시오. 그 다음에는 큰 썰매라도 탈 테니까."

"자, 여기입니다!" 하고 운전 기사가 말했다.
택시는 눈 속에 파인 홈에 바퀴가 끼어 비스듬히 헛돌다가 멎었다. 미터기의 요금은 6달러 55센트, 손님이 둘이므로 5퍼센트를 더 얹어 주었다.
"기다릴까요?"
운전 기사가 물었다.
시골 눈은 깨끗해서 마치 상아 빛 가루비누 같았다. 2층 돌집 앞의 비스듬히 경사진 뜰에는 파릇한 기운이 도는 초록색 왜전나무가 여기 저기 서 있었다.
  윌리엄 크레인이 말했다.
  "물론이오. 그리 오래 걸리지 않을 테니까."
  "부디 천천히 일보고 나오십시오."
  운전 기사가 침을 뱉자 담뱃진으로 눈이 누르스름해졌다.
  "내 착한 딸아이가 경관과 결혼한 뒤로는 이런 시골에 온 적이 없지요."
  집 안에서 개가 요란하게 짖고 있었다. 크레인이 놋쇠 노커로 문을 두 번째 두드리려고 했을 때, 몸집 큰 하인이 떡갈나무 문을 열었다. 검정 스코치테리어가 짖으면서 그의 다리 사이로 빠져나오려고 했다.
  하인이 눈썹을 치켜 올렸다.
  "워튼 씨 계십니까?"
  "누구신지요?"
  워튼이 그 사나이의 뒤에서 얼굴을 내밀었다. 헐렁한 영국식 실내용 바지에 갈색 트위드 윗옷과 낙타 스웨터 차림이었다. 불그레한 얼굴이 오늘은 무뚝뚝했다.
  "여, 무슨 일입니까?"
  하인은 집 안으로 들어가 버렸다. 창문이 많은 거실에는 난롯불이 활활 타오르고 있었지만 워튼은 두 사람을 안으로 들이려 하지 않았다.
  크레인이 입을 열었다.
  "잠깐 물어보고 싶은 일이 있어서요."
  "전화로 이야기할 수는 없습니까?"
  "전화라면 깨끗이 끊어버리실 테니까요."
  개는 열심히 돌층계 위에서 끙끙거리고 있었다.

워튼은 크레인을 노려보았다.
"그게 무슨 뜻이지요? 쓸데없는 장난이야기는 듣고 싶지 않습니다."
"마찬가지입니다. 우리는 다만 당신의 사촌을 도우려 하고 있을 뿐입니다. 그런데 당신이 질문에 협력해 주지 않는다면 우리로서도 도리가 없지요."
워튼은 문손잡이에 손을 대고 망설이더니 물었다.
"그래, 무엇을 묻고 싶은 겁니까?"
"당신은 웨스틀랜드 부인을 잘 알고 있었습니까?"
"전혀 모른다고 해도 좋을 정도였습니다."
"그렇다면 그녀에게 적이 있었다 해도 모르겠군요?"
워튼은 고개를 끄덕였다.
"사건 이야기는 언제 들었습니까?"
"웨스틀랜드의 사무실에서 볼스턴에게 들었습니다. 그날 웨스틀랜드와 만날 약속이 있어 사무실에서 기다리는데, 볼스턴이 와서 사건 이야기를 해주었지요."
"약속하신 시간은?"
워튼은 아직도 문을 당겼다 밀었다하고 있었다.
"11시 30분. 좀 일찍 가서 40분쯤 기다렸습니다. 점심때까지 기다렸지요. 막 돌아서려는데 볼스턴이 오더군요."
"몇 시였습니까?"
"12시 2분쯤 되었을 겁니다. 블렌티노 양에게 점심때가 되어 더 이상 기다릴 수 없다고 말하던 참이었으니까요."
"우드베리 씨는 사무실에 없었습니까?"
"있었지요. 그러나 나는 웨스틀랜드에게 볼일이 있었으니까요."
개는 크레인의 트위드 바지 냄새가 마음에 든 모양이었으나 그가 귀를 쓰다듬어주려 하자 뒷걸음질쳤다. 윌리엄즈는 거실에서 탁탁 소리 내며 타오르고 있는 불을 원망스러운 듯이 들여다보고 있었다.

"사건이 일어난 날 밤, 11시부터 12시까지 어디에 있었는지 말씀해 주시겠습니까?"

크레인의 질문을 듣자 워튼은 눈에 띄게 어깨를 뒤로 젖히며 얼굴이 시뻘게졌다.

"뭐라고요? 어째서 내가 그런 물음에 대답해야 하지요? 내가 용의자라도 된단 말입니까?"

"천만에요. 다만 우리는 정해진 방식대로 조사하고 있을 뿐입니다."

"어찌되었든 무엇 때문에 그런 말을 해야 한단 말입니까! 개인적인 비밀에 관계되는 일인데."

그러자 윌리엄즈가 크레인을 밀어젖히고 덤벼들 듯이 말했다.

"뭡니까, 알리바이가 없으면 없다고 분명히 말하면 되잖습니까, 그러면 우리도 수고가 덜어질 테니까요."

크레인이 말했다.

"우리는 바로 당신의 사촌을 도우려는 겁니다. 그런데 진범을 잡는 것 말고는 도울 방법이 없습니다. 당신에게 알리바이가 있다면 우리는 이제 당신 일로 머리 쓰지 않아도 되니까요……."

회색 다람쥐가 마치 춤추는 무희처럼 눈 위를 달려 가까이 다가오더니 스코치테리어를 보자 놀라서 나무로 기어 올라가 버렸다. 다람쥐는 성급하게 울기 시작했다. 택시 운전 기사는 잠이 든 듯했다.

워튼은 화나고 난처한 듯한 눈길로 두 사람을 바라보았다.

"쳇! 내 말만으로는 믿을 수 없다는 겁니까?"

"말해서는 안 될 무슨 이유라도 있습니까?"

워튼은 콧수염을 세게 문질렀다.

"제기랄! 웨스틀랜드는 좋은 녀석입니다. 그가 전기의자에 앉게 되는 건 못 보겠습니다. 얼빠진 이야기지만, 하는 수 없지요. 내가 그날 밤 어디 있었는지 아는 사람에게로 데려다 주리다. 카터, 외투를 가져오게!"
워튼은 문을 힘차게 밀어 열었다.
하인이 털이 거친 외투와 모자를 가지고 나타났다. 외투를 입고 모자를 쓰자 워튼은 개에게 말을 걸었다.
"이리 와, 보기!"
그리고는 돌층계에서 걸음을 멈추었다.
"당신들을 위해 이런 짓 한다고 생각지는 마십시오. 그렇지 않으니까. 당신들은 도무지 마음에 들지 않습니다."
크레인도 가만히 있지 않았다.
"그건 서로 마찬가지지요. 이상심리 선생이라도 당신에 대한 우리의 마음을 진료장부에 기록하기를 꺼려할 정도일 겁니다."
졸고 있던 운전 기사를 깨워, 택시는 굉장한 속도로 눈 덮인 길을 뚫고나갔다.
워튼은 그린 베이 로드에 있는 커다란 튜더 식 저택으로 안내했다. 벨을 누르자 제복 입은 말쑥한 하녀가 문을 열었다.
"어머나, 워튼님!"
하녀는 그들을 장식용 서까래가 드러나 있는 거실로 안내했다. 난로에서는 구리로 주물된 준마 위에서 통나무가 두 개 불이 잘 붙지 않아 연기를 내며 타고 있었다.
윌리엄즈와 개는 마음이 놓이는지 그 앞에 걸음을 멈추었다. 워튼과 크레인은 언짢은 얼굴로 서로 노려보고 있었다.
이윽고 나선층계를 조용히 내려온 한 부인이 여기저기 깔아놓은 화려한 카자크 식 카펫 사이를 불안스러운 걸음으로 걸어 두 사람 쪽으로 다가왔다.
"어머나, 워튼!"
깜짝 놀랄 만큼 쉬어터진 목소리였다. 이제 곧 50살이 될 듯한 몸집 큰 여자로, 얼굴이 빨갛고 거친 생활 탓인지 혈관이 불거져 있었다. 취해 있는 눈을 멍청히 뜨고 있다.
지칠 대로 지친 수영선수가 모래사장에 닿은 것처럼 그녀는 난로 옆 큰 테이블을 붙잡더니 윌리엄즈 쪽을 흘끗 보며 말했다.
"어서 오세요, 좋은 분!"
워튼이 놀란 듯 말했다.
"에이미! 아침부터 취했군!"
"시끄러워요! 당신도 어차피 위스키 냄새를 풍길 거면서."
그녀는 위태롭게 비틀거리며 윌리엄즈 쪽을 살펴보았다.
"이 도련님은 누구예요?"
워튼이 씁쓸하게 말했다.
"탐정이오. 웨스틀랜드 사건을 조사하고 있지."
그녀는 숨을 잔뜩 들이마셔 가슴을 크게 부풀리더니 소리쳤다.
"사건? 사건이라고요? 앤너!"
보기가 좀 놀란 듯이 귀를 뺏뺏이 세웠다.
말쑥한 하녀가 나타나 층계 옆 복도에 섰다.
"위스키."
여주인의 쉬어터진 한마디를 듣자 하녀는 몸을 돌려 안으로 들어갔다.
워튼이 말했다.
"이 사람들은 웨스틀랜드를 도우려는 거요. 그래서 용의자를 조사하는 중인데, 사건이 일어난 날 밤 내가 어디 있었는지 말해 달라는구려."

그는 외국사람에게 이야기하듯 한마디 한마디 또박또박 설명했다.
"이야기해 주면 되지요."
그녀는 테이블을 돌아 윌리엄즈 곁으로 다가갔다.
"잠깐만, 멋쟁이 사나이, 당신 이름은 뭐지요?"
워튼이 고함쳤다.
"하지만 내 말만으로는 믿지 않을 것 같소."
그녀는 윌리엄즈 쪽으로 가던 발길을 멈추었다.
"당신이 어디에 있었는지 내가 알 게 뭐람."
하녀가 테이블에 쟁반을 놓았다. 달그락거리는 소리, 당당한 노부인은 하녀에게 말했다.
"이제 됐다."
그리고 자신이 네 개의 글라스에 듀와의 초특급 네 플라스를 가득 따르고 세 개의 글라스에 사이펀에서 소다수를 따라 부었다.
"자, 마셔요!"
그녀는 스트레이트로 단숨에 들이켰다.
크레인과 윌리엄즈는 천천히 마시기 시작했다. 워튼이 다시 고함쳤다.
"내가 어디에 있었는지 기억할 거요. 생각해 보오. 내가 웨스틀랜드를 만나러 중심가로 나갔던 날 아침에 당신이 자동차로 데려다주었잖소?"
그녀는 큰소리로 웃더니 즐거운 듯이 또 술을 따랐다.
"저런, 나에게 괜한 트집을 잡으려는 거예요?"
"나를 자동차로 데려다준 것은 기억하겠지?"
"나는 이래봬도 숙녀란 말이에요. 그런 건 다 잊어버렸어요."
그녀는 다시 윌리엄즈 쪽으로 다가갔다. 윌리엄즈는 난로 쪽으로 달아나려고 했다.

"그야 뭐 좋은 일이 있다면 그날 아침 당신을 자동차로 데려다주었다는 것을 생각해 내줄 수도 있지만."

그녀는 크레인 쪽을 흘끔 보더니 몹시 빨개진 얼굴을 번쩍 쳐들었다.

"워튼에게 약속이 있다니, 너무 재미있어 기억했던 거예요. '약속' 말이에요. 그 웨스틀랜드라는 사람이 부인을 죽인 다음날 아침이었어요."

그녀는 '약속'이라는 말을 겨우 생각해 낸 듯했다.

크레인이 물었다.

"누가 부인을 죽였다고요? 워튼 씨라고요?"

그녀는 한층 더 큰소리로 웃었다.

"워튼에게 부인이 있을 리 없지요. 이 사람과 결혼하면 개집에서 살아야 해요."

크레인은 워튼 쪽으로 돌아앉았다.

"이 부인이 아침에 당신을 자동차로 데려다주었다 하더라도, 그것이 무슨 증명이 되지요?"

"잠깐, 에이미. 그날 밤 내가 어디 있었는지 기억하겠지?"

"천만에요."

그녀는 씁쓸한 얼굴로 눈을 내리깔았으나 많이 취한 것 같아 보이지는 않았다.

"에이미, 사실대로 말해 주오. 사촌의 목숨이 걸린 일이오. 나 자신의 일이라면 이런 말 하지도 않소."

그녀는 힘없이 머리를 숙였다. 턱이 가슴에 닿았다.

"에이미, 내가 어디 있었는지 그것만 말해 주오. 그렇지 않으면 앤 너를 불러주든지. 그녀도 알고 있을 테니까."

워튼이 계속 말했지만 그녀는 꼼짝도 하지 않았다.

이윽고 그녀는 싸구려 상점거리의 쇼크 머신이라도 건드린 것처럼 갑자기 행동으로 옮겨갔다. 은과 유리로 된 소다수 사이펀을 와락 움켜쥐며 소리쳤다.

"나는 남자 따윈 끌어들이지 않아. 그날 밤 당신은 아마 마구간에 서라도 잤겠지. 아! 이래뵈도 나는 행실 바른 미망인으로 알려져 있으니 세상 평판을 더럽히지 말아줘요. 내가 당신 알리바이가 되어줄 줄 알아요? 어림도 없지. 썩 나가요!"

갑자기 사이펀의 아가리를 열자 슛 하고 차가운 소다수가 세 사람에게 뿌려졌다.

"나가요! 들리지 않아요! 지저분한 사람들이군! 썩 나가!"

세 사람은 얼굴이며 옷이며 옷 속까지 젖어서 허둥지둥 도망쳤다. 개가 세 사람의 발치에서 따라왔다. 허겁지겁 문을 나오자 눈을 밟으며 택시 쪽으로 달렸다. 그녀는 현관 앞까지 쫓아 나와 콘크리트 바닥에 서서 그들 쪽으로 사이펀을 던졌다. 병이 시멘트 바닥에 부딪쳐 산산조각이 났다.

"앗!"

운전 기사가 놀라 소리 질렀다.

택시는 세 사람과 개를 태우고 달리기 시작했다.

크레인은 달리고 난 뒤인데다 너무 우스워서 숨이 찼다. 그의 팔 안에 개가 올라앉아 있었다. 워튼은 완전히 언짢은 얼굴로 중얼거렸다.

"바보 같으니! 정말 바보 같은 늙은이로군!"

## 수요일 낮

크레인은 두 잔째 버컬디 칵테일을 비우고 나서 말했다.
"이 사건은 정말 미치겠습니다. 독방에 갇힌 사나이의 수명이 닷새, 나흘, 사흘로 줄어드는 생각만 해도 머리가 꽉 차버려 아무것도 생각할 수 없습니다. 그런데 핑클슈타인 씨, 지사의 처형 연기 명령을 받을 수는 없습니까?"
핑클슈타인 변호사는 힘없이 머리를 끄덕였다.
"월요일 밤 지사가 시카고에 왔을 때 이야기해 보았지만, 뚜렷한 증거가 없으면 안 된다고 하더군요."
종업원이 아가리를 딱 벌린 대합조개를 가져오는 동안 크레인은 오늘 아침에 있었던 위튼과 그 여자친구의 이야기를 했다.
윌리엄즈가 설명했다.
"알 카포네의 부하인 기관총잡이 잭 맥건처럼 어떤 여자에게 알리바이 증언을 시키려고 생각한 모양입니다. 금발 여자의 알리바이라는 것을 기억하시겠지요? 물론 맥건은 나중에 그녀와 결혼해 버렸습니다만."

그러자 크레인이 말했다.
"그건 신사다운 행동이었지."
변호사가 물었다.
"그럼, 워튼에게는 알리바이가 없는 셈이군요?"
크레인은 살이 단단한 대합조개에 레몬을 끼얹고 비엔나 롤빵을 한 조각 뜯어 입에 넣으며 말했다.
"아니, 법정에서 알리바이로 내세울 수는 없지만 그녀에게 거절당했기 때문에 오히려 워튼의 이야기가 정말처럼 생각됩니다. 만일 그녀가 달콤한 목소리로 '네, 그래요. 워튼과 함께 그날 밤 톤캐치에서 모세의 십계명을 깨버렸어요'라고 말했다면 도저히 믿어지지 않았겠지만, 우리를 쫓아버리려 했기 때문에 오히려 에이미는 워튼에게 한 역할 해준 셈이 되는 거지요."
핑클슈타인은 신기한 듯한 눈길로 크레인의 얼굴을 보았다.
"에이미라니, 곡물왕의 미망인 에이미 더머는 아니겠지요?"
"글쎄요. 그건 모르겠지만, 그린 베이 로드의 큰 저택에 살며 훌륭한 위스키를 마시더군요."
"그렇다면 에이미 더머요. 알콜 중독자인 듯한데, 합중국 조폐국보다 더 부자라고들 하지요."
윌리엄즈는 놀라버렸다.
"알콜 중독자란 어떤 겁니까?"
크레인이 대답했다.
"이따금 술을 좀 마신다는 뜻이지."
"그 정도는 나도 압니다!"
변호사가 이야기를 진행시켰다.
"그럼, 수사가 잠시 상류층으로 파고들어갔는데, 우리에게는 그리 도움되지 않는 셈이군요. 그리고 나서는?"

그러자 크레인이 되물었다.

"그보다도 당신 쪽에서 조사한 것은?"

변호사는 작은 갈색 사기접시에서 에그스 베네딕트를 맛보며 말했다.

"우드베리 씨가 블렌티노 양과 블랙 호크로 춤추러 갔다는 알리바이는 허물어졌습니다."

"허물어졌다고요? 왜?"

"블랙 호크는 그날 밤 노스 웨스턴 대학 여학생 클럽의 파티가 있었습니다. 지배인이 예약표를 보여주었지요."

크레인은 과일 샐러드를 싫어했지만, 체중을 생각하여 억지로 먹고 있었다.

"그렇다면 우드베리 씨에게 불리해지겠군요. 볼스턴 씨는?"

변호사는 비엔나 롤빵을 크레인 쪽으로 흔들어보였다.

"블래디 변호사는 12시 30분까지 그와 함께 술을 마시고 자동차로 데려다주었다고 했지요. 하지만 그것만으로는 알리바이가 되지 않습니다. 아직도 부인을 죽이러 갈 시간은 충분하니까요."

"그건 알고 있습니다. 다만 그 말의 입증이 필요했을 뿐이지요."

그 뒤 식사하면서 크레인과 윌리엄즈는 스코치 소다를 여러 잔 마셨다. 세 사람의 화제는 오렌지빛 머리의 호건 양에게로 옮겨졌다. 크레인과 윌리엄즈는 열심히 변호사에게 질문을 퍼부었으나 그는 좀처럼 입을 열지 않았다.

변호사는 반격해 왔다.

"나에게 사생활이 있으면 안 됩니까?"

그러자 크레인이 말했다.

"호건 양에 대해서는 비밀로 하는 게 좋지 않습니다."

윌리엄즈도 말했다.

"그녀의 친구들 가운데 그런 여자가 또 없을까요?"

"다음에 만나면 물어보지요."

그러나 윌리엄즈는 고집스러웠다.

"지금 물어봐주면 좋겠는데요. 무슨 일이나 트릿하게 하는 건 싫으니까요."

있느냐 없느냐 하는 호건 양 친구들에 대한 아리송한 이야기는 두 사람에게 내맡기고, 크레인은 전화 부스로 갔다. 먼저 웨스틀랜드의 아파트로 걸었다.

사이먼즈가 퉁명스럽게 대답했다.

"누구십니까?"

"크레인이오."

"크레인이라는 분은 모르겠는데요."

"변호사와 함께 갔던 탐정이오."

"그래서요?"

"한 가지 묻고 싶소. 사건이 일어난 날, 마틴 양이 그곳에 가지 않았소?"

"오시지 않았습니다."

"확실하오?"

"물론입니다. 그럼……."

두 번째 전화는 웨스틀랜드의 사무실. 젊은 여자의 목소리가 대답했다.

"웨스틀랜드 볼스턴 우드베리 상회입니다."

"우드베리 씨 계시오?"

"비서에게로 연결해 드리겠습니다."

잠시 뒤 귀에 익은 목소리가 수화기 저쪽에서 들려왔다.

"여보세요."

블렌티노 양의 목소리는 아주 낮았다.

"아, 수프레이그 노인에 대해 알아보았습니까?"

한참 동안 대답이 없었다. 전화가 끊겼나 생각하고 크레인은 지루한 듯이 수화기를 두드렸다. 이윽고 생기가 없으나 성적 매력이 확 풍기는 목소리가 대답했다.

"수프레이그 씨는 죽었어요."

"뭐라고요!"

"어제 저녁 8시쯤 뺑소니차에 치여서……."

크레인은 갑자기 방금 먹은 과일 샐러드가 도로 나올 것 같은 기분이 들었다. 그는 전화 부스 문을 열어 공기를 넣었다.

"어째서……."

"모르겠어요. 론딜 경찰서에서 연락이 왔었대요. 알고 있는 건 남 클로포드 거리 배스컨 장의사에 시체가 있다는 것뿐이에요."

크레인은 전화 밑 선반에 마련되어 있는 종이에 메모를 하며 말했다.

"곧 가보지요. 그런데 우드베리 씨는 거기 있습니까?"

"네, 바꿔드릴까요?"

"아니, 괜찮습니다."

크레인은 조금 땀을 흘리고 있었다. 손수건으로 얼굴을 닦고 주머니를 뒤져 동전을 한 개 더 꺼냈다.

"제기랄, 어떻게 된 거지!"

그는 소리 내어 중얼거리며 다시 한 번 다이얼을 돌렸다.

이번에는 백홀츠 교도소장이 전용전화에 나왔다.

"여보시오."

"크레인입니다만, 부탁한 일은?"

"3시에 랜돌프와 웰즈 모퉁이 웨버의 담뱃가게에서 두 사나이를 만나주십시오. 둘 다 코너즈의 동료로, 자기소개를 할 겁니다. 3시 요."

"수고하셨습니다."

"잘되어 갑니까?"

"글쎄요……."

"서두르는 편이 좋습니다…… 시간이 얼마 없으니까요."

"압니다."

크레인이 테이블로 돌아와 수프레이그가 죽었다는 이야기를 했다. 다 듣고 난 뒤 변호사가 입을 열었다.

"아무래도 또 누구에겐가 살해된 모양이군요. 그렇게 생각할 수밖에 없습니다."

윌리엄즈도 말했다.

"이상한 일이로군요. 우리가 2인조 살인자에게 저격받은 바로 그 시간입니다."

크레인은 변호사에게 경찰국 옆에서 자동차를 탄 사나이가 총알을 마구 퍼부은 이야기를 했다. 아슬아슬한 순간에 살아난 이야기에 흥분하여 크레인은 종업원에게 스코치 소다를 더블로 주문했다. 윌리엄즈도 그대로 따랐다.

변호사는 무척 놀랐다.

"하지만 그런 터무니없는! 처음에는 그랜트, 그 다음은 당신들, 그리고 이번에는 수프레이그를 죽이다니. 스스로 무덤을 파는 짓이나 다름없잖습니까?"

크레인은 술을 반쯤 죽 들이켰다. 좀 기운 나 보였다.

"이번에는 왜 수프레이그를 해치운 걸까요?"

"오늘 아침 우리에게 무언가 이야기해 주기로 되어 있었는데, 상대 방이 그것을 알아차린 모양입니다."

그러자 윌리엄즈도 물었다.
"어떻게 알아차렸을까요?"
변호사가 이마에 주름을 지으며 말했다.
"빌어먹을! 우리 가운데 누군가가 지껄인 듯합니다."
"우리 이야기를 엿들을 수 있는 사람은 소장뿐인데…… 이제는 그런 짓을 하지 않을 겁니다. 자신이 궁지에 몰리고 싶지는 않을 테니까요."
크레인은 남은 위스키를 마저 마시고 또 주문했다.
"아무튼 수프레이그를 어쩌지요?"
크레인이 종업원에게서 위스키를 받아들며 대답했다.
"이제부터 윌리엄즈와 가보겠습니다. 당신은 어제 저녁 7시부터 9시까지 모두들 어디 있었는지 조사해 주십시오. 수프레이그 노인의 동정을 살피고 있었던 녀석이 있었을지 모르니까요. 노인이 몇 시에 사무실을 나갔으며, 여느 때와 다른 점이 없었는지도 조사해야 합니다."
변호사는 계산서를 집어 들며 말했다.
"좋습니다. 이번에는 언제 만나지요?"
크레인은 글라스를 기울여 가장자리를 핥듯이 하면서 까닭 있게 말했다.
"글쎄요, 어쩌면 이제 다시는 만나지 못할지도 모르지요."

크레인과 윌리엄즈는 우선 남 클로포드 거리 605번지 배스컨 장의사로 가서 영양과잉으로 간장이 나빠져 눈 밑이 늘어진 장의사와 이야기를 나누었다.
"이 사람이 자동차에 치었을 때 입은 상처 때문에 죽은 것은 확실합니다. 틀림없습니다. 당신들이 시체를 살펴보고 싶으시다면…

…."

그러자 크레인이 말했다.

"아니, 괜찮습니다. 수프레이그 씨는 어쩌면 살해된 게 아닐까 생각했었는데, 당신이 보기에 총 맞은 흔적도 칼에 찔린 자국도 없다면 믿겠습니다."

장의사는 불끈하여 말했다.

"방부처리를 내가 직접 했으니까요."

종려나무 밑에 선 그는 그 나무에게까지 향유를 뿌릴 듯한 기세였다.

크레인은 모자를 집어 들었으나 잠시 다시 생각했다.

"알았습니다. 장례식은 훌륭하게 치르겠지요?"

"그야 물론이지요! '배스컴의 훌륭한 장례식'을."

장의사는 시들해 보이는 작은 종려나무 옆의 마호가니 판자에 걸린 간판을 손가락으로 가리켜보였다.

그 간판에 따르면, '훌륭한 장례식'은 멋진 링컨 영구차에 자동차 세 대분의 참석자——그 수는 마음대로 늘릴 수 있다——8달러의 버튼 오르간이 있는 전용 예배당과 골든 아일 콰르텟을 모두 포함하여 겨우 217달러였다. 게다가 다섯 종류의 훌륭한 관 가운데 어느 것이든 고를 수 있는 듯했다.

크레인이 말했다.

"과연 훌륭하군요. 여기 있는 이 친구도 더 이상 훌륭한 장례식을 바랄 수는 없을 겁니다."

장의사가 시험하듯 말을 꺼냈다.

"바라신다면 더욱……."

윌리엄즈가 말을 가로막았다.

"죽게 되더라도 장례식은 시카고에서 치를 것 같지 않군요."

장의사는 문 있는 데까지 따라 나와 다시 말했다.
"상관없습니다. 미국 안에서 장례식을 한다면 어디서든 전보 한 장으로 달려가니까요."
크레인이 말했다.
"호! 이제 전보 한 장이면 아기가 태어나게 되겠군."

관할경찰서는 낡은 벽돌로 지은 건물이었다. 두 사람은 건들거리는 층계를 올라가 접수처로 가서 당직 경감보에게 수프레이그 사건 보고서를 보여줄 수 없겠느냐고 부탁했다.
두툼한 장부를 뒤져 가까스로 찾는 페이지가 눈에 띄었으나 그리 도움되지 않았다.
에이머스 수프레이그, 67살, 해리슨 거리 4221번지 회사원, 남 클로포드 거리에서 매디슨 거리의 전차를 내렸을 때 자동차에 치었다는 내용이었다.
시체는 배스컨 장의사로 날라져갔다고 한다. 보고자는 워린으로 되어 있었다.
윌리엄즈가 이 워린이라는 사람을 만나고 싶다고 말하려는데 서장실문이 열리고 스트롬 경감과 또 한 사람의 경감이 나왔다.
스트롬은 그리 반갑지 않은 듯이 말했다.
"또 만났군. 지금 이곳 서장에게 자네들이 왔더냐고 물어보던 참이었지."
윌리엄즈가 대답했다.
"지금 막 소식을 들은 참이네. 어떻게 된 건가?"
스트롬 경감은 두 사람을 서장실로 데려갔다.
"서장이 모두 다 알고 있네. 서장, 이 친구는 윌리엄즈로 검사국에 있을 때의 동료요. 그리고 이쪽은……."

"크레인이라고 합니다."

"잘 부탁합니다."

오글레디 서장은 눈썹이 짙고 등이 곧은 아일랜드 계 호남자로, 금단추 달린 감색 제복을 입고 있었다.

"이분들에게 모든 이야기를 다 해도 괜찮습니까?"

그 말에 스트롬 경감이 대답했다.

"물론이오. 이야기해 주시오."

서장은 두 사람에게 의자를 권하고 자신은 책상 앞에 앉았다.

"하지만 그다지 이야기할 게 없습니다. 수프레이그라는 사나이가 어제 저녁 8시쯤 남 클로포드 거리에서 매디슨 거리의 전차를 내렸지요. 보도 옆까지 걸어갔을 때 대형 세단에 치었습니다. 전차 차장인 진머맨이……."

스트롬이 끼어들었다.

"얼스터(북 아일랜드) 인으로 좋은 녀석이오."

"그가 곧 전차를 세우고 뛰어내렸습니다. 그때는 세단에 탔던 두 사람 가운데 하나가 수프레이그 노인 곁에 웅크리고 앉아 몸을 만지고 있었다더군요. 그가 죽었다면서 일어섰으므로 차장이 이름을 묻자 욕지거리를 퍼부으며 자동차에 뛰어올라 무서운 속도로 달아나버렸다고 합니다."

"자동차 번호는?"

크레인이 물었다.

"그게 이상합니다. 번호판이 붙어 있지 않았던 모양입니다."

스트롬 경감의 눈초리가 중후하고 무표정한 얼굴에 어울리지 않게 날카로워졌다.

"어두웠기 때문에 차장이나 다른 손님에게 번호판이 보이지 않았던 거지요."

크레인이 물었다.
"그럼, 당신은 이것도 그냥 일어난 여느 사고라고 생각하십니까?"
경감은 턱을 긁적거렸다.
"글쎄요, 어젯밤 당신들의 그 어림없는 이야기를 듣지 않았더라면 좋았을걸 그랬습니다."
윌리엄즈가 말했다.
"록펠러가 바지주머니에서 새로운 10센트짜리 동전을 찾을 때처럼 긴장한 모양이군."
"그때는 자네 이야기를 그리 믿지 않았지만, 경관도 때로는 생각을 바꾸는 일이 있으니까. 물론 뺑소니차 사건 따위는 날마다 일어나지만, 그런 범인들은 자동차를 세우거나 하지 않네. 확실히 이상해. 이 수프레이그라는 사나이도 당신들의 주의해 보고 있던 사람 가운데 하나였습니까, 크레인 씨?"
크레인이 고개를 끄덕였다.
"그 사람은 웨스틀랜드와 어떤 관계였지요?"
크레인은 그 노인이 사건 동기를 파헤쳐보이겠다고 큰소리쳤다는 이야기를 하고 아침 모임에 나타나지 않았으므로 이상하게 여기고 있었다고 설명했다.
스트롬 경감이 깜짝 놀라며 물었다.
"그럼, 교도소에서 날마다 죄수를 당신들과 만나게 해주고 있단 말입니까?"
윌리엄즈가 당황하여 얼버무렸다.
"아닐세. 죄수를 만나는 건 변호사뿐일세. 우리는 밖에서 기다리고 있지."
크레인이 서장에게 물었다.
"그 세단에 탄 사나이는 수프레이그가 죽었음을 확인한 다음 무언가 몸에 지닌 서류를 가져갔다고 생각되지 않습니까?"

"확실히 있을 수 있는 일입니다. 적어도 시체에서는 서류 같은 게 아무것도 나오지 않았습니다."

스트롬 경감이 손가락으로 테이블을 톡톡 두드리며 물었다.

"수프레이그가 만일 가지고 있었다면 어떤 서류였을까요?"

"나도 그것을 알고 싶습니다. 만약 그가 살해된 거라면, 쓸모 있는 것임에 틀림없겠지요."

"도무지 까닭을 알 수 없는 사건이로군. 만일 수프레이그가 무언가를 손에 넣었다면 왜 좀더 빨리 경찰에 알려오지 않았을까요? 어째서 웨스틀랜드가 사형되기 이틀 전까지 그것을 지니고 있었을까요? 그리고 그랜트만 해도 그렇지요. 그가 무엇 때문에 중요한 사람이라는 겁니까? 좀도둑이 상류사회 사람들과 무슨 관계가 있었을까요? 도무지 알 수가 없습니다."

크레인은 벽으로 걸어가 1893년에 그려진 헤이마켓 폭동 때의 용감한 사람들 그림을 바라보았다. 더부룩하게 수염을 기르고 긴 감색 웃옷을 입었으며, 앞가슴에 금빛으로 번쩍이는 번호를 달고 완강한 헬멧을 쓴 튼튼한 사나이들 모습은 기묘했다.

크레인이 말했다.

"그랜트는 사건이 있었던 날 밤, 그 건물에 몰래 숨어들어가 있었기 때문에 공판 때 경찰에 신고하기가 두려웠을 거라고밖에 생각할 수 없습니다. 그날 밤 그 언저리에서 한탕했을지도 모르지요. 어쨌든 그는 웨스틀랜드 씨가 부인과 헤어져 돌아가는 것을 보았으므로 그가 범인이 아니라는 걸 알고 있었습니다. 그런데 웨스틀랜드가 범인으로 몰리자 그는 언제든 기회를 보아 경찰에 증언해 주려고 마음먹었던 겁니다."

스트롬이 머리를 저으며 물었다.

"수프레이그는?"
"이번에 다른 사람들과 함께 변호사에게 불려나올 때까지는 웨스틀랜드가 범인인 줄 믿었겠지요. 변호사가 모두들에게 한 첫 질문은 웨스틀랜드를 없애고 싶어하는 동기를 가진 사람이 누구인가 하는 것이었습니다. 수프레이그는 그것을 생각하다가 문득 그때까지 아무것도 아니라고 여겼던 일에 의미가 있음을 깨달았지요. 그리하여 조사를 시작했다가 이것을 눈치챈 범인에 의해 살해된 겁니다."
그러자 스트롬이 말했다.
"웨스틀랜드가 범인이 아니라면 틀림없이 그렇게 되겠지요."
"웨스틀랜드를 위해 뛰어다니는 이상 그렇게 생각하는 게 당연하지요."
서장이 말했다.
"그럴 듯한 생각이로군요. 물론 나는 스트롬 경감과 달리 명탐정이 아니라 이런 말을 할 수는 없지만."
경감은 기분이 좋아서 윌리엄즈의 어깨에 손을 얹으며 말했다.
"너무 추켜올리지 마시오. 다만 운이 좋은 경관에 지나지 않으니까. 그건 그렇고, 웨스틀랜드가 유죄라는 의견을 바꿀 만한 증거는 아직 찾아내지 못했지만, 우리도 죄 없는 사나이를 전기의자에 앉히고 싶지는 않습니다만. 당신들에게 우리가 힘이 되어줄 일이 없을까요, 크레인 씨?"
크레인은 목 뒤를 쓰다듬으며 말했다.
"수프레이그가 살해된 시각에 모두들 무엇을 하고 있었는가 하는 것과, 어제 한 수프레이그의 행동을 핑클슈타인 변호사가 더듬어보고 있지만 아마 좀 어려울 겁니다. 경찰에서 누군가가 해주신다면……."
"좋습니다. 곧 두 사람쯤 내보내지요."

크레인은 잠시 망설이다가 경감을 보며 말했다.
"그리고 또 한 가지. 웨스틀랜드와 함께 일하던 우드베리도 웨스틀랜드와 똑같은 권총을 가지고 있었습니다. 두 사람 다 영국 공군에 있었으니까요. 총알 감식전문가인 리 소령에게 그 권총을 조사해 봐주도록 부탁했으면 합니다. 웨스틀랜드 부인 살해에 사용된 총알에 대한 보고서를 갖고 있겠지요?"
"그것은 가지고 있지만, 우드베리의 권총을 압수하는 일이 어떨는지. 아파트의 수사영장이 필요할 텐데요. 하기야 권총을 훔쳐오는 일이라면 윌리엄즈와 나는 그보다 훨씬 더 심한 짓도 했지만. 그래서 무엇을 조사하지요? 흉기가 그것이었는지 아닌지 알고 싶은 겁니까?"
"그것과 웨스틀랜드의 권총을 슬쩍 바꿔놓았을지도 모릅니다. 웨스틀랜드의 권총에는 이름이 새겨져 있으니, 리 소령이라면 그것을 깎아 내거나 세공했더라도 금방 알겠지요."
"좋습니다. 권총은 리 소령에게 당신 이름으로 보내두겠습니다. 나는 이런 일에 나서서 관계하고 싶지 않으니까요."
"알겠습니다. 오늘 밤 리 소령에게 연락하여 뭔가 알아내면 당신에게도 알려드리지요."
"내가 권총을 손에 잘 넣는다면 그렇겠지요."

버치라는 사나이가 말했다.
"걱정없습니다, 대장. 맡겨두십시오."
그는 코가 짜부라져 비뚤어지게 붙은 활달한 흑인 사나이로, 왼쪽 눈에 흰 점이 있고 이마에 톱니 같은 흉터가 한 줄 나 있었다.
크레인과 윌리엄즈와 버치와 또 한 사나이 네 사람은 커튼을 내린 검은 대형 링컨을 타고 매디슨 거리를 서쪽으로 달리고 있었다. 리틀 조는 몸집 작은 뚱뚱한 사나이로, 길게 자란 빨간 고수머리가 잿빛 모자 밑의 목까지 비어져 나와 있었다. 그가 핸들을 잡았는데, 중력의 법칙을 무시하고 교통법규며 다른 운전 기사 일은 생각도 하지 않았다.

크레인이 말했다.

"상대는 그리 억세지 않겠지요."

"아무리 억세고 용감한 녀석이라도 우리만은 못할 겁니다. 그렇지 않으면 우리가 팀스터(트럭 운전 기사) 노동조합을 휘두를 수 없지요. 안 그래, 조?"

그것은 자랑이 아니라 정말인 듯했다. 버치의 말에 리틀 조도 맞장구쳤다.

버치가 무시무시한 얼굴로 크레인에게 물었다.

"코너즈에게서 소문은 들었겠지요?"

옆창문의 커튼이 차체에 닿아 뒷좌석으로 휙휙 거리는 소리를 보냈다. 크레인은 몸을 떨며 깃을 귀까지 세웠다.

"아, 그 녀석들이라면 천국까지라도 밀고 올라가 천사의 하프를 트럭에 하나 가득 빼앗아올지도 모르지요."

이것은 크레인이 나오는 대로 아무렇게나 지껄인 말이지만 버치는 만족스러운 모양이었다.

버치가 말했다.

"코너즈도 경관만 손대지 않았으면 잘되었을 텐데. 불량배를 해치우는 건 괜찮지만, 경찰을 쏘면 귀찮아집니다. 재판관도 자극을 받게 되므로 잘 포섭할 수가 없지요."

홀스테드 거리 모퉁이를 돌자 네 사람이 탄 자동차는 벽돌 깔린 도로에 타이어 소리를 끼익 내며 마침 주차장에서 나오는 번쩍거리는 세단 뒤꽁무니에 부딪쳤다. 몸집 큰 사나이가 어슬렁어슬렁 자동차에서 내려 조 쪽으로 걸어왔다. 조도 자동차에서 내려 긁힌 상처를 살펴보고 있었다.

얼굴이 시뻘게진 세단의 사나이가 말했다.

"앞 좀 잘 보고 다녀!"

조는 링컨의 펜더를 발로 살펴보더니 아무렇지도 않은 것을 보자 만족한 듯 고개를 끄덕이며 운전석으로 돌아오려고 했다.

사나이가 리틀 조의 어깨를 와락 움켜잡았다.

조는 몸을 빙글 돌려 발끝으로 발돋움하여 사나이와 마주 섰다. 작고 뚱뚱한 몸에 어울리지 않게 팔이 유난히 길었다. 조가 먼저 으름장을 놓았다.

"뭐가 불만스럽나?"

순간 사나이의 뻘건 얼굴에서는 노여움이 사라지고 겁먹은 듯 파랗게 질렸다. 그는 두어 걸음 뒷걸음질치며 뭐라고 말하려 했으나 결국 입을 다물어버리고 말았다. 조는 냅다 동댕이쳐버리고 싶다는 듯이 팔꿈치께에서 팔을 굽혀 태세를 갖추고 있었다.

조는 말했다.

"내가 지금 바쁜 것이 뜻하지 않은 행운인 줄 알아. 그렇지 않았으면 네 녀석 얼굴은 걸레조각이 됐을 거야."

조는 자동차에 올라타 기어를 넣었다. 그리고 벽돌 깔린 도로에 망가진 자동차와 사나이를 남겨놓은 채 달려갔다.

버치가 말했다.

"건방진 녀석이로군."

조가 아쉬운 듯이 말했다.

"모퉁이에 경관만 없었으면 왕창 부숴놓았을 텐데."

홀스테드 거리의 조 페트로네 레스토랑 앞에서 자동차가 조용히 멎고 네 사람은 나란히 안으로 들어갔다.

두 이탈리아 사람이 놋쇠 발판에 한쪽 발을 올려놓고 스탠드 바에서 술을 마시고 있었다. 몸집 작은 대머리 바텐더가 놋쇠통의 주둥이에서 맥주를 따르고 있었다. 버치는 문 있는 데서 잠시 걸음을 멈추고 자물쇠에 손대어 문이 닫히면 저절로 열쇠가 잠기도록 했다.

맥주 조끼의 거품을 빛바랜 자막대기로 긁어 떨어뜨리던 바텐더가 깜짝 놀라 네 사람을 보았다.

조가 손님인 이탈리아 사람에게 물었다.

"너희들 제 발로 돌아가고 싶은가, 아니면 영구차로 돌아가겠나?"

사나이들의 조용한 갈색 눈이 겁에 질린 채 조와 버치를 피하듯 지나 말없이 문 밖으로 나갔다. 손님들이 나가자 버치가 문을 닫았다.

바텐더가 물었다.

"무슨 일로…… 무엇을 하려는 겁니까?"

그러자 크레인이 물었다.

"페트로는 어디 있나?"

바텐더는 아직도 한 손에 맥주 조끼를, 다른 한 손에는 자막대기를 들고 있었다. 맥주거품이 사그라졌다.

바텐더가 다시 물었다.

"대체 무슨 일이지요?"

버치가 구부러진 금속다리가 달린 높은 테이블 위의 슬롯머신 옆을 지나 스탠드 바 있는 데로 가서 바텐더의 멱살을 움켜쥐었다. 바텐더의 손에서 맥주 조끼를 때려 떨어뜨리고 바 위로 거칠게 밀어젖혔다. 바텐더의 다리가 손님들이 남겨놓고 간 조끼에 부딪쳐 바닥으로 차던져졌다. 쏟아진 맥주가 바닥에 달걀 모양의 젖은 자국을 그렸다.

식당으로 통하는 사라사 커튼을 친 문으로 월요일에 시중들었던 젊은 종업원이 나타났다. 까만 눈에 어린 믿어지지 않는 듯한 분노의 빛이 번득였다. 그는 고함쳤다.

"여기가 어딘 줄 아는 거지."
그의 얼굴은 이틀쯤 수염을 깎지 않은 듯 더럽고 음침했다.
리틀 조가 그쪽을 보며 말했다.
"여, 이탈리아 친구."
"잠깐만, 이 녀석은 내가 처치하지."
윌리엄즈가 작고 뚱뚱한 조의 앞으로 나섰다.
윌리엄즈는 시험하듯 왼손으로 그 종업원을 치고 나서 이번에는 목의 턱뼈 밑 부근에 오른쪽에서 힘껏 커다랗게 스윙을 날렸다.
그는 무릎을 덜덜 떨며 금속다리가 달린 테이블에 기대더니 슬로모션 영화에 나오는 배우처럼 힘없이 허물어졌다.
슬롯머신이 기울어진 테이블에서 미끄러져 종업원의 어깨로 떨어졌다. 거기서 다시 바닥으로 굴러 여기저기 갈라진 마룻바닥에 동전을 토해냈다. 종업원은 이윽고 수북이 쌓인 동전 위로 고꾸라지며 원망스레 윌리엄즈를 노려보았다.
크레인이 정신없이 보고 있는데 버치가 말했다.
"아직 또 있지요."
조 페트로였다. 슬리퍼를 신고 혁대 없는 바지에 빨간 셔츠 차림의 뚱뚱한 몸이 문 가득히 보였다. 처녀작이 팔려 사진 찍어 주기를 기다리고 있는 작가처럼 셔츠 깃을 벌려놓은 모습이었다. 다만 이 이탈리아 사람은 가슴 위까지 더러워진 융 속옷이 비죽이 드러나 보였다. 그는 무표정하게 왼손으로 사라사 커튼을 뒤로 들어올렸다.
리틀 조가 말했다.
"손들어! 이야기할 게 있다!"
조의 손에는 총신 짧은 38구경 권총이 들려 있었다. 크레인은 튀어나오는 총알에 맞지 않도록 옆으로 비켜서며 페트로에게 물었다.
"기억하고 있겠지?"

이탈리아 사람은 머리를 저었다.
그러자 윌리엄즈가 종업원을 보며 말했다.
"졸개 녀석은 우리를 기억하고 있겠지. 그렇지?"
동전더미 속에서 검은 눈을 빛내며 종업원은 모른다는 표정이었다. 버치가 바텐더를 자기에게로 끌어당겼다.
"여기 가만히 누워 있어."
버치는 손목을 비틀어 바텐더를 빙 돌리듯하여 바닥으로 쓰러뜨렸다.
크레인이 말했다.
"페트로, 정직히 이야기하면 호된 꼴은 당하지 않게 해주겠네. 어젯밤 너와 네 패거리들이 경찰국 옆에서 우리를 죽이려 한 건 대체 무엇 때문이었는지 듣고 싶네."
조가 옆에서 다그쳤다.
"자, 털어놓아!"
페트로의 기름기 도는 얼굴이 밀랍처럼 하얘졌다.
"어이가 없군. 나는 너희들 따위는 알지도 못해."
버치가 물었다.
"대장, 쏴버릴까요?"
"아직 일러."
크레인은 다시 뚱뚱한 이탈리아 사람을 노려보았다.
"우리에게 총알을 쏘아댄 것이 너희들이라는 걸 알기에, 왜 그랬는지 그 까닭을 알고 싶네."
페트로의 입술이 움찔 움직였다.
"빌어먹을, 꺼져버려! 이 조 페트로에게 그런 협박은 안 통해."
굵은 목구멍 속에서 나온 소리치고는 묘하게 높은 쇳소리였다.
크레인이 말했다.

"좀 두들겨줄까?"
버치가 주먹을 휘둘렀다.
리틀 조가 말했다.
"알겠나, 손을 내리지 마. 그렇지 않으면 쏠 테다."
크레인이 말했다.
"자, 어떤가. 입을 열 테냐?"
페트로의 축 늘어진 눈이 번쩍였다.
크레인이 다시 말했다.
"한 방 더 먹여."

버치가 이번에는 어깨에 힘을 넣어 주먹을 날렸다. 마치 말이 자동차에 부딪친 듯한 둔한 소리가 나더니 페트로는 균형을 잃고 비틀비틀 벽에 기댔다. 그는 기대선 채 바보처럼 두 사람 쪽을 지켜보았다. 버치가 어이없는 듯 그를 바라보며 중얼거렸다.

"쳇! 내 펀치도 이제 힘이 줄었나 보군."

그는 페트로에게 다가가 해머처럼 주먹을 퍼부어 바닥에 쓰러뜨렸다. 동전이 쩔렁거리는 소리가 들려 크레인이 돌아보니 마침 윌리엄즈가 발로 종업원의 오른팔을 걷어찬 참이었다. 가느다란 단검이 허공에 원을 그리며 현관 옆 벽에 맞았다가 바닥에 철썩 떨어졌.

종업원은 아픈 듯 비명 지르며 왼쪽 손목을 눌렀다.
리틀 조가 말했다.
"풋내기 녀석, 한 방 맞고 싶은 모양이군."

페트로가 의식을 되찾기를 기다리는 동안 윌리엄즈가 맥주 조끼 네 개에 맥주를 따라 각각 건네주었다. 맥주는 차가워서 맛있었다. 버치는 단숨에 죽 마셔버리고 통에서 한잔 더 따라 페트로 옆으로 다가갔다.

"아까운 짓은 하고 싶지 않지만······."

그는 이탈리아 사람의 머리에 맥주를 끼얹었다.
 이미 어둑어둑해져 있었으므로 크레인이 전등을 켰다. 덩치 큰 페트로가 신음하며 일어나려 하고 있었다. 윌리엄즈가 담배에 불을 붙여 물고 나서 재미있는 듯이 그를 바라보았다.
 "이제 슬슬 털어놓으실까?"
 윌리엄즈는 기분 좋은 듯 담배를 깊숙이 들이마셔 코와 입으로 연기를 뿜어댔다.
 나이든 바텐더는 버치에게 내던져진 채 팔로 머리를 감싸 안고 있었다. 죽은 시늉을 하고 있는 것이다.
 바깥을 지나가는 시끄러운 전차 소리가 사라졌을 때 크레인이 다시 말했다.
 "빨리 말하는 편이 좋아. 말할 때까지 여기서 물러가지 않을 테니까."
 폐렴에 걸린 사람처럼 괴롭게 숨을 헐떡이며 페트로는 한 쪽 무릎을 바닥에 짚고 한쪽 팔로 크레인을 밀어내는 몸짓을 했다. 미친 듯한 눈으로, 입에서는 피가 흐르고 있었다. 그러면서도 말하려 하지 않았다.
 페트로 위로 몸을 굽히며 크레인이 세 사람에게 물었다.
 "어떻게 할까?"
 단검을 집어 올려 집게손가락으로 장단을 맞추고 있던 윌리엄즈가 말했다.
 "이 졸개 녀석의 입이라면 털어놓을 것 같은데. 어떤가, 졸개 녀석?"
 종업원이 이를 악물며 뭐라고 중얼거렸다.
 크레인이 말했다.
 "아니, 페트로의 입으로 직접 듣고 싶네."

리틀 조는 식당문으로 가서 주방 쪽을 들여다보았다.
"분명히 이 이탈리아 친구의 딸이 저 안에 있을 텐데. 그 딸은……."
버치가 그를 가로막았다.
"스파게티 집 여자에게는 독이 있다던데."
버치는 스탠드 바로 가서 버번 위스키 큰 병과 스테인리스로 된 레몬 짜는 기계를 꺼내왔다.
"재미는 없을 것 같지만 좋은 생각이 있어."
이빨로 코르크 마개를 뽑아 바닥에 내뱉고 벌컥벌컥 소리 내어 술을 마셨다.
크레인이 물었다.
"좋은 생각이라니, 뭐요?"
버치는 웃옷소매로 입을 닦자 4분의 1쯤 비어버린 병을 리틀 조에게 건네주었다. 그리고 크레인에게 말했다.
"페트로의 왼팔을 눌러주십시오."
빨간 비단 셔츠 속 페트로의 몸은 놀라울 만큼 근육이 단단했다. 크레인은 두 손으로 그의 왼팔을 잡아 눌렀다. 반대쪽에서 무릎을 짚고 앉은 버치가 웃옷주머니에서 한 뭉치의 갈색 끈을 꺼내 페트로의 오른쪽 손목에 감은 뒤 스팀 파이프에 단단히 묶었다.
"이러면 이 녀석도 꼼짝 못하겠지."
다시 전차가 방 안을 흔들며 홀스테드 거리를 지나갔다.
리틀 조는 한 손에 38구경 권총을 들고 다른 한 손에는 반쯤 빈 위스키 병을 들고서 싱글벙글 웃고 있었다.
"금붕어라도 보여주려는 건가?"
버치가 스테인리스로 된 레몬 짜는 기구를 집어 들었다. 두 개의 긴 자루가 달려 있어 레몬을 쥐어짜는 지레 역할을 하는 것이었다.

버치는 크레인이 누르고 있는 페트로의 왼손을 그 기구에 끼워 넣었다.

"태어나서 처음 보는 것 같은 금붕어를 보여줄 걸세."

페트로의 겁먹은 작은 눈이 살피듯 세 사람을 번갈아보고 있었다. 그가 뱉어내는 숨결이 목구멍 언저리에서 귀에 거슬리는 소리를 냈다.

레몬 짜는 기구의 중심이 페트로의 부드러운 손바닥에 잘 맞았다. 버치가 말했다.

"이탈리아 친구, 기분 좋을 거야."

버치는 두 개의 자루를 죄었다.

페트로의 쉬어터진 비명이 네 사람의 귀를 찔렀다. 버치가 힘을 늦추자 크레인이 물었다.

"우리를 쏜 게 너희들이지? 그렇지?"

이탈리아 사람의 얼굴에 기름땀이 솟아났다. 그는 두툼한 입술 언저리를 핥으며 호소하듯 크레인을 바라보았다. 버치가 레몬 짜는 기구를 좀더 죄어 붙이자 페트로는 당황하여 인정했다.

"그래, 우리가 했어."

크레인은 고개를 끄덕였다.

"좋아, 그런데 무엇 때문에 쏘려고 했지?"

페트로는 입술을 바르르 떨며 중얼거렸다.

"그랜트 때문이야……."

"우리가 그랜트를 죽인 줄 알았어?"

페트로는 고개를 끄덕였다.

희미한 전등불빛 밑에서 무르익은 올리브 같은 까만 눈으로 종업원과 바텐더가 나동그라진 채 말없이 이 광경을 지켜보고 있었다. 리틀 조는 지루한지 남은 위스키를 마시고 있었다.

크레인이 말했다.

"우리가 죽인 게 아냐. 그랜트가 웨스틀랜드 사건에 대해 무언가 알고 있다기에 찾는데 누군가가 앞질러 죽여 버린 거야. 만나서 이야기하고 싶은 상대를 죽여 버리는 일도 있나?"

이탈리아 사람은 여전히 땀을 흘리며 아무 말도 하지 않았다.

크레인이 말을 계속했다.

"그랜트가 웨스틀랜드 사건에 대해 알고 있었던 일을 알고 싶은데."

버치가 때를 놓치지 않고 레몬 짜는 기구에 바짝 힘을 더했다.

"제기랄!"

페트로는 신음 소리를 내며 스팀 난방기에 기대어 정신을 잃었다.

리틀 조가 타이르듯 버치 쪽에 대고 병을 흔들어보였다.

"이제부터 털어놓으려는데 잘못했어."

그는 남은 위스키를 페트로의 얼굴에 끼얹었다.

버치가 불끈하여 말했다.

"이 녀석이 이렇게 점잖을 줄 내가 어떻게 알았겠나."

어딘지 안쪽에서 시계가 다섯 번 울려왔다. 페트로는 다시 고쳐 앉으려고 몸부림쳤다. 얼굴에 핏기가 되살아나고, 이제는 겁먹지 않아도 좋다고 생각해서인지 그 눈도 운명을 받아들이는 듯한 침착함을 되찾았다.

페트로가 물었다.

"죽이기 전에 기도쯤은 하도록 허락하겠지?"

크레인이 말했다.

"먼저 웨스틀랜드 사건에 대해 그랜트가 알고 있었던 일을 말해 봐."

페트로는 알아들을 수 없을 만큼 낮은 목소리로 말했다.

"그는 아무 말도 지껄이지 않았어."
"시끄러워! 뭔가 말했을 거야. 털어놓지 않으면 또 죄어줄 테다."
버치가 으르댔으나 페트로는 머리를 저을 뿐이었다.
"잠깐만!"
종업원이 바닥에 일어나 앉았다.
"내가 말하겠소. 이제 페트로를 괴롭히지 말아주시오. 머니 그랜트는 웨스틀랜드가 사건이 일어난 날 밤 아직 살아 있는 부인에게 작별 인사하는 것을 보았다고 말했었소."
윌리엄즈가 말했다.
"잘했어, 이 졸개야."
크레인이 말을 이었다.
"좋아. 그럼, 호텔에서 우리를 미행한 멋쟁이는 누구지?"
종업원이 페트로의 눈을 피하듯하며 대답했다.
"슈발리에의 한 사람이오."
리틀 조가 휘파람 소리를 냈다.
"흠, 그 살인자로군! 그가 어째서 너희들 같은 비전문가와 관계를 맺었지?"
종업원이 변명하듯 말했다.
"이 가게에서 배불리 먹거든요."
조가 악당 같은 얼굴로 말했다.
"고작 그 사례란 말인가? 이봐, 이번에 그가 보이스카웃 놀이를 할 때는 백인은 내버려두고 이탈리아 친구들만 상대하라고 말해줘! 그렇지 않으면 지옥으로 곧바로 가는 차표를 쥐어줄 테니."
페트로의 곁에서 바닥에 무릎 꿇고 있던 버치가 크레인에게 물었다.
"아직 또 알아낼 게 있습니까?"

페트로의 고통스러운 얼굴을 보고 있자 크레인은 기분이 나빠졌다.
"아니, 놓아주오."
버치는 이탈리아 사람의 손에서 레몬 짜는 기구를 떼어 내려다가 깜짝 놀라 꽥 소리쳤다.
크레인은 재빨리 일어서 문 쪽으로 달려갔다.
"의사를 불러주오."
그리고는 거리로 나갔다.
아크등에서 흐르는 밝은 빛이 어둠을 리본처럼 꿰뚫고 있었다. 윌리엄즈와 버치도 크레인을 따라 나왔다. 축축한 수건을 얼굴에 갖다 대는 것 같은 바람이 불었다.
세 사람의 뒤에서 리틀 조가 불 켜진 문 앞에서 걸음을 멈추고 조용해진 가게 안을 향해 뭐라고 소리쳤다.
"얌전히 있는 게 좋아. 그렇지 않으면 다음에 왔을 때는 좀더 언짢은 기분이 들게 해 줄 테니까."

## 수요일 밤

"아니, 이 방이 어떻다는 게 아니오."

크레인은 호텔 방 침대에 누워 가슴에 전화를 올려놓고 있었다. 저녁식사 때라 밖은 완전히 어둡고 조용했다.

살을 에는 듯한 찬바람이 4분의 1쯤 열린 창문에서 이따금 불어 들어왔다. 침대에 누워 있는 것은 기분 좋은 일이었다. 크레인은 전화에 대고 호소하는 듯한 목소리로 말했다.

"경찰국과 이야기하고 싶을 뿐이오. 부탁이니 어서 경찰국으로 전화를 이어주지 않겠소?"

윌리엄즈는 폭신한 의자에 몸을 파묻어 등을 동그랗게 하고서 재미있는 듯한 얼굴로 크레인을 바라보고 있었다. 손에는 뉴올리언즈의 압생트를 듬뿍 넣은 버번 위스키 글라스.

크레인이 말했다.

"지배인에게는 볼일이 없소. 호텔 경비원에게도 볼일이 없다니까. 이 방에 대해 불평하려는 게 아니니 말이오. 다만 경찰국으로 이어주기만 하면 되오."

끈질긴 부탁에 손을 들어버린 호텔 교환원이 성이 나서 혀를 세게 차는 듯한 소리가 수화기에서 들렸다. 가까스로 다른 여자의 목소리가 나왔다.
"경찰국입니다."
크레인이 말했다.
"스트롬 경감을 부탁하오."
내선 여기저기서 무뚝뚝한 사나이들의 목소리에 부딪쳐 애먹은 끝에 가까스로 경감이 나왔다. 크레인은 무슨 소식이 없느냐고 물었다. 스트롬이 대서양 건너편에서 이야기하는 것처럼 암소가 우는 듯한 큰목소리로 말했다.
"그 권총은 탈없이 손에 넣어 리 소령에게 전해두었습니다. 저녁식사가 끝난 뒤 당신들에게 보일 보고서를 정리해 줄 겁니다. 자, 이제 당신들이 알아낸 일도 알려주겠지요?"
"나중에 연락하지요. 수프레이그 쪽은 어떻습니까?"
"특별한 일은 없었습니다. 어제도 여느 때와 마찬가지로 사무실에 나와 6시까지 근무하고 돌아갔지요."
"무엇 때문에 그렇게 늦게까지 있었을까요?"
"1주일에 이틀쯤은 늦어지는데, 좀더 늦어지는 일도 있었다고 합니다."
"사무실을 나와서는 어디로 갔습니까?"
"확실치는 않으나, 웨스틀랜드 씨의 고용인 사이먼즈를 찾아간 듯합니다."
"뭐라고요!"
"사무실 타이피스트의 말에 따르면, 그가 사이먼즈에게 전화하여 6시 30분쯤 집에 있겠느냐고 묻는 것을 들었다더군요."
"그래, 수프레이그가 찾아간 일을 사이먼즈에게 확인했습니까?"

"조사하러 두 사람 보냈었는데, 사이먼즈는 수프레이그와 전혀 만나지 않았다고 합니다. 물론 타이피스트가 말한 수프레이그로부터 온 전화에 대해서는 인정하지만, 수프레이그는 오지 않았다는 거였지요."

여자와 남자가 큰소리로 이야기하면서 문 앞을 지나갔다. 그들의 목소리가 환기창을 통해 그대로 들려왔다. 여자가 싸움이라도 할 듯이 높은 쇳소리로 외쳤다.

"그 사람 자기가 뭔데 나를 아무데나 굴러다니는 형편없는 여자로…… 자기 마누라처럼 생각하는지 알 수가 없어……."

크레인은 윌리엄즈 쪽으로 히죽 웃어 보이고 나서 수화기에 대고 물었다.

"사이먼즈에게 전과가 있는지 어떤지 알아보았습니까?"

"내가 통신교육만 받은 탐정인 줄 아시오? 물론 조사해 보았소만 전과는 없더군요."

"그럼, 어떻게 하지요?"

"아무렇게도 할 수 없지요. 뺑소니차에 치어죽은 사나이와 만나 이야기할 약속이 있었다고 해서 체포할 수는 없잖습니까? 안 그렇습니까?"

"그렇지요."

"사이먼즈를 만나보는 게 좋겠습니다. 뭔가 알아내게 될 지도 모르니까요. 그리고 그 총 문제는 나중에 연락해 주겠지요? 여기에는 밤에도 사람이 있습니다."

경감의 목소리는 좀 힘이 없는 것 같았다.

"좋습니다."

크레인은 조용히 수화기를 내려놓더니 2, 3초 지난 뒤 다시 귀에 갖다댔다. 조가비를 귀에 댔을 때와 같은 소리가 들리고 이어서 찰칵

하는 소리가 들렸다.

"그 교환원 녀석!"

윌리엄즈가 말했다.

"신경쓰지 마십시오. 듣지 말기를 바라는 이야기로 여겨지면 그들은 반드시 엿들으니까요. 그런데 사이먼즈가 어떻게 했다고요?"

크레인은 경감의 이야기를 전해준 뒤 압생트가 든 버번 위스키를 한 모금 마셨다. 처음에는 달콤했으나 잇몸에 스며들자 아니스(미나리과에 속하는 두해살이풀) 향기로 바뀌었다. 크레인은 천천히 그것을 삼키며 코로 냄새만 뱉어냈다. 콧구멍에서 강한 향기가 이마로 쩡 올라갔다.

윌리엄즈가 그를 보며 말했다.

"조심하는 편이 좋겠습니다. 잘못하면 그 자리에서 털썩 쓰러져버리겠는걸요."

"이 자리에 털썩 쓰러져버렸으면 좋겠네."

"사이먼즈를 어떻게 하지요?"

크레인은 큰 글라스에 압생트를 4분의 1쯤 따르고 다시 같은 분량의 위스키를 넣었다. 퇴폐적인 초록색 칵테일이 되었다. 살짝 한 입 맛보고는 얼음을 한 덩어리 넣었다.

"버번에 압생트를 넣는 것과 압생트에 버번을 넣는 것 가운데 어느 쪽이 좋은가?"

"아니, 이 사건을 포기할 작정입니까?"

크레인은 얼음이 코끝에 와 닿을 만큼 크게 한 입 마셨다.

"초록색은 예술적이지만, 갈색은 남성적이지."

그는 문득 윌리엄즈의 눈에 떠오른 걱정스러워하는 빛을 보았다.

"포기하느냐고? 내가 포기하리라고 여기나?"

크레인은 자리에서 일어나 나폴레옹처럼 셔츠 단추 사이에 한 손을 집어넣으며 말을 이었다.

"크레인에게 태양이 가라앉을 때는 없다."

윌리엄즈가 아쉬운 듯이 남은 버번과 압생트를 욕조에 쏟았다. 그는 그 위에 물을 쏟으며 크게 소리쳤다.

"뭘 좀 먹으면 기분이 나아지겠지요."


크레인은 자동차문을 닫으며 운전 기사에게 말했다.

"여기서 기다려주오. 다시 좀더 북쪽까지 가야 하니까."

크레인과 윌리엄즈는 초록색 자동 엘리베이터에 올라타자 8층 버튼을 눌렀다. 윌리엄즈가 투덜거렸다.

"이번처럼 택시만 타고 돌아다니기는 처음입니다. 택시를 탈 뿐 아무것도 할 일이 없으니 말이지요. 이제는 생각만 해도 지긋지긋합니다. 북쪽으로 가다니 어디로 가려는 겁니까?"

"두고 보면 알게 되네."

8층에서 문이 열리자 웨스틀랜드의 아파트 벨을 울렸다. 꽤 많이 마셨는데도 조금도 흐트러져 있지 않았다.

사이먼즈가 문을 빠끔히 열었다.

"아, 당신들이로군요."

그러나 안으로 들어가게 하려는 기색은 없었다.

윌리엄즈가 대답했다.

"그렇소, 우리요."

사이먼즈는 흰 비단 셔츠에 넓은 벨트가 허리를 두른 검은 바지를 입고 에나멜가죽 슬리퍼를 신고 있었다. 현관의 밝은 전등 불빛으로 여윈 턱이 억세고 광대뼈가 튀어나와 보였으며 눈은 그늘져 있었다.

그는 물었다.

"무슨 일이십니까?"

여윈 뺨, 비단 셔츠, 허리를 두른 굵은 벨트에 빛과 그림자가 어려

사이먼즈는 그림에 그려진 스페인의 훌륭한 투우사 같았다.
크레인이 말했다.
"두세 가지 더 묻고 싶은 일이 있소."
"무얼 말입니까?"
사이먼즈의 목소리는 거칠었다.

그의 등 뒤로 재즈 밴드가 라임하우스 블루스를 연주하고 있는 소리가 들렸다. 진짜 연주를 듣는 것처럼 달콤하고 느리지만 격렬한 멜로디였다.

사이먼즈는 그쪽을 돌아보더니 어깨 너머로 말했다.
"잠깐 라디오를 끄고 오겠습니다."
그리고 그는 안으로 들어갔다.
윌리엄즈가 말했다.
"아니, 저런 녀석이 다 있담! 어째서 안으로 들어가게 하지 않는 거지?"
"글쎄, 값진 물건이라도 훔치러 온 줄 여기는 걸까."
사이먼즈가 되돌아와 문틈으로 얼굴을 내밀었다.
"볼일은?"
크레인이 문기둥에 한 손을 짚고 물었다.
"어젯밤 수프레이그 씨가 여기 왔을 때 무슨 부탁을 했소?"
사이먼즈의 눈이 휘둥그레졌다.
"어젯밤 수프레이그 씨가 왔다니, 그런 말은 하지 않았습니다. 나는 다만 전화로……."
"수프레이그 씨로부터 전화 왔었던 건 알고 있소. 뿐만 아니라 우리는 그가 여기에 왔었던 것도 알고 있소."
"뭐라고요! 여기에?"
순간 사이먼즈의 얼굴에서 힘이 빠지고 머뭇거리는 빛이 나타났다.

자신도 그것을 알아차린 모양이었다.

"그렇지. 여기에 왔었소. 당신이 경찰에 말하지 않은 일을 알고 싶소."

크레인은 노여움을 드러내보였다. 그러자 사이먼즈는 고용인 근성으로 곧 공손해졌다.

"수프레이그 씨가 왔었던 일을 경찰에 말하지 않은 것은 핑클슈타인 변호사께서 그것을 어떻게 생각하실지 몰랐기 때문입니다. 잘못되었습니까?"

"아니, 괜찮소. 사실대로만 이야기해 주면 되는 거요."

방 안에서 액체가 반쯤 든 글라스에 버터 나이프가 부딪친 듯한 소리가 들렸다.

사이먼즈가 당황하여 큰 목소리로 말했다.

"수프레이그 씨가 전화를 걸어 이리로 오겠다고 했습니다. 여기 왔을 때, 그는 몹시 흥분해 있었습니다. 아주 이상했지요. 안으로 들어오자 문을 잠그라고 하더니, 말을 꺼내기 전에 창문 쪽으로 가서 거리를 내려다 보았습니다."

"어째서 그렇게 했을까요?"

사이먼즈는 이야기하기 시작하자 차츰 경계심이 풀려 이제는 얼굴도 밝아졌다.

"아무 말도 하지 않았지만, 누군가가 뒤밟는 것을 두려워한 듯합니다. 그는 직접 커튼을 내리고 나서 내 쪽으로 오더니 말하더군요. '사이먼즈, 웨스틀랜드 부인을 살해한 범인을 알 것 같네'라고요."

사이먼즈는 한껏 으스댈 기회를 되도록 잘 이용하여 이스트 린느에 나오는 악당처럼 입술을 움직이지 않고 '웨스틀랜드 부인'이라고 발음했다.

그는 되풀이하여 말했다.

"'웨스틀랜드 부인을 살해한 범인을 알아냈네' 라고요. 그러나 내가 범인이 누구냐고 묻자 그는 고개를 저으며 '그전에 확인해 둘 일이 있네' 라고 말했지요. 그리고 웨스틀랜드 님의 권총에 대해 몇 가지 물었습니다."

자동 엘리베이터가 8층을 지나가는 동안 세 사람은 이야기를 멈추었다.

엘리베이터가 지나갈 때 둥근 유리창으로 짙게 화장한 지루해 보이는 얼굴의 미인과 예복을 입은 사나이의 흰 비단 스카프와 검은 외투가 언뜻 보였다.

엘리베이터 소리가 사라지자 크레인이 물었다.

"수프레이그 씨는 무엇을 알고 싶어했소?"

"언제 권총을 도둑맞았느냐고 묻기에 사건이 일어난 날 저녁때라고 대답했습니다. 나는 그날 오후 청소할 때에도 권총을 보았으니까요. 그리고 그날 저녁때 누가 찾아왔었느냐고 물어보기에 우드베리 씨 이야기를 했습니다."

"그 말을 듣고 만족스러워했소?"

"아닙니다. 다만 고개를 끄덕였을 뿐입니다. 그런 건 아무래도 괜찮다고 하면서요."

"아무래도 괜찮다고?"

"그렇습니다…… 아무래도 괜찮다고 말했습니다."

크레인이 귀를 문질렀다.

"흠! 그밖에 어떤 말을 했소?"

"그것뿐이었습니다."

"그것뿐이었군!"

크레인은 앵무새처럼 그 말을 되풀이하더니 성난 듯 윌리엄즈에게로 돌아섰다.

"수프레이그는 여기 와서 권총에 대해 묻고, 우드베리가 훔쳤을지도 모른다는 것을 알고는 대수롭지 않은 일이라면서 돌아갔네. 대체 어떻게 된 일일까?"
윌리엄즈가 대답했다.
"지금 눈앞에 서 계신 저 나리께서 알고 있는 사실을 모조리 말하기를 아까워하는 게 아닐까요?"
"천만의 말씀입니다. 수프레이그 씨가 한 말은 빠짐없이 다 이야기했습니다. 나도 이상하다고 생각했을 정도였습니다."
크레인은 사이먼즈의 눈을 들여다보며 물었다.
"수프레이그 씨가 무슨 서류를 놓고 가지 않았소?"
"네, 아무것도."
"사이먼즈, 당신은 전과가 있소?"
"전과라고요! 누가 그런 말을?"
새파래진 사이먼즈의 눈이 증오를 담고 번쩍였다.
"아무도 말하지 않았소. 그냥 물어보았을 뿐이오."
사이먼즈의 얼굴이 다시 완전히 그늘에 가려졌다.
"좋습니다. 대답하지요. 그것을 묻기 위해 일부러 오셨다면 말입니다…… 나에게는 전과가 없습니다. 안녕히 주무십시오."
사이먼즈는 말을 마치자 문을 쾅 닫았다.
크레인과 윌리엄즈는 닫힌 문을 조금 놀란 듯이 바라보고 있었다.
윌리엄즈가 말했다.
"골치 아픈 녀석이로군요. 안 그렇습니까?"
엘리베이터 버튼을 누르며 크레인이 말했다.
"어떻든 사이먼즈에게서는 더 이상 알아낼 수 없겠네."
그는 녹색 엘리베이터 문을 거칠게 열며 덧붙였다.
"처음부터 우리가 뭔가 들었다면 모르지만."

두 사람은 말없이 아파트를 나와 택시에 탔다. 운전 기사가 문을 쾅 닫고 물었다.

"어디로 갈까요?"

크레인이 대답했다.

"셸리던 로드 5123번지. 그러나 도중에 잠시 바에 들러 가겠소."

가죽끈에 한 팔을 걸치며 윌리엄즈가 물었다.

"거기는 마틴 양 집이잖습니까?"

"바 말인가?"

"무슨 말을 하는 겁니까? 셸리던 로드 5123번지 말이지요."

그러자 운전 기사가 물었다.

"아무 바라도 좋습니까?"

"그렇소."

크레인은 두 사람에게 함께 대답한 것으로 여기는 모양이었다.

고풍스럽게 꾸민 바에서 크레인은 과학수사연구소의 리 소령에게 전화했으나 10시쯤 돌아갔다는 대답이었다. 바 안쪽 깊숙한 유리선반에 굵은 베네딕틴(단맛 도는 술의 한 가지) 병과 가느다란 골드배서 병 사이에 시계가 있었다. 크레인이 카운터로 몸을 내밀고 시간을 보려 했다. 눈의 초점이 잘 맞지 않아 그는 고개를 내둘렀다.

윌리엄즈가 가르쳐주었다.

"그 시계는 지금 9시 5분입니다."

택시 쪽으로 돌아오면서 크레인은 입으로 숨을 가쁘게 뱉어내며 그것이 차가운 밤바람에 닿아 희끄무레한 안개가 되는 것을 재미있는 듯이 바라보았다. 그리고 걸음을 멈추고서 담배연기처럼 동그라미를 그리려 했으나 좀처럼 잘되지 않았다.

"이것은 담배제조업자의 승리로군. 숨을 동그랗게 뱉어 내고 싶거든 부디 담배를."

윌리엄즈가 그를 자동차에 밀어 넣자 크레인은 까다롭게 말했다.
"왜 이 일을 온 미국사람들에게 알리지 않는 거지. 뭔가 침묵의 음모라도 있는 것일까."
자동차가 움직이기 시작하여 평탄한 길을 달려 북쪽으로 나아갔다. 크레인이 앉은 왼쪽의 작은 창문이 5~7cm쯤 열려 있어 택시 안의 공기가 바깥공기와 바뀌었다. 가죽 쿠션에 기대어 눈을 감고 깊숙이 숨을 들이마시더니 크레인은 곧 잠들고 말았다.
셸리던 로드 5123번지에 닿자 윌리엄즈가 크레인을 거칠게 흔들어 깨웠다.
"어이없는 탐정님이로군. 이런 심한 꼴은 처음 보았습니다. 훌륭한 탐정이라면 사건을 해결할 때까지 1주일 동안이라도 밤마다 따끈한 커피로 밤을 새우는 법인데…… 이 탐정님은 틈만 나면 잠드니, 원……."
"누가 잠을 잤어?"
크레인은 성난 듯 대꾸하고 자동차에서 내렸다. 그리고 운전 기사에게 기다리라고 하자 조금 흐트러지기는 했으나 활발한 걸음걸이로 3층 아파트의 모조대리석 로비로 들어갔다.
'앨버트 플루던스'라는 표찰이 붙은 곳의 검은 버튼을 누르자 안쪽 문의 버저가 울렸다. 문을 열어 윌리엄즈를 들어가게 한 다음 크레인은 그 뒤를 따라 녹색 카펫을 깐 층계를 세 단 올라갔다. 플루던스 씨는 아름다운 조카와 전혀 닮지 않았다. 탈지면 같은 머리에 콧대가 높은 사나이로, 녹색 휴양복에 토끼털로 안을 댄 슬리퍼를 신고 있었으며 등이 구부정했다.
윌리엄즈가 자기소개를 했다.
"어서 오십시오, 에밀리는 집에 있습니다."
플루던스 씨의 목소리는 귀가 먼 사람처럼 높고 트릿하고 성급하게 들렸다.
 그는 두 사람을 현관에서 세 벽면에 창문이 나 있는 큰 거실로 안내했다. 둥근 난로에서는 장작이 한가롭게 타오르고 있었다. 단풍나무 재목의 마루에 군데군데 털이 눌린 카펫이 깔려 있었다. 은도금이 벗겨져 희미하게 구리가 드러나 보이는 오래된 옛날식 촛대가 맨틀피스 위의 거울에 비쳤다.
 플루던스가 말했다.
 "여보, 에밀리에게 손님이 오셨소!"
 플루던스 부인은 가슴이 크고 눈초리가 거만한 여자로, 머리카락은 회색이라기보다 검은색에 가까웠다. 팔걸이가 튀어나온 깊숙한 의자에서 몸을 벌떡 일으키더니 두 사람 쪽으로 다가왔다. 얼굴에는 판에 박은 듯한 기계적인 미소가 떠올라 있었다.
 플루던스 씨가 계속해서 말했다.
 "이분들은 웨스틀랜드 씨에게 고용된 탐정이라고 하오."
 한순간 망설임이 그녀의 얼굴에서 기계적인 미소를 지워 버렸다. 탐정이라면 하인처럼 다루어야 하는 것일까? 아니면 그보다 조금은 나은 존재일까? 그녀는 걸음을 멈추었다. 위험한 짓은 하지 않는 편이 좋다고 마음먹었음에 틀림없었다.
 "잠깐만 기다려주세요. 에밀리를 부를 테니까요."
 하인을 대하는 듯한 깔보는 말투였다. 그녀는 작은 물레 곁을 돌아서 복도로 나갔다.
 플루던스 씨는 들떠서 중얼거렸다.
 "밖이 무척 춥지요?"
 윌리엄즈가 대답했다.
 "정말 지독한 추위입니다."
 두 사람은 방 안을 둘러보았다. 미국 개척시대에 만들어진 듯한 다리 굽은 의자가 진짜 그 시대 물건일까 하고 크레인은 생각했다. 2.4m 남짓한 크기의 판자를 대어 만든 작은 붙박이 벽장의 좁은 선반에 놓인 루비 빛나는 네 개의 글라스——그 가운데 하나는 금이 가 있었다——와 물병을 그는 감탄하며 바라보았다.

에밀리 루가 복도에 나타났다.

"어머나, 어서 오세요. 두 분께서 나를 찾아오시다니, 무슨 볼일이지요?"

고운 장밋빛 피부, 머리카락은 난로의 불빛을 받아 거무스름한 빨강으로 보였다.

크레인은 침착하려고 헛된 노력을 하며 에밀리와 악수했다.

"잠시 그 전화문제를 조사하려고 왔습니다."

"전화?"

"네, 당신이 건 것처럼 한 전화 말입니다."

에밀리의 뒤에서 서성거리고 있던 플루던스 부인이 얕보듯 웃었다.

"그 전화에 대한 건 엉터리일 게 뻔해요. 웨스틀랜드 씨는 어쩌려고 처음에는 에밀리에게서 온 거라고 했다가 나중에 이야기를 바꾸어 목소리가 닮았을 뿐이라고 말했을까요?"

크레인이 되물었다.

"글쎄요, 왜 그랬을까요?"

"그 사람이 꾸며냈기 때문일 거예요. 에밀리가 그 거짓말에 동조하지 않자 나중에 이르러 말을 바꿀 수밖에 없었던 거지요."

에밀리 루가 성난 듯이 말했다.

"어머나, 숙모님은 무슨 말씀을 그렇게 하세요? 그 이야기는 이미 오래 전에 다 처리되었잖아요? 그리고 아무튼 전화문제는 그 사람에게 아무 도움되지 않는 것이니 꾸며댈 까닭이 없잖아요?"

플루던스 부인은 커다란 숭어처럼 콧김도 거칠게 말했다.

"까닭이야 있든 없든……."

플루던스 씨가 말을 가로막았다.

"여보, 이분들은 묻고 싶은 말이 있어서 오셨소."

크레인은 믿어지지 않는 어떤 생각이 떠올라 난롯불을 노려보았다. 이번에는 더위로 머리가 어지러웠다.

"들어보십시오, 부인. 만약 가짜 전화가 걸려왔다면 건 사람은 그때 마틴 양이 어디 있는지 알았을 겁니다. 남자인지 여자인지는 모르지만, 마틴 양이 웨스틀랜드 씨와 함께 있거나 도시 밖으로 나가 있을 염려가 있을 때 그런 전화를 거는 위험을 저지를 리 없습니다. 따라서 그 사람은 어떤 방법으로든 마틴 양이 어디 있는지 알고 있었을 것임에 틀림없습니다."

"에밀리는 틀림없이 우리와 함께 집에 있었어요. 에밀리가 집에 들어오는 모습은 누구나 볼 수 있지요."

"그렇습니다. 그러나 전화건 사람은 웨스틀랜드 씨가 다시 전화 걸어 오지 않으리라는 확신이 있어야만 합니다. 만일 웨스틀랜드 씨가 마틴 양에게 전화한다면 계획이 어긋나고 마니까요."

플루던스 부인이 경멸하듯 소리쳤다.

"계획이라고요?"

에밀리 루의 맑고 파란 눈이 놀라움으로 둥그레졌다.

"그럼, 우리 전화를 훔쳐들었다는 말인가요?"

"웨스틀랜드 씨가 다시 전화 걸어 오는 것을 방해하려면 그 방법밖에 없겠지요."

플루던스 부인이 의기양양하게 말했다.

"하지만 웨스틀랜드 씨는 전화 걸었다는 말을 한 번도 하지 않았어요."

그리 좋아하지 않는 표정을 짓고 있는 부인 앞에서 크레인은 고집스럽게 더위와 싸우다가 마침내 외투를 벗으며 말했다.
"그것은 아무래도 마찬가지입니다. 웨스틀랜드 씨가 전화를 걸든 걸지 않든 상대방으로서는 도청준비를 해둘 필요가 있었습니다."
에밀리의 모습은 몸집이 자그마하고 알맞게 둥그스름했으며, 그 매력적인 곡선을 애플 그린 빛 드레스로 감싸고 있었다.
그녀가 물었다.
"하지만 어떻게 우리 전화를 도청할 수 있지요?"
"우리도 그것을 알고 싶습니다. 윌리엄즈가 전화의 접속 상태를 살펴보아도 괜찮겠습니까? 이 사람은 전화도청 전문가지요."
윌리엄즈가 좀 놀란 얼굴을 지었다.
"아니, 그런······."
크레인은 손을 들어 그를 가로막았다.
"자, 사양할 것 없네."
그리고 그는 플루던스 부인 쪽으로 물구나무설 듯이 공손히 머리 숙였다.
"부탁드립니다······."
전화는 아까 안내되어 왔던 복도에 있었으며, 거실에서도 잘 들리는 곳이었다. 윌리엄즈가 겁먹은 태도로 수화기를 살펴보았으나 이제까지 그가 본 다른 전화기와 다른 점이 없었다. 그러나 그는 자못 신중하게 신음 소리를 냈다.
"흠······."
다른 사람들은 흥미롭게 바라보고 있었다.
크레인이 물었다.
"여러분이 안에 있는 동안 누군가가 들어와 전화를 쓸 수 없었을까요?"
플루던스 부인은 심술 사납게 코웃음치며 말했다.

"문에는 빗장이 질려 있어요. 게다가 웨스틀랜드 씨가 전화받았다는 시간에 우리는 거실에 있었지요."

에밀리 루가 말했다.

"나는 거실이 아니라 내 방에 있었어요."

크레인이 탐색을 했다.

"누군가가 마틴 양이 방에 있는 것을 보았을지도 모르지요. 그리하여 마틴 양이 집에 있다고 알렸을 겁니다. 그렇다면 두 패로 나누어질 필요가 있겠군요. 한패는 전화를 도청하고, 다른 한패는 그녀가 집에 있는지 어떤지 알아보는 거지요."

플루던스 씨가 조용히 이야기에 끼어들었다.

"누군가가 미리 전화 도청 준비를 해놓고 어딘지 잘 보이는 곳에서 에밀리를 지켜보고 있었다고 생각할 수는 없을까요?"

그는 아내에게로 호소하는 듯한 눈길을 돌리며 덧붙였다.

"에밀리가 침실에 들어가면 곧 전화걸기로……."

크레인은 정신이 아득해지는 느낌을 쫓아버리고 목소리에 힘을 주어 말했다.

"매우 가능성이 있군요, 플루던스 씨. 아주 가능성 있습니다. 마틴 양의 침실 창문을 조사해 보는 게 좋겠군요. 어디서 엿보았는지 알 수 있을지도 모르니까요."

플루던스 부인이 깜짝 놀란 소리를 내더니 남편의 팔을 잡아끌고 거실에서 나갔다.

"남자들에게 침실을 보여주는 것은 에밀리에게 맡겨두면 돼요."

그녀의 말투는 마치 에밀리가 새로운 종류의 품행 나쁜 짓이라도 시작했다고 말하는 것 같았다.

침실은 아주 여성다웠다. 은빛으로 빛나는 자잘한 화장도구, 장밋빛 분첩과 커다란 분갑, 예쁜 모양의 향수병 등이 커다란 거울이 달린 낮은 화장대에 놓여 있었다. 미닫이식 벽장 안쪽 칸막이에는 구두가 한 켤레씩 구두걸이에 걸리고, 그 안쪽에는 드레스들이 죽 걸려 있었다. 창문 커튼과 잘 어울리는 꽃무늬 벽지를 바른 방에는 여러 가지 향료 냄새가 소나무 냄새에 섞여 있었다.

크레인은 창문을 열고 차갑고 메마른 바깥 공기를 깊숙이 들이마셨다. 곧 기분이 좋아졌다. 옆에 선 에밀리 루에게서 산골짜기의 백합 향기가 희미하게 풍겨왔다. 창문은 노란 벽돌로 지은 큼직한 아파트의 가운데뜰을 내려다보게 나 있었다. 그녀의 방을 볼 수 있는 창문은 쉰 개쯤이나 되는 셈이다. 옆 창문 하나에서는 녹색 비단 반바지를 입은 운동가 타입의 사나이가 아령을 머리 위로 올렸다내렸다, 팔을 옆으로 벌렸다오므렸다하고 있었다. 가슴에 검은 가슴털이 무늬처럼 났으며 진지한 표정을 짓고 있다.

크레인이 말했다.
"아가씨 방으로서는…… 전망이 꽤 좋군요."
에밀리 루의 입술이 비웃듯 일그러졌다.
"저 뜰을 내려다보고 있으면 인생의 여러 가지 일을 배우게 돼요."
그 운동가는 아령을 내려놓자 반바지를 벗기 시작했다. 에밀리가 얼른 얼굴을 돌렸다. 뒤에 선 윌리엄즈는 옷장서랍을 들여다보고 있었다.
"저것은 당신의 결혼 증명서입니까?"
에밀리는 액자에 넣은 증명서를 꺼내며 대답했다.
"아니에요, 어머니 거예요."
"그렇군요. 에밀리 루 마틴이라는 이름이 보이기에……."
"어머니도 에밀리 루였어요."
크레인이 말했다.
"도청 가능성을 알아보는 게 좋겠군. 전화선은 어디 있지요?"

"복도 쪽에 있어요. 이 집은 낡았기 때문에 벽 안에 장치하지 않았어요. 전화선을 끌어올 때 전화회사 사람이 그렇게 말하더군요."
전화선을 찾으러 복도로 나가며 윌리엄즈가 물었다.
"아파트 안에 도청장치를 하지는 않았겠지요?"
크레인은 전화기 아래 전선을 끌어놓은 널빤지 밑 언저리를 살펴보았다.
"그밖에 어디서 도청할 수 있을까? 본선에서 이곳 전화선만 끌어낸다는 것은 거의 불가능해. 몇 백 개의 선이 메인 케이블 속에 들어 있으니까. 여기나 아니면 지하층에서 했겠지."
그러자 에밀리 루가 말했다.
"지하층에서는 좀 어려울 거예요. 관리인이 사는데다 경찰견을 기르고 있거든요."
세 사람은 지하층으로 내려가 투덜거리는 관리인을 침대에서 두드려 깨워 드러나 있는 전화선을 조사했다. 아무데도 이상이 없었다.
한 손으로 빛바랜 바지를 붙잡고 다른 한 손으로 단추를 끌러놓은 셔츠를 여미며 관리인은 자신 있게 말했다.
"몰래 여기로 내려올 수는 없습니다. 낮에는 멍멍이가 있고 밤에는 내가 있으니까요."
뒤쪽 나무층계를 올라가며 에밀리 루가 개는 밤이면 뜰의 개집에서 잔다고 설명했다.
"언제나 고양이를 보고 짖어대지요."
흰 칠을 한 부엌에서 전화선이 지하층으로 내려가 있는 구멍을 발견했다.
크레인이 물었다.
"여기는 3층 건물 맨 위층이지요?"
에밀리 루가 고개를 끄덕이자 그는 다시 물었다.

"아래층 방이 어딘가 비어 있지 않을까요?"

"모두 다 아는 사람이 살고 있어요."

복도를 따라 조심스럽게 전화선을 더듬고 있던 윌리엄즈가 소리쳤다.

"앗! 여기를 좀 보십시오."

두 사람은 곧 어두운 식당에서 복도 입구로 나갔다. 윌리엄즈는 가로나무 한 조각을 치우고서 전화선을 살피고 있었다. 분명히 거기서 선이 끊겼다가 다시 꼼꼼히 이어져 있었다.

크레인도 몸을 구부려 살펴보더니 고개를 가로저었다.

"글쎄, 뭔가 찾아내기는 했지만 어떻게 된 것일까?"

윌리엄즈가 물었다.

"여기에 이런 짓을 할 수 있는 사람은 누구일까요?"

허리에 두 손을 짚고 그들의 모습을 지켜보던 플루던스 부인이 대답했다.

"바보스럽군요! 상태가 나쁘다고 했더니 전화국 사람이 와서 고쳐 주었어요. 무엇 때문인지 선이 끊어진 모양이라고 하더군요."

크레인이 물었다.

"수리하러 온 게 언제였습니까?"

에밀리가 눈을 동그랗게 뜨며 말했다.

"사건 전날…… 웨스틀랜드 부인의 시체가 발견되기 전날이었어요."

플루던스 부인이 말했다.

"멍청하기는. 시체가 발견된 날이었어. 우드베리 씨가 에밀리에게 전화 걸었는데 통화되지 않았다고 말했으므로 잘 기억하고 있어요. 그리고 전보가 왔던 것을 잊었니, 에밀리?"

"기억하고 있어요…… 하지만 내가 말하는 사람은 일요일에, 그 사건이 일어나기 전날에 왔었어요. 그때는 집에 나 혼자 있었지요. 전화선을 살펴보라는 명령을 받았다면서……."

크레인도 치웠던 가로나무를 제자리에 돌려놓는 것을 거들어주었다.

"그럼, 전화를 수리하기 위해 두 사람이 왔었다는 말입니까?"

"그런 모양이에요. 숙모님이 월요일에 만난 사람과 내가 일요일에 만난 사람. 어떻게 된 일일까요?"

윌리엄즈가 말했다.

"처음에 온 사람이 가짜입니다. 그가 전선에 도청장치를 해둔 겁니다."

크레인이 고쳐 말했다.

"아니, 끊어두었네. 가짜 마틴 양이 웨스틀랜드 씨에게 전화건 뒤 웨스틀랜드 씨가 다시 걸어올 때 통화되지 않도록 끊었음에 틀림없어. 선을 어디로 끌어갔는지 찾아보세."

크레인은 바지 뒤에 두 손을 닦으며 일어섰다.

복도를 구부러지자 커튼을 친 식당 창문이 나왔다. 거기에서는 2층 건물인 아파트와 빈터가 내려다보였다.

크레인이 말했다.

"전화선을 이리로 빼냈음에 틀림없네."

플루던스 부인이 크레인을 흘겨보았다.

"아니, 그럴 리가 없어요. 이 창문은 언제나 닫혀 있으니까요."

"그건 문제가 아닙니다. 전화선을 집어넣어도 창문은 닫을 수 있으니까요. 일요일 밤에 식당을 쓰지 않는다면 더욱 잘 알 수 없었겠지요."

에밀리 루가 말했다.

"네, 그래요."

"전화가 끝난 뒤 범인은 선을 잡아 뽑기만 하면 됩니다. 무슨 사고로 끊어진 줄 생각해 주면 더할 나위 없지요."

플루던스 부인은 좀처럼 인정하지 않았다.

"나는 여기서 전화선이 나갔다고 생각하지 않아요……. 그런 선이 남아 있다면 모르지만."

다시 복도로 돌아가 전화선이 끊어졌던 곳에 웅크리고 있던 크레인이 물었다.

"벽 너머 저쪽은 어디입니까?"

그러나 에밀리 루가 대답했다.

"내 욕실이에요."

마노처럼 윤기 나게 닦여진 초록과 흰색 타일이 전등 불빛을 받아 욕실은 눈부시게 밝았다. 보풀이 인 검은색 발닦개 두 장이 타일을 깐 바닥에 잉크를 떨어뜨린 것처럼 보였다. 남옥 같은 색깔의 유리가 샤워실을 에워싸고 있었다. 은빛 수도꼭지가 달린 아스파라거스 같은 녹색 욕조가 서늘하게 사람을 부르고 있었다. 욕조 위의 스테인리스 선반에는 수세미며 소나무 향기가 풍겨나오는 나무통, 손톱솔 등이 놓여 있었다. 이름 머리글자가 든 한 다스나 되는 커다란 목욕수건이 스테인리스 수건걸이에 걸려 있었다.

윌리엄즈는 미술관을 관람하듯 조심스럽게 바닥을 가로질러가서 복도 쪽 벽을 조사해 보았다. 아무 흔적도 남아 있지 않았다. 차분히 세면실 쪽도 살펴보았으나 아무것도 발견되지 않았다. 무슨 욕실이 이럴까 하고 그는 생각했다.

크레인이 말했다.

"전화선을 뺀 곳은 이쪽이 아니군."

플루던스 부인이 성난 눈초리를 지었다.

"전화선 같은 건 있지도 않으니까 아무데로든 지나갔을 리가 없어요. 당신들은 좀 너무 오래 머물러 있다고 생각되지 않나요?"

말을 마치자 그녀는 휙 돌아서서 거실 쪽으로 가버렸다. 윌리엄즈도 뒤따라갔으나 크레인은 에밀리 루에게 붙잡혔다. 그녀가 낮은 목소리로 물었다.

"아직도 그이가 살아날 가망성이 있나요?"

에밀리의 눈에 괸 눈물에서 눈길을 돌리며 크레인은 대답했다.

"글쎄, 어떨는지요. 아직 시간이 있으니까 뭐가 발견될지도 모르지요."

에밀리는 볼에 눈물을 흘리며 침착하게 크레인을 바라보았다. 말갛게 붉은 아랫입술이 바르르 떨렸다.

"염려마세요. 나도 언제나 태연한 척할 수는 없으니까요. 괜찮겠지 하고 믿으려 애쓰기는 하지만……."

크레인은 손으로 다정하게 그녀의 팔을 잡으며 말했다.

"끝까지 힘내야 합니다. 그에게는 당신이 누구보다도 힘이 되니까요."

복도로 나가자 에밀리가 물었다.

"전화선에 대한 것이 무슨 도움이 될까요?"

"글쎄요. 여기에 도청장치가 되어 있었다고 생각되기는 하지만, 코드를 어디로 끌어냈는지 모르겠군요. 식당도 당신 방도 사람 눈에 띄지 않게 할 수 있었으리라고는 여겨지지 않습니다."

윌리엄즈와 플루던스 부인이 거실에서 기다리고 있었다. 못마땅한 얼굴로 플루던스 부인이 말했다.

"이제 기분이 좋아졌군요."

크레인이 대꾸했다.

"천재란 지칠 줄 모르는 무한한 힘을 지녔다는 말인 것 같습니다."

그는 플루던스 부인에게 머리 숙이고 에밀리 루에게 미소 띤 얼굴을 보이더니 층계를 내려가기 시작했다. 네 단 내려간 곳에서 걸음을 멈추고 돌아보며 물었다.

"마틴 양, 블렌티노 양이 당신 목소리를 흉내 낼 만큼 잘 알고 있습니까?"

에밀리 루가 천천히 대답했다.

"로버트의 비서로 일할 때 귀에 익숙하게 들었을 거라고 생각해요."

바닥에서 두 단 째까지 왔는데도 플루던스 부인의 사람을 업신여기는 듯한 비웃음 소리가 들렸다.

대기시켜 두었던 택시에 올라타자 윌리엄즈가 말했다.

"정말 묘한 사람들입니다."

크레인이 운전 기사에게 과학연구소 주소를 일러주고 나서 물었다.

"왜?"

"욕실에 그토록 많은 돈을 들였으면서 안에 변기도 만들어놓지 않았으니 말입니다."

"자네가 알아차리지 못했을 뿐일세. 따로 칸을 막아서 만들어놓았더군."

"그렇습니까? 하지만 거실에 부엌용 가구를 놓아둔 것은 무슨 까닭입니까?"

크레인은 이 물음에 대답할 수 없으므로 그 다음부터는 잠자코 자동차를 달리게 했다.

탄도학 전문가인 리 소령을 과학연구소에 있는 그의 사무실에서 만났다. 소령은 크레인에게 우드베리의 권총을 건네주었다.

"아닙니까?"

크레인이 물었다. 리 소령은 키 큰 금발 사나이로, 술독에 찌든 얼굴에 멋지게 손질한 콧수염을 기르고 있었다.
 "당신은 바라고 있지만, 이 권총에서는 웨스틀랜드 부인을 살해한 총알이 나오지 않았습니다. 형은 똑같습니다만."
 "이것이 웨스틀랜드의 권총일 가능성은 없습니까? 그의 권총에는 이름이 새겨져 있었는데, 그것을 떼어냈을지도 모릅니다."
 소령은 고개를 가로저었다.
 "여기에는 이름을 새겼던 흔적이 없었습니다."
 크레인은 권총을 만지작거리다가 반사적으로 리 소령의 희끗희끗한 무늬가 있는 양복으로 눈길을 옮겼다.
 "스트롬 경감은 당신 이야기를 듣고 뭐라고 하던가요?"
 "'이로써 결국 웨스틀랜드라는 말이 되는군' 하더군요. 이 권총이 웨스틀랜드의 것으로 밝혀지지 않을까 걱정했던 게 아닐까요?"
 "그렇겠지요."
 "그의 입장에서 보면 무리도 아니지요. 나는 웨스틀랜드가 범인이라고 생각한 적이 한 번도 없지만 말입니다. 증거가 너무도 잘 갖춰져 있거든요."
 "그럼, 어째서 검찰측에 증언하지 않았습니까?"
 "나는 웨스틀랜드 부인을 살해한 총알이 웨블리 자동권총의 탄환이었다고 증언했을 뿐입니다. 웨스틀랜드의 자동권총으로 쏜 거라고 말하지는 않았지요."
 "웨스틀랜드의 권총에서 쏘아진 게 아니라고도 말하지 않았잖습니까?"
 "웨스틀랜드의 권총만 찾아오면 됩니다. 그러면 당장에라도 어느 것에서 쏘아졌는지 알 수 있습니다."
 "야단났군! 이 사건 수사는 아직 거기까지 이르지 못했답니다."
 크레인은 소령에게 인사하고 윌리엄즈와 함께 충실한 택시로 돌아왔다.
 윌리엄즈가 물었다.
 "이번에는 어디로 갑니까?"
 "핑클슈타인 변호사를 만나기 위해 호건 양의 아파트로."
 "어떻게 거기 있는 줄 압니까? 변호사 선생은 거기서 만나자는 말을 하지 않았는데요."
 크레인이 말했다.
 "물론일세. 그러나 이래뵈도 나는 탐정이니까."

## 수요일 밤

　크레인은 깨끗이 닦아놓은 호건 양의 방문을 요란하게 두드렸다. 압생트며 다른 술기운은 말끔히 가시고, 아주 명랑한 기분이었다. 다시 한 번 문을 두드렸다.
　똑똑똑똑똑.
　윌리엄즈는 그 뒤에서 이맛살을 찌푸리고 있었다.
　"택시 요금으로 얼마를 지불했습니까?"
　크레인은 주먹이 문에 닿아 내는 공허한 소리에 취해 있었다.
　"깃발 둘레에 모이자, 한 번 더 깃발 둘레에 모이자."
　그는 고적대식의 드럼 치는 흉내를 내려고 했다. 효과는 훌륭했다. 그는 윌리엄즈에게 말했다.
　"나리께서 피리까지 가지고 있다면 양키 두들(독립전쟁 때 미국인들이 즐겨 부른 노래)을 할 수 있을 텐데 말일세."
　윌리엄즈가 거듭 물었다.
　"택시 요금을 얼마 주었습니까?"
　"11달러."

크레인은 대답하고 두 손으로 문을 두드리며 〈나무병정 행진곡〉을 노래 부르려 했다. 그러나 그것은 할 수 없었다. 문이 홱 열리며 감색 양복을 입고 외투를 팔에 걸친 핑클슈타인이 문 앞에 나타났기 때문이다. 변호사의 위엄을 차린 침착한 표정에 천천히 격렬한 노여움이 나타났다.

"난 또 누구라고. 아파트 경비원인 줄 알았군. 대체 어쩔 생각입니까?"

윌리엄즈가 말했다.

"취해 있습니다."

변호사가 다시 말했다.

"대체 어쩌려는 겁니까? 이런 데까지 쫓아와 내 수명이 줄어들 만큼 놀라게 하다니!"

크레인은 아파트 안으로 밀고 들어갔다.

"귀여운 호건 양은 어디 있지요…… 사랑스러운 호건 양."

그녀는 안쪽 현관에서 두 손을 허리에 대고 새빨간 입술에 비웃음을 띠고 서 있었다.

그녀는 야무진 목소리로 물었다.

"무슨 일이지요?"

팽팽하게 부푼 유방 바로 위까지 깊이 파인 검은 비단 실내복식 잠옷을 입고 발끝이 터진 하이힐 샌들을 신고 있었다. 발톱에 바른 빛깔이 오렌지빛 머리와 잘 어울렸다.

크레인이 말했다.

"여, 당신을 좋아하오."

크레인은 정말로 그런 기분이 들었다. 그녀가 풍기는 수선화 향기도 좋았고, 자르르 윤기 흐르는 햇볕에 그을린 살결도 좋았고, 파란색 아이섀도우를 가늘게 그린 눈과 살짝 토라진 것처럼 일그러진 입술 선도 좋았다. 그녀를 바라보자 그녀 쪽에서도 뜨거운 눈으로 마주 보았다. 이때 핑클슈타인이 문 앞에서 되돌아왔다.

"낮부터 지금까지 대체 어디에 갔었습니까? 나를 만나러 오기로 되어 있었잖습니까?"

크레인이 말했다.

"미처 그럴 겨를이 없었습니다. 너무 바빠서요."

핑클슈타인이 묻는 듯이 윌리엄즈의 얼굴을 보았다.

윌리엄즈가 대답했다.

"모르겠습니다. 택시 요금을 34달러 쓴 것만은 확실합니다."

크레인이 참견했다.

"39달러야. 마지막으로 운전 기사에게 5달러 주었으니까."

그는 호건 양에게서 눈을 떼고 덧붙여 말했다.

"자, 앉읍시다. 당신이 조사하기로 되어 있던 사람들의 알리바이에 대해 듣고 싶습니다."

어둡게 한 두 개의 테이블 램프 불빛만 비쳐, 금화무늬 벽걸이와 테라코타 벽에 걸린 빨강과 갈색으로 그려진 커다란 스페인 사람의 초상화와 거리의 불빛이 내다보이는 큰 창문을 배경으로 한 거실은 이국적인 분위기가 감돌았다.

크레인은 낮은 의자에 엉덩이를 파묻자 술을 달라고 했다.

호건 양이 말했다.

"진밖에 없어요."

"진? 그건 약용 음료수지요. 안 그렇소? 소다수 같은 거요. 그렇잖소?"

호건 양이 쌀쌀맞게 말했다.

"마시지 않아도 좋아요."

"호! 하지만 권하는 것을 거절할 생각은 없소. 실은 진 맛을 보고 싶었소. 소문은 전부터 들었으니까."

그녀가 웃어야 할지 성내야 할지 마음을 정하지 못하는데, 핑클슈타인이 말했다.

"모두들에게 진 백을 만들어주는 게 좋겠구려."

호건 양이 빨간 타일을 깐 식당에서 부엌 쪽으로 사라지자 크레인이 물었다.

"알리바이는?"

핑클슈타인이 고개를 저었다.

"모두들 철벽같더군요. 수프레이그가 뺑소니차에 치었을 때의 동태는 사이먼즈만 빼놓고 모두 알아냈습니다."

"그 자동차를 운전한 것으로 여겨지는 사람은 전혀 없군요?"

"분명히 말할 수 있습니다. 그들이 어디 있었는지 듣고 싶습니까?"

크레인은 다리를 획 들어 의자팔걸이에 걸쳤다.

"아니오, 당신 말을 믿겠습니다. 마틴 양도 조사했겠지요?"

"사이먼즈만 빼고 모두 조사했습니다."

크레인이 말했다.

"사이먼즈부터 처치해야겠군. 전화 어디 있습니까?"

전화기는 상아빛으로, 크레인이 의자에서 일어나지 않아도 닿을 만큼 긴 코드가 달려 있었다. 그는 워배시 4747을 돌려 가까스로 스트롬 경감을 불러냈다.

크레인이 말했다.

"그 권총은 흉기가 아니었습니다."

"나도 알고 있습니다. 웨스틀랜드의 권총이 아내를 죽인 겁니다."

"그럴지도 모르고, 그렇지 않을지도 모르지요."

경감은 콧소리를 흥 울렸다.

크레인이 말했다.
"여보시오."
"말하시오."
"사이먼즈 말입니다만, 그를 알고 있지요?"
"알고 있습니다."
"그가 조금 전 나에게 수프레이그와 만났었다고 털어놓았습니다."
"만났다고요?"
"그렇습니다, 만났지요. 수프레이그와 '그냥' 만났을 뿐이라고 했는데, 이건 다만 그가 만난 사실만을 털어놓은 데 지나지 않는 것으로 여깁니다. 당신에게는 거짓말했다고 하더군요."
지금 들은 이야기를 경감이 머릿속으로 정리하는 동안 잠시 시간이 걸렸다. 크레인은 은쟁반에 성에가 낀 글라스를 얹어 부엌에서 돌아온 호건 양을 붙잡으려는 듯한 손짓을 했다. 그녀는 글라스를 그에게 건네주었다. 크레인이 한 입 꿀꺽 마시자 전화 저쪽에서 경감이 물어 왔다.
"어째서 내게 그것을 말하지 않았는지 그 까닭을 물어보았습니까?"
"그다지 말을 많이 하지 않았지만 어딘지 아주 수상했습니다…… 꽤 많이."
크레인의 손에 쥐어진 빈 글라스 밑바닥에서 얼음덩어리 부딪는 소리가 났다. 레몬주스에 소다수와 설탕과 진을 듬뿍 넣은 것으로, 그 맛이 입속에서 산뜻하게 되살아나는 것 같았다. 진과 레몬주스로 치약을 만들면 아주 잘 팔릴 거라고 그는 생각했다.
스트롬 경감이 말했다.
"그를 데려다가 조금 심문해 보아도 나쁘지 않겠군요."
"지문도 조사하는 편이 좋을 겁니다."

"여보시오, 나를 어떻게 생각하는 겁니까? 여기는 멍청이들만 모인 곳인 줄 아시오?"
 그 말투에 가시가 돋쳐 있었다.
 "그 정도입니까?"
하고 크레인이 말했다.
 경감은 거칠게 전화를 끊었다.
 핑클슈타인이 권총에 대해 묻자, 크레인은 경감의 부하가 그것을 어떻게 손에 넣어 탄도 검사 전문가에게로 가져갔는지 설명해 주었다.
 핑클슈타인이 중얼거리듯 말했다.
 "그것이 들어맞지 않은 게 유감이로군요. 그것만 잘 들어맞았으면 웨스틀랜드 부인이 살해된 날 밤의 가짜 알리바이와 웨스틀랜드 씨의 권총을 훔쳐낼 수 있는 오직 한 사람이라는 것으로 우드베리에게 혐의를 뒤집어씌울 수 있을 텐데 말입니다."
 그러자 윌리엄즈가 말했다.
 "그 사람도 그의 여자친구도 도무지 못마땅합니다."
 그는 글라스에 담긴 것을 천천히 맛보고 있었다.
 "그녀는 그날 밤 웨스틀랜드에게 걸려온 전화가 마틴 양이 정말로 건 것인지도 모른다고 말하려 했었지요."
 크레인이 말했다.
 "블렌티노 양은 괜찮아. 몸매가 아주 좋거든."
 호건 양이 말했다.
 "그런 건 바라보기만 할 뿐인 여자라는 거예요."
 크레인이 빈 글라스를 그녀에게 건네주었다.
 "나는 늘 그런 여자를 찾고 있소."
 윌리엄즈가 끼어들었다.

"그녀는 웨스틀랜드가 감옥에 갇히기 전에는 그의 비서였습니다. 그러한 그녀와 우드베리가 웨스틀랜드를 함정에 빠뜨리려 했으리라는 것은 생각해 볼 수 있는 일이잖습니까? 그의 주식이나 또는 다른 무엇을 훔쳐내고 나서 그를 함정에 빠뜨리는 거지요."
핑클슈타인이 물었다.
"어째서 그를 함정에 빠뜨릴 필요가 있지요? 그의 것을 뭔가 훔쳤다면 외국으로 훌쩍 도망쳐 버리면 끝나는 일입니다. 그를 함정에 빠뜨려봐야 아무 소용없지요. 그의 재산을 조사하면 횡령이 곧 드러나게 되니까요."
윌리엄즈는 머리를 끄덕였다.
"그럴지도 모르지요. 그러나 그 두 사람은 어딘지 수상합니다."
그러자 크레인이 말했다.
"아무튼 핑클슈타인 씨, 그의 계좌를 조사해 주셨으면 합니다. 묘한 대목이 나올지도 모릅니다."
핑클슈타인이 갑자기 앉음새를 바로 했다.
"좋겠지요. 내일 회계사를 몇 사람 집어넣겠습니다. 그렇지, 그러니까 생각나는 일이 있습니다. 웨스틀랜드의 변호사 한 사람이 어제 전화해 왔는데, 그 부인의 재산을 조사해 보니 주식이며 채권에 약 8천 달러 가까운 도난증권 및 가짜증권이 들어 있었다고 합니다."
크레인이 아랫입술을 내밀었다.
"뭐라고요! 설마 볼스턴이……?"
"아니, 그건 조사해 보았지요. 가짜증권은 웨스틀랜드가 부인의 재산을 관리하고 있을 때 산 거라는 기록이 남아 있습니다. 웨스틀랜드는 그처럼 옴짝달싹 할 수 없는 처지였고, 더욱이 재산이 모두 그에게 가도록 되어 있었으므로 검사측에서도 전혀 조사하지 않았던 거지요."

"빌어먹을, 뭐든지 다 웨스틀랜드에게로 되돌아오는군."

크레인은 마시면서 지껄여대다가 진 백을 넥타이에 엎지르고 말았다.

"그렇다 하더라도 아직 나는 그가 범인이라고 생각되지 않습니다."

호건 양이 불쑥 물었다.

"그의 재산은 누구에게 돌아가지요? 틀림없이 그 돈을 받게 되는 사람이 범인일 거예요."

핑클슈타인은 감탄한 눈길로 그녀를 바라보았다.

"꽤 머리가 좋구려."

그러자 그녀는 털어놓았다.

"나는 언제나 돈을 맨 먼저 생각하거든요."

핑클슈타인이 말했다.

"용병처럼 말이지."

크레인이 말했다.

"호건 양은 용병보다 훨씬 더 오래된 직업에 종사하고 있지요."

그녀가 말을 받았다.

"실례해요."

핑클슈타인이 당황하여 화제를 돌렸다.

"재산을 거의 고스란히 물려받는 것은 마틴 양입니다. 유언장에 그녀에게 주어지도록 되어 있지요."

그러자 크레인이 물었다.

"워튼에게는 그것을 어떻게 할 방법이 없습니까? 그에게 가장 가까운 육친입니다."

"어떻게 할 수 있을지도 모르지요. 그러기 위해서는 웨스틀랜드가 강박관념에 사로잡혔다거나, 부당한 영향을 받았다거나, 정신이상이었다는 것을 증명해 보이지 않으면 안 됩니다."
윌리엄즈가 말했다.
"쳇! 모두들 동기를 가지고 있군요. 볼스턴도 우드베리도 웨스틀랜드가 방해로 여겨지는 이유가 있었을지 모르지요. 횡령하기 위해서 말입니다. 그리고 사이먼즈도 유언장에 따라 1만 달러를 받게 되지요."
"주된 유증은 그것입니다."
호건 양이 다시 말했다.
"1만 달러를 위해서라면 사람은 무슨 짓을 할지 몰라요."
크레인은 글라스를 가리키며 그녀의 싱싱한 얼굴에 미소 띤 얼굴을 돌렸다.
"한잔 더 주겠소? 아까 것보다 진을 더 많이 넣어서."
그녀가 없는 동안 크레인은 에밀리 루의 집에 갔던 이야기를 했다. 핑클슈타인은 아주 강한 느낌을 받은 듯했다.
"누군가가 들어와 전화선을 끊었다니, 어떻게 그런 생각을 했을까요?"
크레인이 차근차근 말했다.
"마틴 양이 말한 첫 번째 전화회사 사나이의 짓일 것으로 생각합니다. 두 번째 사람은 진짜 전화회사 사람이고요."
"마틴 양이 처음에 왔던 사람을 만났다면, 어째서 그의 정체를 알아보지 못했단 말입니까? 이 계획은 웨스틀랜드 가까이에 있는 사람이 세웠을 게 틀림없으니 그녀도 아는 사람일 겁니다."
"범인에게 공범이 있는 것으로 여겨지는군요."
"그렇겠지요. 그러나 웨스틀랜드에게 전화한 다음 어떻게 그 도청용 선을 떼어놓을 수 있었을까요? 눈치 채이지 않게 하기 위해서는 떼어놓아야만 했을 겁니다."

"전화선을 잡아당기기만 하면 되지요. 식당 창문에 조금만 틈을 만들어놓으면 거기로 선을 끌어낼 수 있습니다. 전화를 도청한 것은 아주 짧은 한순간뿐이었을 테니까요."

호건 양이 마실 것을 가지고 돌아왔다. 크레인에게 레몬주스며 소다수보다 진이 좀더 많이 섞인 글라스를 건네주며 물었다.

"이거라면 마음에 들까요?"

크레인은 조금 맛보았다.

"맛이 좋아졌는데요."

그리고는 반쯤 들이마셨다.

핑클슈타인은 마지못해 경의를 나타내보였다.

"술독에 들어앉아 있어도 탐정일만 잘하면 되겠지요."

"명탐정이니까요."

말을 강조하려는 듯이 글라스를 들어 공중에서 흔들어대다가 술이 바지에 튀었다. 또 이런 실수를 하면 안 되므로 그는 남은 술을 말끔히 마셔버렸다.

"이래봬도 명탐정입니다."

변호사가 말했다.

"알았소, 명탐정입니다. 그런데 오늘 오후에는 그밖에 또 무엇을 했지요?"

크레인은 조 페트로에 대해 이야기했다.

"가엾게도 그가 맞는 것을 보고 싶지 않았지만, 언제까지나 멋대로 돌아다니게 내버려두어 또다시 우리에게 총알을 쏘아대게 할 수는 없으니까요. 일에는 한계라는 게 있지요. 다시 말해서 이래봬도 사람은 좋지만 경우에 따라서는……."

그가 갑자기 일어섰으므로 글라스가 바닥에 떨어져 깨졌다.

핑클슈타인이 물었다.

"그가 왜 당신들을 쏘려고 했습니까?"

그러자 윌리엄즈가 말했다.

"나이트클럽에서 머니 그랜트를 죽인 게 우리인 줄 알았나 봅니다. 적을 없애려고 했던 것뿐이지요."

크레인이 비틀비틀 호건 양에게로 다가갔다.

"나는 명탐정이오. 그렇지, 아가씨? 당신도 알고 있잖소?"

"물론 알고 있어요."

그리고 그녀는 다른 두 사람의 이야기에 귀기울였다.

윌리엄즈가 말했다.

"그리하여 그 종업원으로부터 웨스틀랜드 부인이 살해된 날 밤에 그랜트가 무엇을 보았는지 들었습니다."

"뭐라고 했지요?"

크레인이 투덜거렸다.

"좋아, 명탐정 따위는 상대하지 않겠다는 거로군……."

큰 테이블에 발이 걸려 쓰러지려는 테이블 램프를 붙잡은 것은 기적이었다.

윌리엄즈가 말을 계속했다.

"그랜트는 웨스틀랜드가 아파트를 나가는 것을 보았으며 웨스틀랜드 부인이 작별 인사하는 것도 보았다고 합니다. 다시 말해서 그녀를 죽인 건 웨스틀랜드일 수 없다는 증거가 되는 겁니다."

핑클슈타인이 고개를 저었다. 그는 금테안경을 코 위로 밀어 올리며 말했다.

"이제는 증거로서 쓸모가 없습니다. 전해들은 사람으로부터 다시 전해들은 증언은 아무 가치도 없지요. 그랜트만 잡아둘 수 있었더라면 좋았을 텐데……."

크레인이 부엌에서 진을 스트레이트로 담은 글라스를 들고 취기에 일그러진 얼굴로 돌아왔다.
"그랜트는 죽었습니다. 변호사 선생, 그것을 듣지 못하셨습니까?"
윌리엄즈가 호건 양에게 물었다.
"진을 혼자서 다 마셔버렸소?"
"아니오, 그렇지는 않아요."
크레인이 말했다.
"병에 조금 남겨두었네."
그는 소파에 쓰러지듯 앉았다.
"나는 심술궂은 돼지가 아니거든. 나는 명탐……."
남은 세 사람은 급히 부엌으로 갔다. 호건 양이 핑클슈타인과 윌리엄즈의 글라스를 받아서 남은 진을 따랐다. 얼음그릇에 더운물을 끼얹으며 핑클슈타인이 윌리엄즈에게 물었다.
"크레인 씨가 뭔가 잡고 있다고 여기오?"
윌리엄즈는 즙을 짠 레몬 찌꺼기를 쓰레기통에 넣었다.
"모르겠습니다. 사건에서 이론이 서게 일한 적은 없지만 대개 도움되곤 했지요."
그는 레몬 짜는 기구에서 레몬주스를 글라스에 나누어 따랐다.
호건 양이 모양 좋은 엉덩이를 하얀 개수대에 기대며 말했다.
"나라면 웨스틀랜드가 살아난다는 쪽에 한 푼도 걸지 않겠어요. 그 '명탐정'도 겉보기와 마찬가지로 얼빠졌다고 생각해요."
"아니, 나는 그렇게 말하지는 않았소."
윌리엄즈가 말했다.
화이트 록 소다수가 병에서 뿜어 나와 핑클슈타인의 소매를 적셨다. 변호사가 말했다.
"저래도 솜씨는 좋을 거요. 그의 탐정사무실은 꽤 큰일을 하고 있소."

그러자 호건 양이 말했다.

"그렇다면 이번 일은 열심히 하지 않는 모양이군요. 술 마시지 않은 얼굴을 아직 본 적이 없는걸요."

새로 따른 술을 마시며 세 사람은 사건에 대해 이야기했다. 윌리엄즈는 우드베리 범인설을 내세우며, 웨스틀랜드의 권총을 훔쳐낼 수 있었던 것은 그뿐이었다고 강조했다.

그러자 핑클슈타인이 물었다.

"사이먼즈는? 그도 권총은 훔쳐낼 수 있었지요."

변호사는 글라스에 입을 대며 말을 이었다.

"그 사람 생김새가 도무지 마음에 들지 않더군요."

호건 양은 두 사람이 그다지 중요시하지 않는다는 이유로 볼스턴 범인설을 내세웠다. 세 사람 가운데 누구의 의견을 명탐정이 편들 것인지 물어보자는 말이 나왔다. 세 사람은 거실로 돌아왔다. 명탐정은 소파에 엎드려 턱을 가슴에 파묻고 규칙적인 깊은 숨소리를 내며 잠들어 있었다. 명탐정은 녹다운된 것이다.

이저도어 밸리처의 눈이 충실한 스패니얼 개처럼 웨스틀랜드의 움직임을 쫓고 있었다. 등나무바구니에서 오렌지를 하나 집어 들며 그는 말했다.

"나도 전에는 오렌지를 팔았었지요."

그리고는 잠시 웃음소리를 내며 입을 실룩거렸다.

웨스틀랜드는 고개를 끄덕였다. 이 키 작은 살인자는 때때로 누군가가 말을 걸어주면 그리 훌쩍거리지 않는다는 것을 깨닫고 이따금 상대가 되어주고 있는 것이었다. 덕분에 에밀리 루가 줄곧 넣어주는 과일을 먹어치우는 일을 도와주기도 했다. 밸리처는 말을 이었다.

"그리고 내게도 여자가 있었지요."

그는 색이 변한 엄지손가락 손톱을 오렌지 껍질에 세워 한 조각 벗겨냈다.
"나는 그녀에게 곧잘 캔디를 주었답니다."
입을 실룩거리며 눈을 흘끗 뒤로 돌리더니 그는 교활해 보이는 웃음 띤 얼굴을 웨스틀랜드에게로 돌렸다.
"내가 그 여자를 죽였지요."
"뭐라고!"
"그렇다니까요."
밸리처는 침을 조금 흘렸다. 잘한다! 굉장해! 이 사나이는 좋은 사람인 것 같으니 내가 어떤 사나이인지 가르쳐 줘야지!
"론딜 거리에서 여자를 자동차 앞으로 받아 날려버렸지요. 그리고 달아나버렸소. 아무에게도 들키지 않았지요."
밸리처의 머리는 기계적으로 뒤를 흘끗흘끗 엿보는 듯한 움직임을 멈추지 않았다.
"앤너라는 이름의 여자였지요."
복도의 전등 불빛을 받아 살인자의 얼굴이 우유처럼 창백해 보였다. 턱에 난 25센트 동전만한 수염, 목에는 아직도 목을 매려 했을 때의 멍이 생생히 남아 있었다. 실룩거리는 입술에 침이 거품처럼 묻어 있는 것을 웨스틀랜드는 가만히 지켜보았다. 그는 저도 모르게 열 띤 목소리로 물었다.
"아무에게도 들키지 않았다면서 왜 붙잡혔소?"
"여보시오! 내가 붙잡힌 것은 그 때문이 아니라오."
잘한다! 이거 아주 좋은데! 밸리처는 지껄이고 싶어 몸이 근질근질한 나머지 그만 말을 더듬거렸다.
"그, 그것은 다른 여자였지요. 그때는 그녀의 방으로 갔었소. 알겠소. 그녀에게 1달러를 주고 말이오. 나이프를 꺼내 배를 주욱 찢어

주었지요. 그때 여자가 지른 비명을 들려주고 싶군요."
 밸리처의 얼굴은 자랑스레 꿈이라도 꾸고 있는 듯했다.
 "뭐라고! 왜 그런 짓을 했소?"
 "왜라니요?"
 밸리처의 눈에서 도취한 빛이 사라지고 여윈 어깨가 앞으로 오므라들며 다시 자신의 껍질 속으로 틀어박혀버렸다. 머리가 아픈 것이다. 이 사나이가 무엇을 물었지? 아, 그렇지. 왜 그랬느냐고 했지.
 "알 게 뭐요!"
 그는 낮은 목소리로 대답했다.
 코너즈의 독방에서 뱃속까지 울리도록 커다랗게 코고는 소리가 들려왔다. 자연스럽게 깊이 잠든 건강한 남자의 코고는 소리였다. 밸리처가 독방 끝에서 팔을 뻗치자 손끝이 웨스틀랜드의 셔츠에 닿았다.
 "당신과 함께라면 나는 두렵지 않소."
 그 눈은 충실한 스패니얼 개 같았다.

# 목요일 아침

 얼굴에 아침햇살을 느꼈으나 눈을 뜨면 충격으로 죽어버리지 않을까 걱정되어 눈은 뜨지 않았다.
 입을 벌리고 반듯하게 누워 있었으므로 목이 금방 말려 놓은 생가죽 같은 느낌이었다. 침을 삼키려 했으나 목줄기의 근육이 떨렸을 뿐 머리가 쿡쿡 몹시 쑤셨다. 헛기침하려는 생각을 그만두고 다시 잠들려 했다. 다시 잠들기는 어려웠지만 그렇게 가만히 누워 있으면 머리가 아프지 않은 것을 깨달았다.
 움직이지 않고 가만히만 있으면 그것만으로도 충분히 몸과 마음이 서로 분리될 수 있음을 발견했다. 마치 몸이 실제로 존재하지 않는 것처럼 숨을 쉬는 작은 고생은 따르지만 나머지는 뇌밖에 아무것도 없다. 두뇌만이 완전한 진공상태 속에서 순조롭게 훌륭한 기능을 발휘하는 것이다.
 얼마 동안 이 완전히 몸을 벗어난 상태에 대해서 생각하고 있었는데, 옛 성자들은 이처럼 버번과 압생트와 진을 마시면 손쉽게 할 수 있는 육체의 극복을 어째서 오랜 동안 헛되이 단식이며 고행이며 좌

선이며 구덩이 속에 오래 틀어박혀 고생함으로써 얻으려 했을까 하는 생각이 떠올랐다.

성자들에 대한 경멸에서부터 그의 마음은 자기 자신으로 돌려졌다. 맨 처음 문제는 자기가 무엇인지 알아내는 일이었다. 이것은 눈만 뜨면 간단한 일이었으나, 눈은 뜨지 않는 편이 좋다는 것을 알고 있었다.

눈을 뜨지 않고 반듯이 누운 채 생각을 거듭하여, 자기가 윌리엄 크레인이며 사립탐정이었음을 갑자기 기억해 냈다. 그리하여 그는 꼼꼼하고 기계처럼 정밀한 머리를 웨스틀랜드 사건으로 돌렸던 것이다.

한 시간쯤 지나자 호건 양이 들어와 말을 걸었다.

"나 좀 봐요! 대낮까지 잘 생각이에요?"

크레인은 눈을 뜨며 어떻게 될 것인지 알고 있었고, 틀림없이 그대로 되었다. 빛이 눈에 닿는 순간 1백만 개의 바늘이 되어 뇌를 마구 찔러대는 것 같았다. 눈알 바로 뒤쪽뿐만 아니라 정수리까지 아팠다. 아픔은 목줄기까지 퍼졌다.

호건 양이 말했다.

"어머나! 얼굴빛이 굉장히 나쁘군요."

그녀는 팔이 드러나 보이는 커다란 소매가 달린 빨간 잠옷식 실내복을 입고 있었다. 비단에 싸인 허리의 곡선이 팽팽하여 머리가 깨질 듯한 윌리엄 크레인도 관심을 누를 수 없었다. 그러나 그는 말했다.

"저리 가주오. 죽을 것만 같소."

"어머나, 죽을 거라면 내 침대가 아닌 다른 곳에 가서 죽어요."

크레인은 눈을 움직여 확실히 자기가 침대에 누워 있는 것을 알아보았다. 멋진 큰 침대에서 깨끗한 시트와 분홍빛 담요를 덮고 있었다. 담요에는 비단실로 'KW'라고 수 놓여 있었다. 다시 눈을 움직이다가 그는 소리쳤다.

"앗! 잠옷을 입었군!"
"입히는 편이 좋겠다고 생각했기 때문이에요. 내 침대에 발가벗은 사나이를 재울 수는 없으니까요……."
크레인은 조금 누그러져서 말했다.
"좋은 잠옷이군. 멋진 잠옷이오. 누런 색이지만 이보다 더 훌륭한 잠옷을 바랄 수는 없을 거요. 하지만 좀 궁금한데. 이걸 어떻게 입혔소?"
"핑클슈타인 씨와 당신 조수가 침대로 옮겼어요. 내가 잠옷을 가져다주었지요."
"그랬었군!"
그는 잠깐 생각에 잠겼다.
"그들은?"
"당신 조수는 호텔로 돌아갔고, 핑클슈타인 씨는 웨스틀랜드 씨의 재정상태를 조사시킬 회계사를 찾으러 갔어요."
"비겁한 사람들이로군! 궁지에 몰린 동료를 버려두고 가다니!"
"설마 그 두 사람이 낮까지 당신을 기다리고 있으리라고 생각지는 않았겠지요?"
"낮까지?"
"그래요, 낮까지요. 벌써 10시 30분이 지났어요."
그는 벌떡 일어났다. 그러나 침대가 세게 흔들리는 것 같아 다시 베개 위로 쓰러져 끙끙거렸다.
호건 양의 이는 치약광고의 이처럼 하얬다. 그녀는 손에 든 글라스를 앞으로 내밀었다.
"이걸 마시면 기분이 좋아질 거예요."
아무 맛없고 짜릿했으나 확실히 기분은 좋아졌다.
"자, 샤워하세요. 그동안 뭐든지 먹을 것을 만들어 놓겠어요."

그는 두 손으로 머리를 감싸 안았다. 머리가 깨지지 않은 것을 알고 깜짝 놀랐다.

"다시는 아무것도 먹고 싶지 않소."

호건 양은 대답하지 않았다. 그녀는 글라스를 집어 들고 서두르지도 꾸물거리지도 않는 걸음걸이로 방을 나갔다. 얇은 빨간 비단 속으로 늘씬한 다리와 끝이 가늘고 탄탄한 댄서다운 허벅지의 선이 엿보였다.

검은색과 흰색 타일을 박은 욕실로 들어가자 얼마나 서 있을 수 있을지 자신이 없었으므로 그는 우선 아주 뜨거운 물속으로 들어갔다. 욕조가 커서 그는 조금 흐려진 욕조 속에 무릎과 코끝만 남기고 푹 잠겨버렸다.

한참 지나자 기분이 꽤 좋아졌다. 병에 든 목욕용 비누가 세 종류, 핑크와 초록과 흰 것이 욕조 옆 선반에 나란히 놓여 있었다. 그는 그것을 두 줌씩 욕조에 넣었다. 몹시 언짢은 냄새가 났으므로 그는 하는 수 없이 욕조에서 기어 나와 유리로 된 샤워실로 들어갔다.

스테인리스 손잡이를 뜨거운 물이 나오도록 돌리고 김이 등에 서리게 했다. 샤워실 벽에 김이 서리고 샤워기에서 뿜어져 물줄기가 요란한 소리를 냈다. 더운물이 바싹 말라버린 그의 입으로 흘러들어가고 열에 들뜬 눈을 씻어주었다.

그는 곡조도 맞지 않는 노래를 커다랗게 부르기 시작했다.

    데이지, 데이지, 대답해 주오
    멋진 결혼식도 올릴 수 없고
    자동차를 부를 만 한 돈도 없지만
    사랑스러운 당신은 자전거 꽁무니에
    흔들리며 가도 좋은 신부……

갑자기 그는 독창을 그만두고 샤워를 멈추었다. 그 뒤로 이어지는 고요함 속에서 그는 소리쳤다.
"여봐요."
그 소리가 귀에 윙윙 울렸다. 그는 되풀이했다.
"여봐요."
그는 몸을 부르르 떨며 샤워실에서 나오자 오렌지빛과 검은색 수건을 허리에 감고 욕실문에서 머리를 내밀었다.
그리고 다시 외쳤다.
"여봐요, 아가씨!"
호건 양이 복도로 느릿느릿 나왔다. 무뚝뚝한 입술에 단정치 못하게 러키 스트라이크(양담배 상표명의 하나)를 물고 있었다.
"면도기는 세면대 위 벽장에 있어요. 공교롭게도 안전면도기라 당신이 목을 베어버릴 수도 없겠지만."
그녀의 제비꽃빛 눈동자는 마음속을 내보이지 않는다.
"아가씨, 부탁이 있는데……."
"내 이름은 마녀예요."
"알았소, 마녀, 부탁을 들어주겠소?"
그녀의 눈에 귀찮아하는 빛이 떠올랐다.
"그건 부탁 내용과 형편에 따라서……."
"대수롭지 않은 일이오. 그냥 여기 서서 한 1, 2분쯤 엿들어주면 되오. 그리고 무슨 소리가 들렸는지 말해 주면 되오."
그는 욕실문을 닫고 수건을 바닥에 내던진 다음 샤워실로 들어가 문을 닫고 샤워기를 틀었다. 더운물이 충분히 흐리기 시작하자 그는 큰 소리로 말했다.
"팟!……여기는 크레인 부인의 아들 윌리엄, 지금 뉴욕 RCA빌딩 52층 샤워실에서 방송하고 있습니다……. 시카고에서 전해온

최신 정보에 따르면…… 플레이보이 탐정 윌리엄 크레인과 아름다운 유한(有閑) 여성 마너 호건 양이 서로 상대방 커피에 도넛을 적셔먹고 있어 어느 형사변호사가 단단히 화난 모양입니다."

그는 샤워기를 끄고 다시 수건을 허리에 두른 다음 호건 양 쪽으로 얼굴을 내밀었다.

"무엇이 들렸소?"

그녀는 고개를 저었다.

"아무 소리도 들리지 않았어요."

"들리라고는 생각지도 않았었소."

까닭을 몰라 어리둥절해 하는 그녀의 눈앞에서 문을 닫자 크레인은 면도준비를 시작했다.

옷을 다 입었을 즈음에는 목욕의 명랑한 효력이 사라져 버렸다. 머리가 매정하게 쿡쿡 쑤시고 목도 아팠다. 게다가 수염을 깎다가 세 군데나 베어버렸다. 상처 난 곳을 거울로 살펴보며 이런 얼굴빛이라면 플로리다로 요양 떠날 구실로는 나쁘지 않겠다고 남의 일처럼 생각했다. 얼굴에 탤컴 파우더를 바르고 나서 거실로 나갔다.

호건 양은 가느다란 발목을 드러내놓고 의자에 웅크리고 앉아 헤럴드 앤드 이그재미너 신문 사교란을 읽고 있었다.

그녀는 불평했다.

"허스트 계의 신문도 요즘은 그다지 먼지를 일으킬 만한 기사가 없군요."

"아가씨, 나와 함께 마이애미에 가고 싶지 않소?"

"내가 왜 당신과 함께 가고 싶겠어요?"

"모르지. 이 갈색 눈에 반해 있을지도 모른다고 생각했소."

그녀는 길고 까만 속눈썹 너머로 뭔가 생각하는 눈초리로 그를 보았다.

"만약 당신이 부자라면 그 얼굴도 참아줄 수 있겠지만요."
"웨스틀랜드를 살려내기만 하면 당장 돈이 듬뿍 들어올 거요."
이때 비로소 그녀는 진짜 허스키 웃음소리를 냈다.
"그건 마치 내가 '버설'이라는 스파이 남색(男色) 그룹 리더라는 말처럼 가망성 없는 이야기예요."
"살려낼 수 있다면 가겠소?"
"물론이지요……. 그런 약속이라면 지키는 것도 문제없어요. 아침식사는 어때요? 웨스틀랜드 사건을 해결하려면 많이 먹어두어야 해요."
그녀는 고양이처럼 부드러운 몸놀림으로 의자에서 일어났다.
"전화를 한 군데 걸고 나서 곧 먹겠소."
크레인은 전화 있는 곳으로 가서 전날 밤의 기억대로 코드가 긴지 어떤지 끌어내어 확인했다. 코드는 길었다. 그는 교도소의 백홀츠 소장에게 전화를 걸었다.
"크레인입니다, 소장님…… 웨스틀랜드 사건을 맡은 사립탐정이지요."
소장은 흥미를 꾹 누르며 대답했다.
"그래, 용건이 뭐지요?"
"웨스틀랜드 씨에게 할 이야기가 있습니다."
"뭐라고요?"
윌리엄 크레인은 아주 참을성이 강했다.
"웨스틀랜드 씨에게 할 이야기가 있습니다."
"호, 그래요?"
후궁의 환관같이 묘하게 높은 목소리를 내는 것으로 보아 소장은 그 말이 믿어지지 않는 듯했다.
"그래서 나더러 어떻게 하라는 겁니까? 그를 불러오라는 말입니까? 아니면 그의 독방에 전화라도 끌어들이라는 말입니까?"
크레인이 다시 말했다.
"그에게 할 이야기가 있습니다. 아주 중요한 일입니다."
"나는 교도소 소장입니다. 여기는 호텔이 아니오!"
저쪽에서 찰칵 소리가 나고 전화가 끊겼다. 그러자 크레인은 다시 같은 번호를 돌려 소장이 나오자마자 다짜고짜 덤벼들 듯이 말했다.
"알겠소, 뚱보, 이번에 또 멋대로 끊으면 주(州) 검사에게 전화하여 웨스틀랜드 씨로부터 뇌물받은 사실을 폭로하겠소. 만약 주검사가 아무 반응도 보이지 않으면 이번에는 그 더러운 목덜미를 잡아 누르고 싶어 근질근질해 하는 친한 수사부의 경감이 있소."
노여움으로 머리가 아파왔지만 그는 말을 계속했다.
"지금 곧 그 교도소 밑바닥으로 들어가 웨스틀랜드 씨를 전화 있는 곳으로 불러오시오…… 들리지 않소?"
잠시 사이를 두었다가 백홀츠 소장이 말했다.
"크레인 씨, 당신은 나를 완전히 오해하고 있는 것 같군요. 웨스틀랜드 씨를 살리기 위한 일이라면 나도 뭐든지 하겠지만, 할 수 없는 일도 있습니다."
"할 수 없을 것도 없소. 여기는 슈펠리어 8971번이오. 10분 안으로 그를 데려와 전화하시오. 그때까지 전화 걸려 오지 않으면 내가 다른 곳으로 전화하겠소."
이번에는 크레인 쪽에서 전화를 끊었다.
호건 양이 식당에서 말했다.
"당신은 전화로 설득하는 일은 잘하는군요."
"하마터면 화가 나서 폭발할 뻔했소."
은제 퍼컬레이터에서 따른 커피는 김이 무럭무럭 오를 만큼 뜨거웠다. 크레인은 토마토주스에 우스터 소스를 한 스푼 넣어 단숨에 들이

킨 다음 커피를 마시려 했다. 콜타르처럼 까맣고 마늘처럼 향기 짙으며 드라이한 셰리 술처럼 맑고 애리조나의 비스비같이 뜨거운 기막힌 커피였다.

크레인은 고마운 마음을 담아 말했다.

"정말 훌륭한 커피지만, 달걀을 먹으며 마시지는 못하오."

그녀는 다소곳이 권했다.

"조금만이라도 마시세요."

아침 해가 창문으로 테이블을 들여다보며 그녀의 얼굴을 입체파 화면처럼 비춰냈다. 턱의 선은 대담하고 훌륭했으며 가느다란 코도 좋았지만, 눈은 이국적인 파란 마스카라 때문에 뭐라고 할 수가 없었다. 목은 가늘고 목 언저리를 깊이 판 빨간 비단 실내복에 반쯤 가려진 가슴은 매끄럽고 풍만하며 탄력 있었다.

달걀을 먹는 척하면서 그는 몰래 바라보고 있었다.

"어젯밤에는 꽤 취했었소. 잠자리에 든 것도 전혀 기억나지 않소."

"소파에서 잠들어버렸어요. 당신 친구와 핑클슈타인 씨가 내 방으로 떠메고 와서 침대에 눕혔지요."

"그들은 어디서 잤소?"

"둘 다 새벽 3시쯤 돌아갔어요."

그는 손에 든 포크를 균형잡아 놓으려고 했으나, 사기 접시 위에 쩔그렁 하는 금속성을 내며 떨어졌다. 숙취란 움직일 때는 끄떡없다가 가만히 있으려고 하면 곧 떨리기 시작하는 것이 이상하게 여겨졌다. 테이블에 팔꿈치를 짚어도 손이 떨리는 것이었다. 그것을 보고 있던 호건 양이 얕보듯 웃으며 말했다.

"신경병이 도진 모양이군요."

"당신은 어젯밤 어떻게 잤소?"

"아주 잘 잤어요."

"방해되지 않았소?"
"네, 아주 잘 잤어요."
"아무 일도 없었으니까……."
그녀는 쉰 웃음소리를 냈다.
"내가 당신과 한 침대에서 잤는줄 아세요? 다른 침실을 썼어요. 내가 함께 잤다면 당신도 잊지는 않았을 거예요."
종아리까지 아파오는 것 같은 숙취에도 불구하고 그는 즐거워졌다. 좀 외설스러운 여자로군.
"그런 일을 당한다면 물론 잠자는 것 따위는 싫다고 했을 테니까."
"모두들 그렇게 말하더군요."
이때 전화벨이 울렸다.
크레인이 수화기를 들자 웨스틀랜드의 불안스러워하는 목소리가 들려왔다.
"뭔가 알아냈습니까? 소장이 아주 중요한 이야기라고 하던데……."
"아직 뚜렷한 증거를 잡지는 못했지만, 단서는 잡혔다고 생각합니다. 무척 힘들었지요."
뒤에서 호건 양이 중얼거렸다.
"거짓말쟁이!"
그는 쉿 하고 주의 주었다. 웨스틀랜드가 물었다.
"무슨 말이지요?"
크레인이 말했다.
"한 가지 묻고 싶은 일이 있습니다. 에밀리 루로부터…… 즉 마틴 양으로부터 온 것으로 여겨지는 전화를 받았을 때의 일을 생각해 주었으면 좋겠습니다."
"그래서요?"

"그날 밤 전화상태에 뭔가 이상한 점이 없었는지 생각나지 않습니까?"
"시외전화나 장거리전화 같지 않았느냐는 말입니까?"
"네, 또는 뭔가 기묘한 소리가 들리지 않았습니까?"
오랜 침묵이 흘렀다.
크레인의 목에 호건 양의 부드러운 숨결이 닿았다. 크리스마스 나이트 향수 내음이 났다.
한참 뒤 웨스틀랜드가 가까스로 말했다.
"네, 기억나는 것 같군요. 요란한 소리였습니다. 강한 바람이 숲 속을 불어지나가는 듯한, 나이애가라 폭포 같은 물소리였습니다."
윌리엄 크레인이 소리쳤다.
"나이애가라 폭포! 바로 그겁니다!"

골트 교도관은 웨스틀랜드를 들여보내고 독방문을 철컥 닫은 뒤 잠시 꾸물거리고 있었다. 여윈 얼굴은 누렇게 뜨고 눈은 움푹 꺼졌으며, 깊숙이 꺼져들어간 눈을 씻은 적이 없는 이마 밑에서 빛내면서 이집트의 미라 같은 더러운 이로 히죽 웃었다.
"요즘은 친구도 만나러 오지 않는군요."
"그렇소?"
"왠지 병이 난 것 같아 보이오. 모두들 이제는 못 본 채 하려는 건지도 모르오."
교도관은 입맛을 다시며 입술을 핥았다.
"아직도 무섭지 않소?"
웨스틀랜드는 멍하니 말했다.
"아, 그렇게 굉장하게 무섭지는 않소."
웨스틀랜드는 그다지 심한 공포는 느끼고 있지 않았다. 다만 금방이라도 토할 것 같은 구역질이 솟아오를 뿐이었다.
　교도관은 그를 물끄러미 지켜보며 기대를 담은 목소리로 말했다.
　"내일이 되면 무서워지지. 아무래도 지금 그 표정을 보니 전기의자까지 안아다주어야만 되겠는걸."
　그는 손등으로 코를 문질렀다.
　"그런 사람도 퍽 많지요. 마지막 날까지 버티어내다가 마침내 때가 되면 여자처럼 울 수밖에 없을 정도로 겁을 먹어 형편없어지는 녀석들이 있소."
　그는 다시 손등으로 바지를 문질렀다.
　"배짱을 잃는 사람은 놀랄 만큼 많소…… 그리고 보니 용감한 토니 카플리오라는 사나이가 생각나는군. 그는 머리를 깎자 벌써 기운이 빠져 바닥에 털썩 엎드린 채……."
　"입 닥쳐, 쥐새끼 같은 놈!"
　코너즈가 웨스틀랜드의 독방에 가까운 두 개의 쇠창살 사이로 얼굴을 내밀고 있었다. 노여움으로 턱이 굳어지고 파란 눈이 얼음 같았다. 그는 몹시 흥분된 목소리로 외쳤다.
　"잠자코 있어! 빌어먹을! 이 언저리를 이물거리고 다니는 짓을 그만두지 않으면 흠씬 두들겨줄 테다."
　골트는 한 걸음 뒤로 물러서서 말했다.
　"나는 이 사람과 이야기한 거요. 용감한 사람도 막상 마지막이 되면 꼼짝 못하더라고 말했을 뿐이오……."
　코너즈가 쇠창살을 흔들었다.
　"썩 꺼져! 꺼지지 않으면 내가 나가서 이 손으로 때려죽일 테니까. 꺼저버려!"
　쉬어터진 부르짖음이 점점 높아졌다.
　골트는 신경병 환자처럼 얼굴을 경련시키며 어두운 복도로 달아나버렸다.
"개새끼!"
코너즈는 웨스틀랜드에게 웃음지어 보였다. 그 얼굴은 지금 먹을 것이 부족한데다 기다리는 동안의 피가 마를 듯한 긴장으로 말미암아 아까의 인물 나빠 보이던 표정이 사라져 인상이 꽤 좋아 보였다.
"꼭 붙잡고 말 거요. 두고 보시오."
코너즈의 차분해진 얼굴을 보고 웨스틀랜드는 자신의 친절한 마음이 뜻하지 않게 몸집 작은 유태인 행상인을 공포에서 완전히 구해내 주고 있는 것과 마찬가지로, 자기 자신은 코너즈의 용기와 맑은 정신 덕분에 구제받고 있으며 그러한 사람의 자신감 때문임을 깨달았다. 그리하여 그는 마치 어린아이 같은 외경스러움을 드러내 보이며 물었다.
"어떻게 저 녀석을?"
"그건 알 수 없소."
코너즈의 손바닥에 쇠창살을 움켜쥔 자국이 하얗게 나 있었다.
"하지만 혼내줄 거요."
옆방에서는 이저도어 밸리처가 잠들어 있었다. 열에 들떠 헛소리하는 어린아이처럼 이따금 토막토막 끊어진 낱말을 나직이 외쳤다.

윌리엄 크레인이 웨스틀랜드와 이야기를 끝낸 몇 분 뒤 다시 전화 벨이 요란하게 울렸다.
크레인이 소리쳤다.
"제기랄! 전화회사에서도 사람의 신경에 대해 조금쯤 생각하는 게 좋을 텐데."
호건 양이 전화를 받더니 수화기를 건네주었다.
"당신에게 온 거예요."

윌리엄즈로부터 온 것이었다. 지금 로비에 있는데, 곧 올라가도 좋으냐고 물었다. 크레인은 올라오라고 했다.

　크레인이 거실로 돌아오자 호건 양은 창문으로 밖을 내다보고 있었다. 밉지 않은 토라진 듯한 얼굴, 자수정 같은 눈은 졸린 것 같고 양끝이 처진 도톰한 붉은 입술이 육감적이었다. 밝은 햇살이 잠옷 위의 윗몸을 훤히 비춰 부드러운 몸의 윤곽을 드러나게 했다. 브래지어는 하고 있지 않았다. 크레인은 그녀의 허리 언저리를 와락 잡고 탱고라도 추는 것처럼 그녀의 몸을 뒤로 젖혀 입술에 입을 갖다댔다. 그러나 곧 그런 짓을 한 데 대해 후회를 느꼈다. 첫째로는 그 움직임으로 지끈지끈 쑤시는 머리의 아픔이 심해졌으며, 둘째로는 아랫입술을 덥석 물렸기 때문이었다.

　노여워하지도 당황하지도 않으며 그녀는 크레인을 보고 말했다.

　"잠깐만, 클러크 게이블 씨, 조심하지 않으면 뺨을 때리겠어요."

　윌리엄 크레인은 입속에서 피가 찝찔하고 뜨뜻하게 느껴졌다. 그는 손수건으로 입술을 눌렀다. 그녀의 침착한 태도에 새삼스럽게 감탄했다.

　"오늘 아침에는 아무래도 육감이 좋지 않은 것 같군."

　"하지만 공격만은 정확하군요."

　호건 양은 재빨리 윌리엄즈에게 문을 열어주러 갔다.

　크레인이 말했다.

　"여, 미련한 친구로군."

　윌리엄즈는 언짢은 얼굴로 그를 보았다.

　"얼굴빛이 형편없군요."

　"기분도 형편없다네."

　그는 손수건으로 입술을 누르며 윌리엄즈를 바라보았다. 입술에서는 아직도 피가 나오고 있었다.

"뉴욕으로 돌아가고 싶네."
윌리엄즈가 차갑게 대꾸했다.
"뉴욕으로 돌아가고 싶다니, 그러고도 탐정입니까? 여기에 와서 택시타고 돌아다닌 일과, 여자를 설득하다가 술 취해 곤드레가 된 일 말고는 아무것도 하지 않았잖습니까? 휴가라도 와 있는 줄 압니까?"
그는 숨을 깊이 내쉬었다. 그리고 계속 불평을 늘어놓았다.
"정말로 명탐정이라면 지금쯤은 샴의 우표며 금 칼라버튼이며 땅콩껍질이며 진 헐로우의 가터 한 짝 등의 증거를 손에 넣었을 겁니다. 정말 어이가 없군요! 명탐정이었다면 그런 증거를 잡았을 뿐만 아니라 '여보게, 독, 이 사건은 좀 까다로왔지만 이젠 해결되었네. 정말 기묘한 사건이었어'라고 나에게 말해 줄 게 아니겠습니까?"
크레인이 말했다.
"내가 하고 싶은 말을 모두 다 해주었군. 웨스틀랜드 사건은 호건 양과 둘이서 해결했네. 깜짝 놀라게 해주지."
그러자 윌리엄즈가 말했다.
"설마, 그런 바보 같은 일이…… 범인은 다름 아닌 바로 누구라는 둥 말해도 나는 놀라지 않을 겁니다. 주지사를 체포할 수 있다고 해도 놀라지 않습니다. 나를 깜짝 놀라게 하고 싶다면, 그녀를 죽인 게 누군지 알았다고 말해 주십시오. 나는 줄곧 당신과 함께 있었으니 아무 증거도 잡지 못했다는 것을 잘 알고 있습니다."
호건 양이 넋 나간 표정으로 두 사람을 바라보며 물었다.
"웨스틀랜드 부인을 살해한 것이 누구지요?"
크레인은 고개를 저었다.
"나중에 이야기하겠소."

윌리엄즈가 성급하게 말했다.

"알지도 못할걸요. 입으로만 하는 소리지요. 아무 증거도 잡지 못했으니까."

크레인이 입술을 눌렀다.

"증거라고? 아, 자네가 필요한 것은 증거란 말이지? 좋아, 손에 넣어 보이겠네……. 다만 나에게 그만한 용기가 남아 있을지 모르지만."

호건 양은 자기가 물어뜯은 그의 입술을 보며 말했다.

"기운은 아직도 있어요."

윌리엄즈가 물었다.

"그 거창한 증거 찾기는 언제부터 시작할 생각입니까…… 다음 주일이 되어서?"

"아니, 곧 시작할 수 있네. 핑클슈타인 씨는 어디 갔지?"

"웨스틀랜드의 서류를 조사하러 갔지요. 회사 쪽도 조사할 겁니다."

"그렇다면 일을 해야겠군. 곧 손에 넣고 싶은 것이 있네."

호건 양이 건방지게 비웃음을 담아 물었다.

"위스키 아닌가요?"

"위스키가 있어도 좋지만……."

윌리엄즈가 입을 열었다.

"손에 넣고 싶은 게 뭡니까?"

"첫째는 택시."

크레인은 손수건을 단정하게 개켜서 바지주머니에 넣었다.

"그리고 스톱워치……."

"스톱워치?"

"그렇네. 스톱워치와…… 잠수부."

## 목요일 정오

 택시 운전 기사는 모자를 왼쪽 눈 위로 깊숙이 내려쓴, 낚시바늘처럼 생긴 코를 한 그리스 사람이었다.
 더러워진 운전증명서에 따르면 이름은 닉 퍼포스, 나이는 26살이었다. 운전석 창가에 단정치 못한 태도로 앉아서 열린 창문으로 팔꿈치를 내밀고, 그 입술은 스쳐지나가는 자동차의 사람들에게 닥치는 대로 시비를 걸고 있는 것 같았다.
 윌리엄즈가 크레인에게 스톱워치를 건네주었다.
 "10달러 맡기고 빌려 왔습니다. 이제는 코끼리를 데려오라고 할 테지요."
 크레인은 초록색 가죽 케이스에서 스톱워치를 꺼냈다.
 "잠수부는?"
 손바닥에 니켈 시계가 싸늘하게 느껴졌다.
 "오후라면 언제나 준비되는 모양입니다.. 잠수부와 보트 요금은 5백 달러지요."
 "루즈벨트 탈환계획보다도 인원이 더 많아야 되네."

자동차가 오크 거리와 미시간 거리 모퉁이에서 빨간 신호로 횡단보도 한가운데에서 멎자 오가는 사람들이 자동차 앞뒤로 마구 지나갔다. 하얀 수염을 기른 얼굴이 뻘건 노인이 조심스럽게 자동차 앞을 돌아서 오더니 이쪽을 향해 화난 듯이 스틱을 흔들어댔다.

  운전 기사가 우습게 여기듯 말했다.

  "저 영감 틀림없이 자기는 납세자의 한 사람으로 이런 일은 용서할 수 없다고 설교하려는 걸 겁니다."

  신호등이 노란 불로 바뀌자 운전 기사는 자동차를 힘껏 출발시켰다. 그 바람에 네 명의 여자가 메추라기 떼처럼 당황하여 달아났다.

  윌리엄즈가 맞장구치듯 물었다.

  "하나 맞추지 않았소?"

  그러나 운전 기사가 대답했다.

  "아닙니다. 올해의 횡단보도 사냥은 아직도 금지되어 있지요."

  자동차는 디비전 거리에서 신호가 바뀌려는 아슬아슬한 순간 왼쪽으로 꺾어들었다. 그리고 애스터 거리에서 다시 오른쪽으로 구부러져 웨스틀랜드의 아파트 앞에 멈춰 섰다.

  크레인이 말했다.

  "미터기는 그대로 두시오."

  윌리엄즈가 내리려고 하자 그는 다시 말했다.

  "타고 있게. 여기에는 들르지 않네."

  그는 스톱워치를 0에 두었다.

  "지금 몇 시지?"

  윌리엄즈는 팔목시계를 보았다.

  "11시 30분입니다.."

  "좋아. 아주 좋아."

  윌리엄즈는 수상쩍어하는 얼굴로 그를 바라보았다.

"뭐가 아주 좋다는 겁니까?"

"11시 30분이라는 것이."

"내가 말할 수 있는 건 우리 두 사람 가운데 누군가가 이상해졌다는 것뿐입니다."

크레인은 운전 기사를 보며 말했다.

"닉, 루프의 라 샐 거리와 애덤즈 거리 모퉁이로 갑시다. 시카고의 운전 기사가 된 지 몇 해나 되오?"

"5, 6년 됩니다."

"좋소. 되도록 빠른 길로 가주시오. 어떤 길로 가든 상관없으니 가장 빠른 길을 택해주시오."

"하지만 손님, 방금 그쪽 방향에서 왔는데요."

운전 기사는 손등으로 코를 비볐다.

"그렇게 빨리 돌아가고 싶다면 어째서 곧장……."

"당신은 걱정하지 않아도 되오. 우리가 지금 이곳 애스터 거리에서 당신 택시를 잡아타고 되도록 빨리 라 샐과 애덤즈 거리 모퉁이로 가자고 했다고 여기면 되오."

틀리지 않게 알아듣도록 크레인은 또박또박 천천히 말했다.

"속도를 위반할 필요는 없소. 잡히지 않을 만큼 되도록 빨리 가면 되는 거요."

"지금 출발해도 좋습니까?"

"물론이오."

닉 퍼포스는 기어를 낮게 넣고 클러치를 떼었다. 이 손님들이 바보라 해도 자기로서는 알 바 아니라는 배짱이었다.

윌리엄 크레인은 스톱워치를 누르고 규칙적으로 초를 새기는 소리에 귀기울이며 마음을 놓았다.

택시는 라 샐 거리를 향해 서쪽으로 곧장 네 블록쯤 나아가 남쪽으로 구부러졌다. 시카고 거리에서 빨간 신호등에 걸려 멈추었고, 햇빛이 내리쬐는 라 샐 거리 다리에서 1분쯤 가솔린 트럭 때문에 앞이 막혔다.

윌리엄즈는 시카고 강의 연기와도 같은 회색 물을 바라보며 몸을 떨었다.

"이런 물에서 헤엄친다는 건 정말 질색입니다. 당장 얼어버릴 것 같은 물이군요."

택시가 라 샐과 애덤즈 거리 모퉁이로 다가가자 크레인이 뛰어내렸다. 그는 윌리엄즈에게 말했다.

"이 블록을 두세 번 택시로 돌다가 와주게. 나도 곧 다시 탈 테니까."

그는 웨스틀랜드의 사무실이 있는 빌딩의 대리석과 황금의 로비로 들어가 엘리베이터에 뛰어들어 단숨에 33층까지 올라갔다.

웨스틀랜드의 사무실문 앞으로 가서 문에 씌어진 글자를 읽었다. 웨스틀랜드 볼스턴 앤드 우드베리 상회. 30초쯤 지나자 그는 스톱워치를 눌렀다. 17분 14초 53. 봉투 뒤에 그 숫자를 적어 넣고 큰길로 되돌아왔다.

택시의 윌리엄즈 곁에 올라타며 크레인은 말했다.

"닉, 애스터 거리에서 여기까지 약 18분 걸렸소. 이번에는 이 두 지점을 25분 안에 달릴 수 있는 길을 닥치는 대로 달려 봐주었으면 좋겠소. 그때마다 다른 다리로 강을 건넜으면 하는데, 편도 25분 이상 걸려서는 안 되오."

운전 기사가 물었다.

"미시간 거리를 지나가면 어떻겠습니까?"

"좋소. 미시간 거리를 지나갑시다."

크레인이 스톱워치를 눌렀다.

자동차는 워커 드라이브까지 북쪽으로 달리다가 동쪽으로 구부러져 미시간 거리에 나오자 다시 북쪽으로 가서 큰 다리를 건넜다.
　길에는 빠른 걸음으로 오가는 사람들이 무리지어 있었다. 좀 이른 듯한 점심식사를 하러 나온 타이피스트며 사무원이며 세일즈맨, 그리고 진열창을 들여다보고 다니는 사람들이며 쇼핑하러 나온 손님. 늘 정해져 있는 한가로운 사람들이 줄지어 아무것도 없는 강물을 멍하니 바라보고 있었다.
　갑자기 윌리엄즈가 말했다.
"그렇지, 잊을 뻔했군. 전화회사에 마틴 양네 집으로 수리하러 갔던 사람들에 대해 물어보았습니다. 웨스틀랜드 부인의 시체가 발견된 날에는 수리하러 갔었지만 그 전날은 사람을 보낸 기록이 없다더군요."
"없다고?"
"네, 그렇습니다. 마틴 양이 만난 사람은 가짜였던 거지요."
"생각했던 대로군. 그렇지 않나?"
　다행히도 택시는 신호등에 걸려서 멈추는 일 없이 꽤 빨리 월튼 광장을 지나갔다. 거기서 두 블록쯤 떨어진 곳에 호건 양이 사는 햇빛에 반짝이는 빨간 벽돌의 아파트 건물이 보였다.
　크레인은 스톱워치에서 얼굴을 들고 말했다.
"저 호건 양이 살인을 했다면 좋으련만. 그러면 범인을 쫓는 일을 즐길 수 있을 텐데."
　그는 미련이 남아 있는 듯이 부어오른 입술을 쓰다듬었다.
　윌리엄즈도 말했다.
"그런 사건이라면 당신도 분발할 텐데 말입니다."
　이때 크레인이 말했다.
"자, 여기요."

곧 운전 기사가 말했다.

"다 왔습니다. 애스터 거리로 되돌아왔습니다."

시계는 중심가의 네 모퉁이를 벗어나서부터 20분 31초가 지났음을 나타내고 있었다. 크레인은 바늘을 다시 0으로 돌려놓고 말했다.

"좋소, 다시 한번 더 라 샐과 애덤즈 거리 모퉁이로 갑시다."

이번에는 새로 만든 커다란 워배시 거리의 다리를 건너 서쪽으로 워커 거리에 들어갔다가 라 샐 거리로 나왔다. 웨스틀랜드의 사무실 빌딩에 닿자 크레인은 자동차에서 내리려고도 하지 않고 스톱워치를 멈췄다. 시간은 17분 2초 53.

다음은 스테이트 거리를 지나서 되돌아와 애스터 거리에 닿은 시간이 21분 정각. 운전 기사는 혼잡한 다리 위에서 전차를 만나지 않아 운이 좋았다고 말했다.

다시 시내로 돌아올 때 이번에는 디어본 거리의 다리를 건너 19분 37초 51이 걸렸다.

1시 30분쯤 되어 윌리엄즈는 부러운 듯 중심가의 레스토랑을 바라보며 말했다.

"제기랄, 배가 고프군."

크레인이 운전 기사에게 말했다.

"돌아가는 길에 어디든 점심 먹을 수 있는 곳에 세워주시오. 멈춰 있는 시간을 소요된 시간에서 빼면 되니까."

클러크 거리의 다리를 건너 돌아왔는데, 전차 꽁무니에 붙어서 따라가게 되었다. 시카고 거리까지 내내 전차 꽁무니에 붙어 오르내리는 손님 때문에 몇 번이나 멈춰서야만 했다. 시카고 거리 모퉁이에서 '엘리트' 여성 환영이라는 레스토랑 앞에 멎었다.

운전 기사가 말했다.

"이곳은 그리 나쁘지 않은 곳이지요."

"좋겠군. 독, 샌드위치와 커피를 사가지고 오게. 택시 안에서 먹어야겠네. 닉에게도 뭘 좀 사다주게나."

그러자 닉이 말했다.

"나는 양파가 들지 않은 것을 부탁합니다. 스웨덴 여자와 사이좋게 지내는데, 그녀는 양파를 아주 싫어하거든요."

크레인은 윌리엄즈가 햄버거 세 개와 흰 빵으로 만든 아메리칸 치즈 샌드위치 세 사람분, 그리고 종이 잔에 든 미지근한 커피를 사올 때까지 부드러운 좌석에 기대앉아 눈을 감고 있었다. 그는 샌드위치는 거절했지만 종이 잔의 커피는 조금 마셨다. 맛이 좋지 않았다.

운전 기사는 한 손에 커피를 들고 이따금 핸들에서 손을 떼어 샌드위치를 베어 물었으나 무사히 애스터 거리에 이르렀다. 멈춰서 있던 8분을 빼자 26분 47초 걸렸음을 알았다.

윌리엄즈가 비단 손수건으로 입을 닦으며 말했다.

"이 거리는 이제 보기만 해도 지긋지긋합니다. 이렇게 왔다갔다하는 드라이브를 언제까지 계속해야 하는 겁니까?"

크레인은 다시 스톱워치를 0으로 돌렸다.

"닉이 하기 나름이지."

운전 기사는 빈 종이잔과 샌드위치를 쌌던 기름종이를 정성들여 손질된 아파트 앞뜰에 버렸다. 갈색과 흰색 털이 난 와이어 헤어(털이 빳빳한 개)와 눈이 파란 어린아이를 데리고 있던 뚱뚱한 아기 보는 노파가 눈을 흘겼다.

운전 기사는 모른 척하고 말했다.

"아직 두어 가지 길이 있을 것으로 여겨지는데요."

크레인이 말했다.

"어서 갑시다."

이번에는 좀더 서쪽인 리틀 이탈리아 변두리에 가까운 쓸쓸한 웰즈 거리까지 가서 머리 위로 고가철도가 요란한 소리를 내며 지나가는 다리를 건넜다. 고가철도 때문에 다리 위가 어두컴컴했다.
윌리엄 크레인이 말했다.
"어쩐지 여기 같군."
그러나 라 샐과 애덤즈 모퉁이에 닿아보니 28분도 넘게 걸렸음을 알았다. 돌아올 때는 좀더 멀리 돌아서 역시 28분 이상 걸렸다.
다시 애스터 거리의 아파트 앞에 택시를 세우자 크레인이 힘없이 고개를 저었다.
"이것뿐이오, 닉?"
윌리엄즈가 말했다.
"이것뿐이냐고요! 아까 그 아기 보던 노파가 이 택시가 지나갈 때 경관을 부르지 않은 것이 행운이었을 정도입니다."
운전 기사가 말했다.
"미시간 거리 다리 밑으로 지나가는 길만 빼면 이게 모두인데요."
"그럼, 그 길로 갑시다."
크레인은 스톱워치를 누르고 눈을 감아버렸다.
윌리엄즈가 신음 소리를 냈다.
다리에 가까워지자 도로 포장상태가 몹시 나빠졌다. 택시는 이리저리 덜컹덜컹 흔들리고 여기저기 나 있는 커다란 구멍을 피하기 위해 속도를 떨어뜨려야만 했다.
한 블록쯤 동쪽으로 미시간 거리의 포장이 잘 된 도로가 트리뷴 타워와 리글레 빌딩 사이로 완만하게 나 있었다. 이 두 길은 미시간 강에서 한 블록쯤 앞까지 나란히 이어지는 것이다. 바로 거기서 이쪽 길은 왼쪽으로 구부러져 콘크리트와 쇠기둥이 정글처럼 무성한 고가도로 아래로 들어간다. 살찐 말 두 필이 끄는 짐수레를 비켜서 자동차는 철판을 깐 어두컴컴한 다리 아래의 길로 들어갔다.

중심가로 가는 이쪽 남행도로는 자동차가 두 대쯤 지나갈 수 있는 너비였으며, 역시 일방통행인 북행도로도 가지런하지 않게 세워놓은 강철 기둥이 커튼을 친 것처럼 저편으로 보였다. 오른쪽에는 드문드문 간격을 두어 세운 높은 쇠말뚝 너머로 서서히 흐르는 강물이 보였다. 강물에는 햇빛이 비쳤으나 다리 밑 도로는 어두컴컴했다.

운전 기사가 말했다.

"이곳은 좋은 길입니다. 대부분의 사람들이 부득이한 때에만 쓰니까요. 혼잡하지 않고 빨강 신호에 부딪칠 염려도 없지요."

다리를 건너 오른쪽으로 구부러져 완만한 길을 올라가자 눈 익은 워커 드라이브웨이가 나왔다. 라 샐과 애덤즈 거리 모퉁이에 닿았을 때, 스톱워치는 19분 30초 51을 가리키고 있었다.

크레인이 물었다.

"닉, 이밖에 또 생각나는 길이 없소?"

"네, 그것뿐입니다."

"좋소. 그럼, 지금 온 것처럼 그 다리 밑 길을 지나 다시 중심가 쪽의 다리로 갑시다."

윌리엄즈가 질려버린 얼굴로 중얼거렸다.

"마지막 복습인가."

택시는 빙글 돌아서 다시 다리 밑 길로 들어갔다. 한복판쯤에 이르자 크레인이 다리 사이가 넓어져 있는 곳의 오른쪽에 택시를 멈추도록 운전 기사에게 일렀다.

그는 운전 기사에게 물었다.

"알맞은 크기의 멍키 스패너를 가지고 있소?"

"있습니다만, 왜 그러지요?"

"얼마나 주면 그걸 팔겠소?"

그러자 윌리엄즈가 물었다.

"대체 뭘 하려고 멍키 스패너 따위가 필요합니까?"
크레인은 거듭 물었다.
"얼마면 팔겠소?"
운전 기사는 하는 수 없는 듯이 말했다.
"아주 좋은 물건이라서, 5달러 아래로는 팔 생각이 없는데요."
윌리엄즈가 어이없는 듯한 얼굴로 크레인을 보았다.
"5달러라고! 그 절반이면 세계 으뜸가는 멍키 스패너를 살 수 있소."
"닉은 그 멍키 스패너에 애착이 있는지도 모르잖나."
크레인은 운전 기사에게 5달러 지폐를 건네주었다.
"멍키 스패너란 이상한 물건이라네. 처음에는 아무렇게도 생각되지 않지만, 곧 묘하게도 몸의 부속품처럼 되어버리지. 정말일세, 독. 얼마쯤 지나면 멍키 스패너가 아주 사랑스러워진다네. 닉도 아마 그런 사람인 모양일세."
윌리엄즈가 말했다.
"기분이 좋아진 모양이군요."
운전 기사는 상처투성이 스패너를 좌석 밑에서 꺼내 크레인에게 주었으나 그는 받으려 하지 않았다.
크레인이 말했다.
"그대로 핸들 앞에 들고 있어주오. 저쪽에서 내가 신호하거든 그것을 창문 밖으로 강에 내던져 주시오."
운전 기사는 어이없는지 멍청한 얼굴이 되었다.
"이걸 강에 던지기 위해 5달러 준 겁니까?"
"그렇소. 운전석에 앉은 채 강물에 던지시오. 그러나 틀림없이 강물에 떨어지도록 던져야 하오."
윌리엄즈가 수상한 듯한 얼굴을 지었다.

"혹시 어딘가에 술을 감춰둔 게 아닙니까?"
크레인은 우쭐거리며 택시에서 내렸다.
"바보 같은 소리 말게. 어서 따라오기나 해."
그는 난간 너머로 흘끗 잿빛 도는 강물을 바라보았다.
"닉, 손수건을 흔들면 스패너를 던지시오, 알겠소?"
운전 기사는 눈알을 한 바퀴 굴려보였다.
리글레 빌딩 건너편 콘크리트 다리에 '스피드보트 승선료 1달러'라는 간판이 붙어 있었다. 그러나 그 언저리에는 스피드보트가 하나도 보이지 않고, 강물의 흐름을 가로막아 쑥 튀어나온 잔교에 물때 같은 녹색 물이 천천히 소용돌이치고 있을 뿐이었다. 머리 위 오른쪽에 우람하게 우뚝 솟아오른 것은 양끝에 감시창이 달린 탑이 있는 미시간 거리의 큰 다리였다. 그 다리 난간에서 남자와 여자가 아무런 흥미도 없이 강물을 바라보고 있었다. 건너편 기슭과의 중간쯤에 떠오른 두 마리의 갈매기가 동그라미를 그리고 있었다.
크레인의 손수건이 허공에서 펄럭였다. 어두컴컴한 아랫길 언저리에서 펜으로 동그라미를 그리듯 스패너가 날았다. 다리에서 30피트쯤 되는 물 위에 떨어져 은빛 물방울을 튀겼다. 크레인은 바로 그쪽으로 달려가 파문의 중심과 거기서 똑바로 이어지는 반대쪽 난간을 바라보며 윌리엄즈에게 말했다.
"여기를 잊지 않도록 표시해 두게, 독."
윌리엄즈는 눈 위에 내려와 있던 모자를 끌어올렸다.
"염려 마십시오, 기억해 두었으니까. 정말 돌아버린 모양이군요."
"그런지도 모르지."
크레인은 콘크리트에 박혀 있는 쇠고리에 손수건을 잡아맸다. 그는 손수건과 맞은편 기둥을 가리키며 말했다.
"그러나 그렇지 않을지도 모르네. 아무튼 잠수부를 불러다 이 밑을 훑어보도록 해주게. 이 선을 따라서 저 건너편까지 말일세."
윌리엄즈가 큰소리로 물었다.
"스패너를 되찾기 위해 5백 달러나 쓰겠다는 겁니까?"
"뭐 그런 셈이지."
윌리엄즈는 축 늘어져 다리기둥에 기대고 말았다.
"함께 일하게 된 뒤로 당신은 여러 가지 이상한 일을 해왔지만, 이번에는 그랑프리 감입니다."
"상은 나중에 주면되네. 지금은 잠수부와 보트를 불러오게. 한 시간 안에 데려와야 하네. 나는 스트롬 경감에게 이야기하러 갔다 오겠네."


스트롬 경감은 짤막하게 타버린 여송연을 질겅질겅 씹으며 말했다.
"사이먼즈에게 전과가 있었습니다. 자료실에서 사진과 지문을 찾아냈지요."
크레인이 말했다.
"그다지 놀랍지는 않습니다. 미국에서는 49명에 한 사람쯤 경찰에 기록이 있으니까요."
"협박죄로 6개월 형을 받았었지요. 그를 고용하고 있던 늙은 미망인을 협박한 것이었습니다. 미망인은 그를 잡아가게 한 뒤 판사에게 너그러운 처분을 내려주기 바란다고 청원했더군요. 아마 사이먼즈가 미망인을 구워삶은 모양입니다. 그렇지 않았으면 2년은 감옥에서 지내야 했을 겁니다."
"그게 언제 일입니까?"
"15년 전."
"그밖에는 아무것도?"
"없습니다. 그 뒤 웨스틀랜드에게 고용된 거지요."

스트롬 경감이 짧아진 여송연을 책상 끝에 놓자 회전의자의 스프링이 소리를 냈다. 갈색 책상에는 그밖에도 불에 탄 자리가 나란히 나 있었다.

크레인이 물었다.

"수프레이그가 아파트로 찾아왔었던 일을 왜 경찰에 말하지 않았는지 까닭을 이야기하던가요?"

"그가 죽었기 때문에 잘못하여 공연히 말려들게 될까봐 두려웠다더군요. 전과가 있으니 크게 혼날 줄 알았겠지요."

"그럴지도 모르지요. 그러나 어째서 나에게는 말했을까요?"

"될 수 있으면 웨스틀랜드를 살려내고 싶고 자신은 난처한 입장에 놓이기 싫었던 거겠지요."

크레인은 경감의 방 창문으로 거리 맞은편의 쓰레기장을 가만히 내려다보았다.

"웨스틀랜드를 살리고 싶겠지만, 주인이 죽으면 그의 손에 1만 달러가 들어오지요."

"뭐라고요!"

"그렇습니다. 모르셨던가요? 웨스틀랜드 씨의 유언장에 의해 1만 달러를 받게 되어 있지요."

스트롬 경감은 다시 여송연을 입에 물었다. 그는 삐걱거리며 비명지르는 의자를 거칠게 돌렸다.

"그런 말은 아무도 해주지 않았습니다. 나는 다만 주된 유산상속인이 마틴 양이라는 말만 들었을 뿐입니다."

그러자 크레인이 말했다.

"경찰로선 알 필요없었겠지요. 웨스틀랜드를 전기의자로 보내는 일밖에 생각지 않을 테니, 그를 방해물로 여길만한 동기를 가진 사람을 찾을 필요는 없잖겠습니까?"

"지금도 그럴 필요가 있는지 어떤지 모르겠습니다만."
"그러나 죄없는 사람을 전기의자에 앉히기는 싫다는 거겠지요?"
"왜 죄가 없겠습니까?"
크레인이 빙그레 웃어보였다.
"사이먼즈는 그밖에 또 무슨 이야기를 했지요?"
"이건 당신이 노렸던 대로라고 생각합니다만, 이야기해 주어도 괜찮겠지요."
스트롬 경감은 의자 등받이에 몸을 젖히고 앉아 오른발을 책상 위에 획 올려놓았다. 구두 뒤꿈치 바깥쪽이 완전히 닳아 있었다.
"사이먼즈는 수프레이그가 아파트에 와 있는 동안 전화를 썼다고 했습니다."
"그래요?"
"우드베리에게 전화하여 그날 밤 10시에 만나기로 약속하는 걸 들었다고 합니다."
크레인은 귀를 긁적였다.
"역시 그랬군요. 수프레이그가 왜 우드베리를 만나고 싶어했는지는 말하지 않았습니까?"
"사이먼즈는 묻지 않았다더군요. 만날 약속만 했을 뿐 곧 전화를 끊었다고 합니다."
"사이먼즈라는 사나이는 마치 이라도 뽑듯이 알고 있는 사실을 한 번에 조금씩밖에 말하지 않는군요. 어떻게 해서 그만큼 털어놓게 했지요?"
경감이 여송연을 양옆으로 흔들어보였다.
"좀 설득하는 방법을 썼습니다."
크레인은 잠시 생각에 잠겼다.
"우드베리에게 그 전화에 관하여 확인했습니까?"

"물론입니다. 분명 전화 왔었다고 인정하더군요. 그러나 볼일이 무엇이었는지는 모르겠다는 겁니다."
"수프레이그가 약속 지키지 않는 일을 이상하게 여기지는 않았다고 하던가요?"
"그때는 이상하게 생각했지만, 수프레이그가 자동차 사고로 죽었다는 말을 들은 뒤에 아무렇게도 생각지 않았다고 하더군요."
크레인은 창문 쪽으로 걸어갔다. 길 가장자리에 냇시의 순찰차가 멎는 것을 지켜보며 그는 말했다.
"모든 것을 믿으려고 생각하면 이 사건은 모든 점에서 논리가 정연하게 갖춰져 있는 것 같습니다. 그러나 믿고 싶지 않다고 여기면 모든 것이 수상해지지요."
"우드베리의 말에 이상한 점은 없는 것으로 여겨집니다만."
"그건 그렇습니다. 다만 그 약속에 대해 아무에게도 말하지 않은 게 좀 이상하군요. 수수께끼를 남기고 죽은 사람과 그날 밤 만나기로 약속되어 있었다면 대개의 사람은 그것을 말하기 마련이니까요."
"뺑소니차 사건에 무슨 수수께끼가 있습니까?"
"글쎄요."
크레인은 스트롬 경감의 책상에서 조용히 모자를 집어 들었다.
스트롬 경감이 귀찮은 듯이 일어났다.
"잠깐만! 수프레이그는 우드베리에게 무슨 볼일이 있었다고 생각합니까?"
"그 점에 대해 우드베리는 어떻게 생각하던가요?"
"일에 관한 이야기로 여겼다고 합니다."
크레인이 말했다.
"나도 그럴 것으로 생각합니다."

잠수부의 이름은 피터 피네건. 고무 잠수복에 무거운 추가 든 잠수화를 신은 그는 프랑스 병사의 군복 같은 파란 눈으로 윌리엄 크레인을 바라보았다. 그의 레몬 빛 머리카락은 바이탈리스로 착 달라붙게 손질되어 있었다.

"쇠로 만든 멍키 스패너를 찾으러 물속에 들어가라는 말입니까?"

전에는 빨갛게 칠해졌던 듯한 작은 예인선 '패트리시어 G호'의 흐트러진 갑판 위였다. 보트가 강물에 떠내려가지 않도록 타르로 더러워진 밧줄을 리글레 빌딩 밑 강기슭의 가로대에 걸쳐 붙들어매두고 있었다. 낮고 굵은 굴뚝에서 말갛게 비쳐 보이는 거의 빛깔 없는 연기가 피어올랐다.

크레인이 말했다.

"쇠로 만들어진 거라면 뭐든지 좋으니 끌어올려 주시오. 스패너든 뭐든 모조리. 어디를 찾아야 하는지는 윌리엄즈에게 들었겠지요?"

잠수부는 난간에서 몸을 내밀었다.

"네. 여기서부터 저기 손수건이 있는 데까지지요? 귀찮을 건 없습니다. 깊이는 9m가 조금 넘지만, 다행히 쇠로 된 것은 무엇이든지 꽤 멀리서도 찾아내는 전자석을 가지고 있으니까요. 언제 시작하면 좋을까요?"

"지금 곧, 어두워지기 전에."

잠수부가 소리쳤다.

"찰리!"

테 없는 모자를 쓴 지저분해보이는 작은 사나이가 캐빈에서 얼굴을 내밀고 햇빛 때문에 눈을 깜박거렸다. 잠수부가 말했다.

"맥에게 물에 들어간다고 이르고 올라와 밧줄을 잡아주게."

지저분한 사나이는 머뭇거리고 있었다.

"돈은 미리 받았나?"

"내가 그처럼 얼뜨기로 보이나?"

밑에서 공기 펌프가 움직이기 시작하자 패트리시어 G호가 흔들렸다. 잠수부가 헬멧을 집어 들었다.

"잠깐 이것을 들어올려 주시오."

찰리가 다가가 크레인의 손에서 헬멧을 받아들며 말했다.

"내가 하는 편이 낫겠어."

사나이의 더러워진 피부 밑 살갗이 기분 나쁠 만큼 파리했다.

그때까지 고물에서 갈매기를 바라보고 있던 윌리엄즈가 걸어왔다.

"자신이 지금 무엇을 하고 있는지 알면서 하는 거라면 좋겠습니다만."

크레인이 말했다.

"나도 그렇게 생각하네."

잠수부가 밧줄사다리를 내려 물속으로 들어가 밧줄사다리에서 손을 떼었다. 차츰 그의 모습이 보이지 않게 되었다. 공기용 호스와 로프와 또 하나의 끈이 이어져 있었다.

찰리는 로프를 천천히 내려 보내며 말했다.

"세 번째 줄에는 자석이 매달려 있지요."

몇 초 뒤 로프의 움직임이 멎었다. 찰리가 말했다.

"바닥에 닿았군."

기름기도는 물 위에 거품이 떠올랐다가는 갈라지며 건너편 기슭을 향해 흔적을 남기고 흘러갔다. 호기심에 찬 갈매기가 무엇인지 알아보려고 내려왔다가 먹을 수 없는 것임을 알고는 강 위로 입을 벌리고 있는 하수도 파이프 옆 보초 자리로 돌아갔다.

찰리가 말했다.

"강물이 예전과 달리 호수에서부터 흘러오기 때문에 다행입니다."

크레인이 물었다.

"어째서지요?"

"만일 호수 쪽으로 강물이 흘러간다면 밑바닥에 진흙이 괴어서 잠수부가 걸어 다닐 수 없지요. 지금은 호수에서 흐르므로 강바닥이 깨끗하고 단단합니다."

"그거 참, 다행이군요."

"물론이지요. 게다가 그 때문에 물도 천천히 흐른답니다. 잠수부가 서 있지 못할 만큼 물살이 거세고 빠른 강도 얼마든지 있지요."

절반쯤에서 거품의 움직임이 갑자기 멎더니 곧 되돌아왔다.

찰리가 말했다.

"뭔가 찾은 모양이군."

거품의 소용돌이가 일고 이어서 잠수부가 밧줄사다리 중간까지 올라왔다. 찰리가 헬멧의 동그란 유리를 돌려서 벗겼다. 잠수부는 어린 아이같이 이를 드러내 보이며 웃었다.

"자, 스패너입니다."

그는 스패너를 갑판에 내던졌다.

크레인이 말했다.

"다행이오. 이것이 나와서 정말 다행이오. 그런데 다른 것도 찾아주어야겠소. 이것이 발견된 언저리에 있을 텐데요."

그는 스패너를 집어 들어 윌리엄즈에게 건네주었다.

잠수부가 불만스럽게 물었다.

"찾는 게 무언지 말해 줄 수 있습니까?"

"이 스패너만한 것이오."

잠수부는 어깨가 난간 높이에 이르기까지 올라왔다. 뱃전에 두 팔꿈치를 걸쳐놓았다.

"그럼, 스무고개로군요."

그는 찰리의 지저분한 얼굴을 보면서 윙크했다.

"동물, 식물, 광물?"

크레인이 말했다.

"나도 찾아내고 싶은 것을 말하고 싶지만, 이야기하지 않는 편이 좋겠소. 다시 물속으로 들어가 한 번 더 보고 와주시오."

잠수부의 머리가 물속으로 숨었을 때 경관 하나가 콘크리트 다리에서 패트리시어 호로 옮겨왔다.

"대체 뭘 하는 거요?"

찰리가 엄지손가락으로 크레인 쪽을 가리켰다.

"저분에게 물어보시지요."

크레인이 물었다.

"왜 그러시오, 나리?"

"왜 그러느냐고요? 저 다리를 좀 보시오."

모두들 위로 올려다보았다. 다리에는 구경꾼들이 두 겹 세 겹 늘어서 있었다. 마치 야구장의 외야석 같았다.

경찰이 말했다.

"이제 곧 교통이 마비될 거요."

크레인은 으스대는 투로 말했다.

"하는 수 없군. 우리는 국방부에 있는데, 이 강 이 지점의 깊이를 재야만 하오. 어떤 항만 계획 때문에 워싱턴에서 그것을 필요로 하고 있소."

그리고 나서 윌리엄즈에게로 눈을 돌렸다.

"좀 급한 일인데…… 그렇지 않나, 소령?"

윌리엄즈는 크레인이 내뱉은 뜻밖의 말에 순간 당황했으나 곧 그 뜻을 알아차렸다.

"네? ……아, 네, 그렇습니다, 대령님."

크레인이 말을 계속했다.

"그러나 이 조사는 곧 끝날 거요. 당신이 다리 위에서 사고가 일어나지 않도록 해주면……."

"기꺼이 그렇게 하겠습니다, 대령님."

경관의 얼굴에 존경의 빛이 어렸다.

"나도 전쟁 때는 군대에 있었습니다."

"틀림없이 포먼 장군의 부대였겠지요?"

"네, 그걸 어떻게 아시지요?"

"육감이오. 포먼 장군은 훌륭한 군인이니까."

크레인은 고개를 끄덕이며 다시 거짓말을 늘어놓았다.

"그에 대해 잘 알고 있소."

경관이 보트에서 막 나가려는데 잠수부의 거품이 다시 되돌아왔다. 밧줄사다리를 올라올 때 어깨에서 물이 흘러 강물이 떨어졌다. 찰리가 헬멧 앞 유리를 벗기자 그는 곧 말했다.

"찾던 것은 이거지요? 꽤 오래 전부터 거기에 있었던 모양입니다."

그는 자동권총을 내놓았다.

크레인이 권총을 받아들었다. 옆에 은판이 붙어 있고, R.웨스틀랜드라는 이름이 새겨져 있었다.

크레인이 말했다.

"확실히 이거요."

윌리엄즈가 크게 소리쳤다.

"정말 놀랍군요! 아니, 이런 곳에 있으리라는 걸 대체 어떻게 알았습니까?"

리 소령은 권총 방아쇠를 시험해 보았다.

"쏠 수 있겠군요."
그는 엄지손가락 손톱으로 녹을 조금 긁어냈다.
"그러나 여기에는 웨블리 권총 탄환이 없습니다."
윌리엄즈가 물었다.
"스포츠 용품 가게에서 팔지 않을까요?"
그러자 크레인이 말했다.
"찾아보면 어딘가에 있을지도 모르지."
"우드베리에게 물어보면 어떨까요? 틀림없이 얼마쯤 갖고 있을 겁니다."
"하지만 좀처럼 내주지 않을 걸세."
"주지 않을 수 없을걸요."
리 소령이 권총을 손에 올려놓고 물었다.
"크레인 씨, 당신은 무엇을 바랍니까? 이 권총으로 발사된 탄환이 여기 기록되어 있는 웨스틀랜드 부인을 살해한 웨블리 권총 탄환에 난 자국과 일치하는 일입니까?"
"그렇습니다. 될 수 있는 대로 빨리 결과를 알고 싶습니다."
"그리 어렵지 않을 겁니다…… 같은 탄환만 구한다면."
"윌리엄즈가 우드베리에게 물어볼 겁니다."
크레인은 총기전문가의 손에서 권총을 받아들었다.
"미국에선 전시형 웨블리를 어디서 구합니까?"
"사려고요?"
소령은 이맛살을 찌푸렸다.
"낡은 구식 무기를 다루고 있는 가게는 꽤 많지만, 미국에서는 수집품으로 팔릴 뿐이지요. 그런 것은 혁명군과 정부군이 맞서고 있는 남아메리카 여러 나라에 팔기도 하고, 그들 군대에 납품하기도 합니다. 그러나 웨블리를 갖고 있을 만한 가게가 몇 군데인지는 대강 짐작 갑니다."

"그 이름을 가르쳐 주실 수 있습니까?"

"좋습니다."

소령은 쾌히 대답하고 한참 걸러서 기다란 무기가게 리스트를 뒤적여 몇군데 표시하여 크레인에게 내주었다.

크레인이 말했다.

"고맙습니다. 그리고 웨스틀랜드의 권총에 대해 뭐든지 알아내거든 윌리엄즈에게 연락해 주시겠습니까? 그에게도 연락하도록 일러두겠습니다."

"좋습니다."

크레인은 권총을 소령의 책상에 놓자 윌리엄즈를 따라 밖으로 나왔다. 두 사람은 드레이크 호텔로 가서 리 소령이 리스트에 표시해 둔 가게로 전보를 쳤다.

전보문은——

1년 안에 전시형 웨블리 권총을 팔았는가? 요금 수취인 지불로 곧 회답 바람.

일리노이 주 시카고 경찰국 수사과

어니스트 스트롬 경감

크레인은 여든 두 통의 전보에 깜짝 놀라는 접수구 아가씨에게 61달러 43센트의 요금을 지불하고 나서 윌리엄즈에게 말했다.

"요금 수취인 지불의 전보가 오기 시작하기 전에 스트롬 경감에게 이야기해 두는 편이 좋겠지."

오후 8시 15분.

핑클슈타인이 호텔 방으로 기운차게 들어가자 크레인은 지퍼가 달린 가방에 초록색 비단잠옷을 밀어 넣고 있는 참이었다. 변호사의 입매는 굳게 긴장되고 뺨이 광대뼈 위까지 벌겋게 달아 있었다.

핑클슈타인이 말했다.

"의뢰인의 재산을 조사하고 왔습니다."

크레인은 빗과 등에 은장식이 달린 군용 헤어브러시 가운데 하나를 옷장 위에서 집어 들었다.

"그래서요?"

"조사대상이 되어왔던 채권이 정부의 1회 공채 발행액만큼이나 그의 것이 되어 있었습니다."

크레인은 잠시 손을 멈추었다.

"도난 채권입니까?"

"도난 및 위조채권이었습니다. 지난 10년 동안의 우편 도둑은 모두 그의 짓이었던 것 같습니다."

"흠! 금액은 얼마나 되지요?"

"회계사가 조사할 수 있는 범위 안에서만 60만 달러인데, 아직 모두 훑어보지 못했습니다."

크레인은 헤어브러시로 머리 뒤를 비볐다. 브러시 털이 살갗에 닿아 따끔했다.

"그럼, 웨스틀랜드의 재산보다 더 많군요. 어떻게 그것을 자기 명의로 했을까요?"

핑클슈타인은 비단 손수건으로 이마를 닦았다.

"모두 그의 명의로 되어 있지는 않습니다. 대부분 웨스틀랜드의 손님이 맡긴 것 속에 들어 있었지요. 웨스틀랜드에게 매매를 맡긴 손님들의 채권 속에. 아마 갱들에게서 도난채권을 사들여, 손님이 맡긴 진짜 채권과 바꿔치기하여 시장에 내놓곤 했던 모양입니다."

"어떻게 그것을 알았지요?"
"회계사 한 사람이 무효가 된 것으로 아는 채권을 우연히 발견하게 되어 조사해 본 결과 론더우트 우편 대도난 사건에서 없어진 채권임을 알아냈지요. 웨스틀랜드가 그것을 현금으로 만들지 못한 것은 도난채권 리스트에 올라 있었기 때문입니다. 그래서 우리는 스테이트 빌딩에서 도난채권 리스트를 구해와 그가 가지고 있던 채권을 모조리 조사해 보았지요."
"그렇다면 그는 어떤 갱으로부터 1달러짜리 채권을 10센트 정도에 사들여 손님들에게 팔아왔다는 겁니까?"
"그가 직접 손대어 훔친 게 아니었다면 그렇게 생각할 수밖에 없습니다."
"흠, 그렇다면 정말 이상한 이야기군요."
크레인은 브러시를 가방에 던져 넣었다.
"내일 아침에 그에게 한 번 물어보는 게 좋겠군요."
"그가 이런 사실을 털어놓을 리 없지요. 당신은 그가 털어놓으리라고 생각합니까?"
"숨겨둘 까닭도 없지 않겠습니까? 이제 와서 채권 도둑으로 체포되든 말든 걱정할 필요는 없으니까요."
"그럼, 당신은 그가 그 채권에 대해 알고 있다고 생각하지 않는다는 겁니까?"
"글쎄요. 다만 만일 그가 그런 일을 했다면 틀림없이 우리에게도 이야기했으리라 여겨집니다. 그 죄냐, 아내 살해죄냐니까요."
그는 가방의 지퍼를 닫았다.
"살인의 부업으로 도난채권을 마구 뿌린 건지도 모르지요."
핑클슈타인은 가방으로 눈을 돌렸다.
"어디 가려는 거지요?"

"피올리어로."
"이 어려운 때 그런 곳에 가다니 웨스틀랜드가 처형되는 전날 밤인데……."
"그렇게 불끈하지 마십시오. 그것도 다 일이니까요."
크레인은 윗옷 안주머니에서 전보를 꺼내 변호사에게 건네주었다.

전시형 웨블리 자동권총 4월에 세인트루이스의 P.T. 브라운 씨에게 팔았음.
일리노이 주 피올리어 워싱턴 총기점

크레인이 설명했다.
"이것이 미국의 모든 무기가게로 수도 없이 친 전보에 대한 회답입니다."
"어째서 그런 일을? 웨스틀랜드 부인을 살해한 것은 그의 권총이라고 생각했었는데요."
크레인은 노여움으로 어쩔 줄 몰라 하는 핑클슈타인의 빛깔 옅은 눈을 보며 싱긋 웃어주었다.
"그것은 곧 알게 됩니다. 왜냐하면 웨스틀랜드 씨의 권총은 오늘 오후에 발견되었으니까요."
"발견되었다고요!"
핑클슈타인은 연극배우처럼 이마에 손을 대보였다.
"나로서는 도무지 뭐가 뭔지 알 수 없군요. 대체 어디서 발견했습니까?"
"시카고 강바닥에서요."
"강바닥이라니 어떻게 그런 곳에서 찾았습니까?"
핑클슈타인은 무릎에서 힘이 빠진 듯 침대에 털썩 주저앉고 말았다.
 크레인은 가방을 집어 들었다. 그리고 바닥에서 낙타외투도 집어 들었다.
 "어쩐지 연극의 막이 올라간 것 같군요. 비행시간에 대어가야 하므로 자세한 것은 내일 이야기하겠습니다. 윌리엄즈가 탄환을 구하는 대로 리 소령이 탄환 테스트를 하여 그 결과를 곧 피올리어의 페어맬케트 호텔에 전보로 알려줄 겁니다."
 크레인은 침대 밑에서 모자를 꺼내 머리에 얹었다.
 "이 사건도 이제 풀린 것 같으니 당신은 뭔가 새로운 증거가 잡히는 대로 처형을 연기할 수 있도록 지사에게 애써두시기 바랍니다."
 "그것은 이미 전에도 한 번 이야기해 두었지요."
 크레인은 시계를 보았다.
 "그래도 알 수 없잖습니까. 이크, 큰일 났군! 서둘러야겠습니다. 비행기는 앞으로 40분 뒤면 떠납니다. 지사에 대한 일을 잘 부탁합니다. 그리고 채권에 대해서도 할 수 있는 모든 조사를 다해 주십시오……. 어디서 도둑맞았는가 또는 그밖의 여러 점들을."
 핑클슈타인이 침대에서 벌떡 일어났다.
 "당신은 누가 웨스틀랜드 부인을 살해했는지 알고 있습니까?"
 "내일 피올리어에서 돌아온 뒤 말씀드리지요."
 핑클슈타인은 복도까지 크레인을 따라 나와 외투소매를 잡았다.
 "여보시오, 범인이 어떻게 아파트를 나가 언제나와 다름없이 문을 잠갔는지 그것만 이야기해 주십시오."
 크레인은 대답했다.
 "다만 뛰어난 트릭일 뿐입니다. 정말 아주 간단한 일이지요."
 "따로 열쇠를 갖고 있었던 거겠지요?"
 크레인은 엘리베이터 버튼을 거칠게 눌렀다.

"아니오, 여벌 쇠는 없었습니다."

그는 엘리베이터에 올라탔다. 금빛을 칠한 문이 핑클슈타인의 눈앞에서 닫혀버렸다.

## 목요일 밤


오후 7시 30분.
윌리엄 크레인은 택시 운전 기사에게 요금을 치르고 지퍼가 달린 돼지가죽 가방을 짐꾼에게 건네주며 말했다.
"피올리어로 가는 것이오."
짐꾼이 말했다.
"아직 10분 남았습니다. 2번 게이트입니다."
크레인은 멋진 감색 제복을 입은 매표구 사나이로부터 피올리어 행 편도차표를 샀다. 3센트 내고 헤럴드 앤드 이그재미너 신문을 사서 대기실의 고급스러운 의자에 앉았다. 딜러스 에이베리 서명의 기사가 제1면에 나와 있었다.

지난봄 아내를 살해한 죄로 사형판결을 받은 유명한 주식중매인 로버트 웨스틀랜드는 내일 밤 12시가 지나 전기의자로 보내질 때 어떤 불량배와 살인 미치광이 사이에 끼어 마지막 길을 떠나게 되었다.

이 동행자들은 그와 전혀 다른 세계 사람들로……

훨씬 아래의 상세한 기사에 웨스틀랜드의 변호를 맡은 찰즈 핑클슈타인이 전화로 의뢰인의 처형을 연기해 주기를 청원했으나 주지사에게 사건에 대한 새로운 증거를 제출하지는 못했다고 실려 있었다. 그 밖에 웨스틀랜드와 코너즈와 밸리처의 경력에 대해 나와 있었다.

크레인이 그다지 흥미 없이 이 기사를 읽고 있는데 빨간 옷을 입은 뚱뚱한 여자가 위쪽에서 들여다보았다.

"잠깐만요, 시간 있어요?"

그녀가 걱정스럽게 물었다.

"네? 무슨 시간?"

그녀는 어안이 벙벙한 눈으로 그를 바라보았다.

"어머나, 지금 몇 시냐고 물은 거예요."

갈색 기미가 끼고 윗입술에 희미한 수염이 나 있는 부인이었다. 그는 천천히 시계를 보았다.

"8시 53분입니다."

"그럼, 저기 있는 큰 시계와 같군요."

뚱뚱한 여자는 마음 놓은 것처럼 머리를 흔들었다. 그리고는 그의 옆자리에 앉았다.

"멎은 게 아닌가 걱정되었어요. 비행기 여행이 처음인데, 이 비행기를 놓치고 싶지 않아서요."

윌리엄 크레인은 맞장구쳤다.

"그렇겠지요."

"정말로 마음이 안 놓이고 걱정되어 견딜 수가 없어요."

뚱뚱한 여자는 나무딸기로 만든 젤리처럼 몸을 떨었다.

"게다가 나같이 연약한 여자가 구름 속을 혼자 여행하게 되니……

함께 갈 사람이 있으면 좋겠지만요. 함께 갈 사람만 있으면 아주 마음 편할 거예요……. 당신, 혹시……."
크레인은 당황하여 일어났다.
"아닙니다. 나는 다만 동부에서 오는 친구를 마중나왔을 뿐입니다. 비행기 같은 건 타본 적도 없습니다. 타고 싶지도 않고요. 아주 위험하니까요."
그는 대기실에서 나왔다.
짐꾼이 말을 걸어왔다.
"손님, 손님이 타실 비행기가 지금 들어옵니다."
이동식 층계로 비행기에 오르자 파란색 해외 항로용 모자를 쓴 갈색 머리의 귀여운 스튜어디스가 방긋 미소 지었다. 그도 미소 띤 얼굴로 마주 인사하고 날개 때문에 경치를 못보는 일이 없도록 조종실 뒤쪽 좌석을 골랐다. 다른 승객들은 떠들썩하게 앞으로 나가 일부러 아무렇지도 않은 척하며 저마다 자리를 잡았다.
날개 밑에서는 작업복차림의 두 남자가 우편주머니의 주둥이를 매고 있었다. 저 멀리 앞쪽에서 남서방면으로 가는 대형 쌍발 커티스 콘돌 비행기가 엔진 테스트를 하느라 비행장에 커튼처럼 흙먼지를 일으키고 있었다. 매표구 앞 울짱에는 뉴욕에서 온 비행기를 마중 나온 사람들의 얼굴이 하얗게 보였다.
뺨이 발갛고 깜짝 놀랄 만큼 젊은 부조종사가 통로를 천천히 걸어와 문 앞에서 걸음을 멈추었다.
"어떻게 됐소, 여자 손님은?"
스튜어디스가 감미로운 목소리로 대답했다.
"한 사람이에요. 페티본 부인이라는 분이에요."
"벌써 출발이 1분 늦어지고 있소."
부조종사는 부드럽게 주의를 주었다.

그러자 스튜어디스가 말했다.

"왔어요!"

가쁜 숨소리와 뭔가를 밀어놓는 소리, 두 손이 금속 막대기에 매달리는 소리, 그리고 윌리엄 크레인의 등 뒤에서 외침이 들렸다.

"어머나! 이젠 숨이 너무 차서 완전히 기운이 빠져버렸어요."

페티본 부인의 엉덩이가 크레인의 얼굴을 스치고 지나갔다. 흘끗 얼굴을 든 순간 크레인은 대기실에 있던 그 뚱뚱한 여자의 모습을 보고 마음이 얼어붙었다. 그는 당황하여 얼른 신문을 들어 얼굴을 가리고 좌석에 파묻히듯 앉았다. 대기실에서 만난 사나이가 자기를 피하려고 거짓말했음을 알았을 때 그녀의 눈에 얼마나 놀란 빛이 떠오를지 상상할 수 있을 것 같았다. 피올리어까지 가는 1시간 15분이 결코 즐거운 시간이 되지 못하리라는 걸 그는 각오했다.

출발할 때까지는 아무 일 없었다. 기체의 엔진에 의한 진동과 이륙할 때의 귀가 멍한 굉음 때문에 손님들은 긴장하여 움츠리고 있었다. 그러나 가볍게 이륙하여 시카고가 모조 다이아몬드를 박아 반짝이는 이브닝드레스처럼 눈 아래 펼쳐지자 페티본 부인은 손님들을 하나하나 평가하기 시작했다. 크레인은 그녀의 자리가 그의 머리보다 높은 조금 뒤쪽이었으므로 신문을 얼굴 위로 올리고 있었다.

30분쯤 지나자 그 자세가 몹시 거북해졌으나 그는 뚱뚱한 부인의 기분을 상하게 하지 않으려고 단단히 결심을 지켰다. 팔이 무겁고 어깨가 뻐근했으며, 제1면 기사를 완전히 다섯 번이나 읽었으나 그래도 신문을 얼굴 위에서 내리지 않았다.

스튜어디스가 옆에서 걸음을 멈추고 입술이 토마토처럼 빨간 싱싱한 얼굴을 들이밀었다. 그녀는 호기심을 뚜렷이 드러내며 높이 쳐든 신문을 들여다보았다.

"츄잉껌을 드릴까요?"

"껌은 싫어하오."
그래도 뭔가 아쉬운 듯이 스튜어디스는 물었다.
"어째서 신문을 얼굴 위로 들어올리고 있는지 말해 주시겠어요?"
"추락할 때 낙하산 대신 쓸 생각이오."
 비행기는 착실하게 흰 놋쇠 커튼 파이프 같은 빛의 띠를 이룬 항공 노선을 차례로 더듬어가 드디어 피올리어에 닿았다. 크레인은 급히 밖으로 뛰어나갔다. 팔이 몹시 아팠지만 신사다운 행동을 했다는 흐뭇한 기분을 맛보았다.
 확실히 이런 기분은 좀처럼 맛볼 수 없는 것으로, 눈앞을 빙빙 돌아서 다가오는 택시를 기다리며 그는 아직 그 기분을 맛보고 있었다. 그런데 택시 문에 손을 뻗쳤을 때 누군가 그의 팔을 두드렸다. 페티본 부인이었다. 그녀가 말했다.
"당신은 아주 무례한 사람이에요. 파올리어에 닿을 때까지 줄곧 나를 피해 숨어 있었으니 말예요."
 윌리엄 크레인은 심하게 몸을 떨며 자동차에 올라탔다.

 페어 멜케트 호텔 회계원이 숙박부를 보며 말했다.
"당신에게 분명 전보가 온 것으로 생각됩니다."
 노란 봉투 겉봉에 수취인이 윌리엄 크레인으로 되어 있었다. 크레인은 엄지손가락으로 봉투를 뜯어 반듯하게 접혀진 봉투를 폈다.

　웨스틀랜드의 권총으로 아내를 죽인 것이 아님.

"틀림없이 나에게 온 거요."
 크레인이 말했다.
 그는 종업원을 따라 엘리베이터를 타고 올라가 모퉁이에 있는 넓은 방으로 안내되었다.

종업원에게 25센트짜리 동전을 던져주고 문이 닫히자 곧 전화번호부를 펼쳤다. 워싱턴 총기점은 전화번호부의 노란색 직업별 란에서 곧 발견되었다. 그 번호로 전화를 부탁했으나 호텔 교환원은 응답이 없다고 했다. 자신은 없었지만 그는 인명란에서 워싱턴을 찾아 사무실 전화번호가 그 총기점 번호와 같은 G. 워싱턴이라는 사람을 발견하자 마음 놓였다. G. 워싱턴의 집 번호를 돌리자 여자가 나왔다.

그녀는 G. 워싱턴 부인으로, 남편은 오늘 밤 자고 올 예정으로 나가 내일 아침 11시 기차로 돌아온다고 말했다. 아마 그 길로 곧장 가게에 갈 거라는 대답이었다. 그리고 가게의 장부는 남편만 만질 수 있다고 했다.

그녀는 덧붙여 말했다.

"마침 내일 돌아올 예정이니 정말 잘되었지요."

"그렇군요."

하고 크레인도 말했다.

그는 저녁식사를 하러 호텔 식당으로 내려갔다. 피올리어는 위스키 생산지로 유명한데도 그는 우유밖에 마시지 않았다. 식사가 끝나자 그는 이와 같은 수양(修養)을 계속한다는 뜻에서 일찍 잠자리에 들었다.

이저도어 밸리처는 어린아이처럼 잠들어 있었는데, 그것은 그때까지 훌쩍거리던 것보다 더 걱정되었다. 웨스틀랜드는 화가 나서 똑바로 누워 손에 손수건을 덮고 긴장하여 살인광의 조용한 숨소리에 귀 기울이고 있었다.

자기도 되도록 그처럼 깨끗이 마음 편하게 잠들고 싶었다. 그러나 잠들 수 없는 그는 불빛이 보이는 하얀 천을 노려보며 대학시절 축구

경기가 시작되기 전에 곧잘 겪었던 초조감과 정신이 아득해지는 현기증을 느끼고 있었다. 축구 경기가 시작되기 전과 전기의자에서 타죽기 전의 심정을 비교하는 건 평범한 일이었다. 그는 싱긋 웃었으나, 이것도 강한 척하는 것일 뿐 웃고 싶기 때문은 아니었다. 오히려 울고 싶을 정도였다. 정말 무섭고 두려웠던 것이다.

그러다가 더 이상 누워 있을 수 없게 되어 손수건을 얼굴에서 치우고 침대에 일어나 앉았다. 마치 누군가가 털이 뻣뻣한 브러시를 세게 눌러댄 것처럼 밝은 빛에 눈이 아팠다. 눈을 비비며 그는 코너즈의 방과 마주보이는 복도 벽에 비친 검은 그림자를 알아보았다. 호기심에 이끌려 그는 독방 바깥으로 나왔다.

거기에는 신부가 서 있었다. 검정 신부옷을 조금도 움직이지 않고 엄숙히 가다듬은 불그레한 얼굴로 흐트러진 침대 끝에 웅크린 코너즈를 열심히 지켜보고 있었다. 아무도 선뜻 입을 열지 않았다. 웨스틀랜드는 이 두 사람이 오랫동안 말없이 얼굴을 마주보고 있었던 듯한 느낌을 받았다.

코너즈의 우울한 눈은 신부의 일을 잊어버린 듯 그 뒤를 바라보고 있었다. 신부의 모습이 보이지 않는지 그에게서 눈길을 돌리지도 않았다. 신부의 눈길은 직업적이 아니라 어떤 의미에서는 자랑스러운 듯한 눈초리였다.

웨스틀랜드가 그 두 사람을 보고 있노라니 스며드는 바람과 습기와 차가움이 얼굴에 살며시 다가와 손목이며 발목이 저려왔다.

이윽고 신부가 조용히 입을 열었다.

"어떻습니까? 아직도 자신의 잘못을 뉘우치고 고치지 않겠습니까?"

낮은 현악기 같은 목소리였다.

"그렇소."

코너즈가 말했다.

신부가 웨스틀랜드의 방 앞 복도를 걸어갈 때 성난 듯한 옷자락 스치는 소리가 났다. 그의 불그레한 얼굴에도 무시무시한 표정이 떠올라 있었다. 웨스틀랜드는 몸을 돌려 코너즈를 바라보았다.

이미 가면이 벗겨진 이 악한의 눈에도 불안과 후회가 번뜩이고 있었다.

## 금요일 아침

오전 11시 30분.
윌리엄 크레인이 비를 맞으며 벽돌로 지어진 커다란 총기점 창고 사무실문 앞에 두 번째로 나타나자 새침한 노처녀 타입의 접수계 여자가 웃는 얼굴을 지으려 했다.
그녀가 먼저 말했다.
"워싱턴 씨께서 나오셨습니다. 지금 물어봐드리지요."
그녀는 곧 늘어뜨려져 있는 전화송화구를 밀어놓고 거드름스러운 억지미소를 띠며 말했다.
"워싱턴 씨께서 크레인 씨를 만나시겠답니다."
워싱턴은 마르멜로 빛깔의 피부를 가진 음울한 사나이였다. 빨간 셔츠에 초록색 넥타이를 매고 있었다. 마호가니 책상 위로 몸을 내밀고 크레인의 손을 잡으며 음울하게 중얼거리듯 말했다.
"날씨가 좋지 않군요."
크레인도 말했다.
"너무 좋지 않아서 견딜 수 없을 정도입니다."

워싱턴은 지겨운 듯이 말했다.
"비만 줄곧 내리는군요."
"정말입니다. 비만 줄곧……."
크레인은 외투에 묻은 빗방울을 털어버리며 덧붙였다.
"해마다 옛날의 그리운 겨울다운 눈이 적어지는 것 같습니다. 요즘에는 비만 자꾸 내리고……."
이 말이 공감을 불러일으킨 모양이었다. 워싱턴의 표정이 밝아졌다. 그는 연필같이 가느다란 여송연을 입술에서 떼어내 거드름스럽게 두 손가락에 끼우며 말했다.
"내가 어렸을 때는 머리까지 찰 만큼 쌓인 눈 속을 걸어서 학교에 갔었지요. 그것도 4마일이나 되는 먼 길을 말입니다. 그런데 요즘은 눈을 볼 수가 없군요."
그는 여송연을 허공에 휘둘렀다.
그밖의 이야깃거리도 다 없어졌으므로, 크레인은 될 수만 있다면 웨블리 권총을 사간 사람을 꼭 찾아내고 싶다고 설명했다.
워싱턴이 말했다.
"그럼, 시카고 경찰에서 오신 분이군요? 어제 오후 전보를 받고 무슨 일인가 하고 이상히 여겼습니다."
"웨스틀랜드 사건과 관계가 있습니다."
그러나 크레인은 시카고 경찰에 대해서는 한마디도 하지 않았다.
"웨스틀랜드 사건이라고요?"
"아내를 살해했다는 그 부자 주식중매인 말입니다."
"어디선가 읽은 것 같기도 하지만, 읽지 않았다 해도 이상할 건 없어요. 이 지방 신문에는 시카고의 범죄기사가 그리 나지 않으니까요."
크레인은 새로운 증거가 나타나 경찰에서는 워싱턴 총기점에서 판 웨블리 권총으로 웨스틀랜드 부인이 살해되었으리라 생각한다고 이야기했다.
"그래요? 그거 큰일이군요!"
그는 차츰 흥미를 보이기 시작했다. 그는 초록색 서류장을 두루 뒤졌다.
"여기 있군. 세인트루이스의 P.T. 브라운 씨가 루가 두 자루, 모젤 세 자루, 콜트 한 자루, 웨블리 한 자루를 샀군요. 다 군용형입니다. 수집가라고 하더군요. 모두 116달러였지요."
크레인은 생각에 잠겨 손가락을 질겅질겅 씹었다.
"P.T. 브라운? 그에게 이 물건을 판 사람을 알 수 있을까요?"
"그건 아주 쉬운 일입니다. 파는 사람은 하나밖에 없으니까요. 오스커 헤이버마이어지요. 만나보시겠습니까?"
크레인은 고개를 끄덕였다.
두 사람은 노처녀가 있는 접수구 옆을 지나 습기 찬 복도로 들어갔다. 접수구 여자는 얼굴도 들지 않았다.
그들은 복도에서 깜짝 놀랄 만큼 기분 나쁜 무기가 가득히 있는 커다란 방으로 들어갔다. 은손잡이가 달린 데린저 총에서부터 코끼리를 쏘는 데 쓰이는 속사 라이플까지 갖추어져 있었다. 벽 선반에는 스프링필드 총이 나란히 진열되었고, 자동권총이 가득 든 유리진열창 저편에서 브라우닝 기관총이 두 사람을 노려보고 있었다. 어디를 보나 총뿐이었다.
워싱턴은 변명하듯 말했다.
"여기는 다만 진열실에 지나지 않습니다. 총기는 대부분 뒤꼍 창고에 들어 있지요."
그러자 크레인이 말했다.
"이만큼만 있으면 당장 혁명이라도 일으킬 수 있을 것 같은데요.

굉장한 대혁명도 가능합니다."

워싱턴은 가까이 있는 유리진열창에서 무시무시해 보이는 회전식 권총을 집어 들었다. 그는 크레인에게 그 권총을 건네주며 말했다.

"그렇습니다. 중앙아메리카의 어떤 나라에는 혁명파와 정부측 양쪽에 총기를 공급하고 있을 정도요. 물론 요즘은 경기가 그리 좋지 않습니다만. 그것은 와이어트 어프의 총이지요."

"그 옛날 서부의 보안관이었던?"

그것은 45구경 대에 38구경을 단 파란 회전식 콜트 자동권총이었다. 땀에 절어 시커매진 손잡이에 열 한 개의 홈이 새겨져 있었다. 방아쇠는 보이지 않았다. 크레인은 손에 감촉 좋은 반응을 느꼈다.

워싱턴이 다시 말했다.

"그러나 멕시코 사람에게는 당해내지 못했던 모양입니다."

그는 총신에 구부러진 뿔 화약통이 달려 있는 가늘고 미끈한 라이플을 가리켰다.

"다니엘 분이 곰을 쏘던 총 가운데 하나지요. 자, 이건 무엇인지 아십니까?"

그는 수수께끼처럼 말하고 몸을 숙여 살그머니 바닥에서 기묘한 기계에 덮어놓은 방수포를 걷어 올렸다.

큼직한 커피 분쇄기 같은 것이었다. 맨 위에 깔때기 모양의 주둥이가 있고, 옆에 나무 핸들이 달린 커다란 수레가 이어져 있었다. 그리고 한쪽에 까만 통이 쑥 튀어나와 있었다.

크레인이 물었다.

"이게 뭡니까?"

"에이브러햄 링컨이 그토록 완고한 저주에 사로잡혀 있지만 않았다면 이것 덕분으로 남북전쟁도 한 달에 끝났을 겁니다."

워싱턴을 깔때기 모양의 주둥이를 쓰다듬었다.

"이건 1만 달러를 준다 해도 팔지 않습니다. 맨 처음 만들어진 실용적인 기관총이랍니다."
"기관총?"
"그렇습니다. 한 사람이 핸들을 조종하고 또 한 사람이 총알을 재면 1분에 1백 발을 쏠 수 있습니다. 남북 전쟁 때 발명되었는데, 군사면에서는 언제나 실패만 했던 링컨 영감이 군대에 사용하게 하려 하지 않았지요. 여기에다 '커피 분쇄기'라는 이름을 붙이고 말았답니다."
"도움이 되지 않았을지도 모르지요."
"아니, 틀림없이 도움되었을 겁니다. 링컨도 장군들도 모두 고집스럽게 미련했지요. 지금의 높은 양반들도 그렇지만. 어떻게 쓰는지 보고 싶으십니까?"
워싱턴은 조심스럽게 핸들을 돌렸다.
그러자 크레인이 말했다.
"그야 물론이지요. 그러나 웨블리 권총에 대해 할 수 있는 모든 일을 조사하고 나면 곧 시카고로 돌아가야 합니다."
"아참, 그랬었지요!"
워싱턴을 다시 조심스럽게 기계 둘레에 방수포를 덮어 씌웠다.
"오스커를 불러오겠습니다."
오스커 헤이버마이어는 금발에 몸집 큰 독일계 사나이였다. 어수룩해보였지만 다른 권총과 함께 웨블리 권총을 사간 손님을 기억하고 있었다.
크레인이 물었다.
"사진으로 그 사나이를 알아볼 수 있겠습니까?"
"알아볼 수 있을 겁니다."
크레인은 봉투에서 사진을 네 장 꺼냈다.

"이 가운데 한 사람이오?"

헤이버마이어는 네 장의 사진을 찬찬히 바라보더니 고개를 끄덕였다.

"있습니다. 이 사람입니다!"

그는 사진 한 장을 크레인에게 건네주려고 했다.

크레인은 당황해서 말했다.

"아니, 괜찮소. 그 사진을 워싱턴 씨에게 보여드리고 같은 사람을 골라내는지 어떤지 봐주시오."

헤이버마이어는 곧 워싱턴도 같은 사진을 골라냈다고 말했다.

크레인이 말했다.

"다행이오. 그런데 오스커 씨, 이 권총을 팔 때 뭔가 이상한 점을 알아차리지 못했소? 다시 말해서 그 브라운이라는 사나이가 다른 권총보다 특히 이 웨블리 권총에 흥미를 보이지는 않았소?"

"네, 웨블리가 정말로 쏘아지는지 어떤지 알고 싶다고 말했습니다."

"흠! 그래서 뭐라고 했소?"

헤이버마이어는 조용히 눈을 깜박거렸다.

"나는 아무 말도 하지 않았습니다. 나도 잘 모르니까요. 총알을 가지고 함께 사격장으로 가서 두세 발 쏘아봤습니다. 그런데 틀림없이 쏘아졌지요."

"됐소! 그 사격장으로 안내해 줄 수 있겠소?"

세 사람은 총기점 뒤로 나가 한 단 낮게 되어 있는 뜰로 들어갔다. 저쪽 끝 높이가 12피트쯤 되어 보이는 둑 가운데에 흰 종이표적이 세 장 달려 있었다. 뺨에 닿는 부드러운 비가 일리노이 찰흙에 떨어져 풍요로운 내음을 일게 하고 거뭇거뭇하니 윤기 흐르게 했다. 오른쪽에는 일리노이 강이 반달 모양으로 굽어들고 있었다.

크레인이 물었다.
"저 표적 뒤에는 뭐가 있지요?"
워싱턴이 대답했다.
"흙입니다. 흙과 찰흙."
"저 둑에 쏜 총알을 파낸 일이 있었습니까?"
"최근 2년 동안은 파내지 않았습니다. 총알을 파내야 할 정도로 많이 쏘지는 않았으니까요."
크레인은 하늘을 바라보며 씁쓸한 얼굴이 되었다. 하늘은 잿빛 다람쥐가죽외투 같은 느낌을 주는 색깔을 띠고 있었다.
"그밖에는 전시형 웨블리 권총을 여기서 쏜 적이 없습니까?"
"없습니다. 우리 가게에는 한 자루밖에 없었지요. 요즘 미국에서는 좀처럼 구할 수 없습니다. 물론 캐나다에는 꽤 많겠지만요."
크레인은 성큼성큼 사격장으로 내려가 종이표적을 들어 보았다. 파란 찰흙에 수백 개의 구멍이 곰보처럼 나 있었다.
"여기서 그 웨블리 총알을 파낼 수 있을까요?"
워싱턴이 말했다.
"둑을 2m 가까이 파 들어가야 가까스로 총알이 나올 겁니다. 그러나 거기까지 파 들어가도 어떤 것이 웨블리 총알인지 가려볼 수 있을지 의심스럽군요."
헤이버마이어의 조용한 푸른 눈이 둥그레졌다.
"나는 가려볼 수 있습니다."
워싱턴은 막연하게 고개를 가로저었다.
"둑을 파서 총알을 찾아내려면 반나절이나 걸릴 거요."
그는 턱을 힘주어 위로 들어올렸다.
"더욱이 이 비가 온종일 멎을 것 같지도 않고."
크레인은 두 손을 주머니에 찔러 넣었다.

"총알을 파내는 일손은 내가 고용하겠소. 그리고……."

크레인의 구두 끝이 미끌미끌한 땅바닥에 비뚤비뚤한 1이라는 숫자를 썼다.

"찾아낸 총알 한 개에 1백 달러 내겠소."

워싱턴은 마치 휘파람이라도 부는 것처럼 입을 오므렸다. 그러나 소리는 나오지 않았다.

그 대신 그는 말했다.

"어차피 장사는 불경기니까……."


오후 3시 30분.

그날 오후 늦게 사나이들이 아직도 총알을 찾고 있는 동안 크레인은 핑클슈타인에게 전보를 쳤다.

 범인을 포함한 관계자들을 모두 오후 9시 소장실로 모이게 해주십시오.

밖에서는 아직도 지겹도록 비가 내리고 있었다.

## 금요일 밤

 교도소 소장실의 큰 시계——시간마다 서부연합을 통해 조정되어 표준시간이 나타나는 큰 시계는, 크레인과 오스커 헤이버마이어와 리 소령과 윌리엄즈와 잠수부 피네건이 들어갔을 때, 9시 22분을 가리키고 있었다. 방에는 파란 담배 연기가 떠올라 옆으로 길게 빈틈없이 끼어 앉은 많은 사람들에게 그림자를 떨어뜨리고 있었다.
 핑클슈타인이 의자에서 벌떡 일어나며 소리쳤다.
 "여보시오! 당신이 나타나지 않는 게 아닌가 하고 걱정하던 참입니다."
 "전보를 받으신 모양이군요."
 크레인의 눈길은 굵은 눈썹에 커다란 입매가 일그러진 키가 후리후리한 사나이쪽으로 끌려갔다.
 핑클슈타인이 말했다.
 "로스 주검사님입니다. 지사께서는 이분이 추천한다면 처형 연기를 인정하겠다고 말해 주셨지요."
 "잘 부탁드립니다. 그럼, 당신만 납득해 주면되겠군요."

주검사는 천천히 빙그레 미소 지었다.
"그렇소…… 나도 그렇게 되기를 바라오."
오스커 헤이버마이어는 코끝이 네모난 갈색 구두를 신고 15달러면 살 수 있을 듯한 외출용 감색 양복에 밀짚모자 차림이었다. 그와 피네건은 벽가에 서서 살며시 블렌티노 양의 파리한 얼굴을 바라보고 있었다. 그녀는 산뜻한 페르노 그린 색 울 슈트에 레딩코트(옷자락이 긴 더블코트)를 입고 검정 구두를 신었다. 중간 색조의 엷은 비단 스타킹에 싸인 다리는 늘씬했다. 우드베리의 검은 머리가 세심하게 주의를 기울여 그녀 위로 숙여져 있었다.
크레인은 볼스턴의 떡벌어진 어깨에서 백홀츠 소장 쪽으로 눈길을 옮겼다.
"웨스틀랜드 씨를 데려다주시겠습니까?"
"물론이지요."
소장은 회전의자에서 가까스로 커다란 몸을 일으켰다.
"지금 곧 데려오지요."
그는 문을 나서며 작은 눈으로 신기한 듯이 크레인 쪽을 흘끗 바라보았다.
크레인은 연기 속을 들여다보듯 사이먼즈와 함께 벽가에 서 있는 스트롬 경감을 보고 말했다.
"당신도 죄수를 데리고 와주셨군요."
경감은 씁쓰레한 얼굴로 짧은 여송연을 거칠게 질겅거렸다.
"나에 관한 한 사이먼즈는 자유로운 몸입니다. 아무튼 여기는 당신 무대고, 이것이 실패하지 않는다면 내 육감이 빗나간 거지요."
크레인은 경감을 상대하지 않고 볼스턴에게 물었다.
"워튼 씨는?"
핑클슈타인이 대답했다.

"아직 오지 않았습니다."

에밀리 루는 빨간 벨트가 달린 팥죽색 털실로 짠 드레스를 입고 있었다. 그녀가 말했다.

"틀림없이 오지 않을 거예요."

그녀는 익은 보리 빛깔의 비단 스타킹을 신은 날씬한 다리를 포개고 소장의 책상 위에 앉아 있었다. 윌리엄즈가 있는 곳에서는 무릎 훨씬 위 비단 스타킹이 끝난 데쯤에서 관능을 자극하는 세모꼴의 맨살이 보였다.

크레인이 말했다.

"아니, 옵니다. 틀림없이 올 겁니다."

웨스틀랜드가 백홀츠 소장과 함께 나타났다. 방금 말라리아 발작에 시달리다가 일어난 사람 같은 모습이었다. 깊은 주름이 파이고 눈 밑이 거무스름하게 움푹 꺼져들어 있었다. 그는 가까스로 힘없이 미소 지어 보였으나 앞으로 두 시간 밖에 살아 있을 수 없는 것이다.

에밀리 루가 소장의 책상에서 가볍게 내려와 그에게 매달렸다.

"무슨 꼴을 당했지요?"

그는 정수리의 맨살이 드러난 팬케이크만한 크기의 동그란 부분을 손가락으로 쓰다듬었다.

"깎인 거요…… 머리와 여기를."

그는 가위로 잘려져서 펄럭거리는 왼쪽 바짓가랑이 아랫부분을 가리켰고, 정강이 털이 없어진 다리를 보여주었다.

"바지자락이 이렇게 펄럭거리니 왠지 스페인의 볼레로 댄서가 된 것 같은 기분이군."

목소리가 떨려나와 가슴 속이 울렁거리는 것 같은 쓴웃음의 정체가 무엇인지 드러내 보여주고 말았다.

백홀츠 소장이 설명했다.

"바지 밑자락을 자르고 전극 때문에 머리와 다리의 털을 깎아야만 합니다. 그렇게 해둬야 전기가 제대로 통하니까요."
웨스틀랜드가 열에 들뜬 눈으로 소장을 보며 외쳤다.
"그만해두시오! 그런 이야기를 이 자리에서 꼭 해야겠소?"
크레인이 말했다.
"이제 염려없습니다, 웨스틀랜드 씨. 이젠 괜찮습니다."
그러자 스트롬 경감이 벽에서 등을 떼고 말했다.
"괜찮다니, 뭐가 괜찮단 말입니까? 뭔지 증거를 보여주시오."
크레인이 턱을 쓰다듬었다.
"워튼 씨가 오면 곧 보여드리지요. 그전에 다짐하기 위해 웨스틀랜드 씨에게 한 가지 물어보고 싶습니다."
"뭐든지 물으십시오."
웨스틀랜드는 침착성을 되찾고 있었다.
"당신 손님의 채권에 대한 것인데, 도난채권이 잔뜩 끼워진 사실을 알고 있었습니까?"
웨스틀랜드는 믿어지지 않는 듯이 우드베리에게로 눈길을 돌렸다.
"도난채권이라니! 그런 어이없는…… 대부분 내가 직접 사들인 것입니다."
우드베리가 검은 콧수염을 만지작거렸다.
"그런데 사실이었네. 조운의 아파트 금고에 들어 있던 채권 가운데에도 인디애나 은행에서 강도에게 도둑맞은 채권이 섞여 있었다네."
"있을 수 없는 일입니다. 도무지 알 수가 없군요. 어째서 그런 것이……."
웨스틀랜드의 목소리는 꺼져들어갔다. 스트롬 경감이 참견하고 나섰다.

"그쯤의 일이라면 해낼 수 있지요."
볼스턴이 떡벌어진 어깨를 열린 문에 기대며 말했다.
"워튼이 왔습니다."
워튼은 버찌처럼 빨간 얼굴로 성급하게 들어왔다.
"후유, 로버트, 늦어서 미안하네."
그는 조금 취하여 혀 꼬부라진 목소리를 냈다.
"어쩔 수 없이 늦어진 거라네."
그는 웨스틀랜드의 어깨를 두드렸다.
로스 주검사가 말했다.
"크레인 씨, 많이 늦어졌소. 지금 곧 시작하는 게 좋겠소…… 그렇지 않으면 시간이……."
크레인은 소장의 책상 앞으로 걸어가서 그 위에 걸터앉았다. 무릎이 블렌티노 양의 허리에 닿을 것 같았다.
"먼저 증거를 제시하기 전에 웨스틀랜드 부인을 살해한 전반적인 상황을 설명드리고 싶습니다."
스트롬 경감이 흥미 없는 듯한 웃음소리를 냈다.
"아무 증거가 없는 거겠지."
"잠시 뒤면 알 수 있습니다. 아무튼 지금부터 살인사건을 생각해 봅시다. 웨스틀랜드 씨는 마틴 양에게서 온 거라고 믿은 전화를 받고 부인의 아파트로 유인되어 갔습니다."
스트롬 경감이 물었다.
"전화 걸려 왔었다는 것을 증명할 수 있습니까?"
로스 주검사가 나섰다.
"잠자코 들으시오. 당신은 당신 나름으로 했었잖소. 크레인 씨에게도 기회를 주어야 하오."
그러자 크레인이 설명했다.

"나는 지금 다만 사건을 재검토할 뿐 사실을 제출하고 있는 건 아닙니다."
경감이 바닥에 침을 뱉었다. 크레인이 설명을 이었다.
"웨스틀랜드 씨에게 전화건 사람이 누구든 간에 그는 화가 나서 아내의 아파트로 달려갔습니다. 거기서 싸우는 것을 엘리베이터 보이 토니가 들었습니다.

그런 다음 웨스틀랜드 씨의 주장에 따르면──이것은 경찰에서도 인정한 일인데──그는 12시 40분에 아파트를 나갔습니다. 그리고 셔틀 부부가 12시 10분에 총소리를 들었다고 증언했습니다. 하지만 그 토요일 밤에 서머타임으로 바뀌었으므로 셔틀 부부가 잘못 알았다는 것을 볼스턴 씨가 발견했지요."
크레인은 확인을 바라듯 볼스턴에게로 흘끗 눈길을 돌렸다.
볼스턴이 말했다.
"우드베리와 둘이서 조사해 냈습니다."
"따라서 정말로 총소리가 들린 것은 1시 10분, 다시 말해 웨스틀랜드 씨가 아파트에서 나온 지 30분 뒤라는 결론이 되지요. 이것은 흥미 있는 사실이지만, 웨스틀랜드 씨가 몇 시에 아내의 아파트에서 나왔는지를 입증할 수 있는 증거라고는 그 자신의 증언밖에 없는데, 검사측 입장에서 본다면 피고가 거짓말한 거라고 깨끗이 처리해 버릴 수 있기 때문에 우리에게는 그리 도움되지 않습니다."
로스 주검사는 고개를 끄덕였다.
크레인은 블렌티노 양의 광대뼈가 나온 부드러운 곡선으로 눈을 돌렸다.
"사건의 재현을 계속해 보기로 하지요……. 웨스틀랜드 씨가 돌아간 뒤 그때까지 기다리고 있던 진범이 아파트로 들어가 웨스틀랜드 부인을 쏘았습니다. 범인은 그녀를 웨블리 자동권총으로 살해했으나, 경찰에서 믿었던 것처럼 웨스틀랜드 씨의 권총은 아니었습니다. 이것은 리 소령이 우리가 강바닥에서 찾아낸 웨스틀랜드 씨의 권총을 조사하여 증명해 주었습니다."

그러자 주검사가 말했다.

"그 점은 이미 리 소령으로부터 들었소. 스트롬 경감과 나와 검찰 측이 그 점에서 잘못 생각했다는 것을 인정하오."

이번에는 스트롬이 물었다.

"열쇠로 잠겨진 아파트에서 범인을 어떻게 내놓을 생각이지요, 크레인씨?"

"그것은 나중에 설명하지요."

크레인은 책상에서 단검처럼 생긴 페이퍼 나이프를 집어 들어 왼손 등을 쿡쿡 찔렀다.

"범인은 그 방을 나오자 이튿날 웨스틀랜드 씨의 웨블리 권총을 훔쳤습니다. 웨스틀랜드 씨를 유죄로 만들려면 그 권총이 없어져야 하는데, 범인은 범행 전에 그것을 훔쳐내는 위험을 무릅쓸 수 없었지요. 권총이 없어진 것을 알고 웨스틀랜드 씨가 수상히 여겨 경찰에 분실신고를 낼지도 모르니까요."

스트롬 경감이 중얼거렸다.

"미스터리 소설이라도 썼더라면 좋았겠군."

"이로써 웨스틀랜드 씨를 범행과 결부시킬 단서가 세 가지 생겼지요. 첫째로 범행에 웨블리가 사용되었는데 그의 웨블리 권총이 없어져버린 것, 둘째로 웨스틀랜드 씨의 열쇠를 쓰지 않고는 도저히 범행이 불가능하게 보이는 열쇠 트릭, 셋째로 웨스틀랜드 씨가 그 아파트에 있을 때 범행이 이루어졌다고 검시관이 단정할 정도로 교묘한 살인의 타이밍입니다."

로스 주검사가 물었다.

"그것은 아주 잘 정리된 이야기인데, 동기가 대체 뭐지요?"
크레인은 웃는 얼굴로 블렌티노 양을 내려다보았다.
"여기에는 이중의 동기가 있습니다. 범인은 웨스틀랜드 부부를 둘 다 없애고 싶었던 거지요. 그녀를 죽이고, 그와 동시에 그 일로 웨스틀랜드 씨를 전기의자에 앉히는 겁니다."
볼스턴이 중얼거렸다.
"일석이조라는 거로군, 권총 한 발로."
스트롬 경감이 한껏 빈정거림을 담아 말했다.
"그거 참, 좋군요. 틀림없이 우리가 납득할 만한 버젓한 사실이 산더미처럼 많겠지요. 지금 깨끗이 그 범인을 지적해 준다면 나는 그를 웨스틀랜드 씨 대신 전기의자로 모시겠습니다."
크레인이 말했다.
"범인을 지적할 수 있는 사람을 이리로 데려오겠습니다."
크레인은 오스커 헤이버마이어를 손짓하여 불렀다.
블렌티노 양이 갈색 눈을 동그랗게 뜨고 그 사나이가 앞으로 나오는 것을 지켜보았다.
크레인은 주검사를 보며 이야기하고 있었다.
"웨스틀랜드 부인을 전시형 웨블리 총으로 쏘기 위해 범인은 그것을 한 자루 손에 넣어야만 했습니다. 헤이버마이어 씨는 피올리어의 워싱턴 총기점 점원입니다. 그는 웨스틀랜드 부인이 살해되기 이틀 전 범인에게 전시형 웨블리 권총을 한 자루 팔았습니다."
금발의 헤이버마이어는 태연한 얼굴이었다.
"자, 이 방에 그 웨블리 권총을 사간 사람이 있소, 오스커 씨?"
"네."
"가리켜보여 주겠소?"
헤이버마이어는 천천히 문 쪽으로 걸어갔다. 갈색 구두가 쥐울음

소리 같은 소리를 냈다.
"저 사람입니다."

# 금요일 밤

웨스틀랜드의 얼굴이 실망으로 새파래졌다.
"크레인 씨, 그건 크게 잘못된 일입니다."
목소리도 쉬어 있었다.
혼란은 이미 가라앉아 방 안은 저절로 조용해졌다. 스트롬 경감이 주검사에게 낮게 속삭이고 있었다.
"기가 막히는군요. 나에게 이런 짓을 하다니 가만두지 않겠습니다."
볼스턴의 생가죽 같은 단단한 살갗 밑에서 턱에 힘줄이 불끈 떠올랐다.
그러자 크레인도 지지 않고 말했다.
"가만히 있으시오. 지금까지 밝혀진 건 다만 당신이 웨스틀랜드 씨의 것과 똑같은 웨블리 권총을 살인이 일어나기 이틀 전에 샀다는 게 드러났을 뿐이니까요."
볼스턴이 소리쳤다.
"당신에 데려온 저 사나이도 당신과 마찬가지로 미치광이입니다."

크레인은 주검사에게 공증인 증명이 있는 두 통의 서류를 건네주었다.
"이것은 권총을 산 사실에 대한 두 증인의 선서공술서입니다. 두 사람 다 사진으로 볼스턴 씨를 확인했습니다. 한 사람은 총기점의 주인이고, 또 한 사람은 그 비서입니다. 볼스턴 씨가 그 총을 산 데 대해서라면 기꺼이 증언해 줄 겁니다."
오스커 헤이버마이어가 덧붙였다.
"두 사람 다 나와 마찬가지로 사진을 보자 금방 알았습니다."
로스 주검사는 공술서를 잘 접어서 주머니에 넣었다.
"볼스턴 씨, 증인이 세 사람이나 되면 속여 넘기기가 쉽지 않소."
스트롬 경감이 깜짝 놀라 검사를 바라보았다.
"아니, 나는 검사께서……."
주검사가 말했다.
"크레인 씨에게 끝까지 이야기할 기회를 주는 거요. 사람 목숨이 걸린 문제니까."
볼스턴이 힘주어 말했다.
"그런 것을 나는 사지도 않았지만, 만일 내가 정말로 샀다 하더라도 그것만으로 웨스틀랜드 부인을 살해했다는 증거는 되지 않습니다."
그리고 그는 스트롬의 얼굴빛을 살폈다.
"그렇다면 어째서 내가 샀다는 권총을 가져오지 않았습니까, 크레인 씨?"
크레인이 대답했다.
"너무 교묘하게 감추어서 찾아낼 수가 없었지요."
볼스턴이 보란 듯 소리쳤다.
"그것 보십시오……."

크레인은 서두르지 않고 이야기를 계속했다.

"그러나 그와 마찬가지로 도움되는 사실이 있지요. 나는 볼스턴 씨가 산 권총이 웨스틀랜드 부인을 살해하는 데 쓰여졌다고 증명할 수 있습니다."

모두들 믿어지지 않는 눈길로 그를 보았다. 로스 주검사가 물었다.

"그 권총이 없는데도 증명해 보일 수 있단 말이오?"

"네. 요술을 쓰는 건 아닙니다. 리 소령님, 당신이 말씀하실 차례입니다."

리 소령은 난처한 표정을 지었다.

"실은 아주 간단한 일이지요."

소령은 윗옷주머니에서 봉투 두 장을 꺼냈다.

"이 봉투 하나에 피올리어에서 헤이버마이어 씨가 가지고 온 총알이 들어 있습니다. 볼스턴 씨로 여겨지는 사람이 그 권총을 사기 전에 시험적으로 쏘아본 총알입니다."

그는 그 봉투를 소장의 책상에 놓았다.

"또 하나의 봉투에는 웨스틀랜드 부인을 살해한 총알이 들어 있습니다. 그런데 이 두 총알에 난, 쏘아진 뒤의 자국이 서로 일치합니다."

로스 주검사가 물었다.

"그러면 그 자국이, 볼스턴 씨로 여겨지는 사람이 산 권총이 웨스틀랜드 부인을 살해했다는 증거가 되는군요?"

"그렇습니다."

우드베리가 눈을 가늘게 뜨고 볼스턴을 평가하듯 뚫어지게 쏘아보았다.

스트롬 경감이 물었다.

"리 소령님, 그 증거는 법정에서도 채택될 수 있습니까?"

"언제라도 채택될 수 있습니다."

스트롬은 어떻게 해 볼 방법이 없는 듯 막막한 모습이었으나 아직도 항복하지는 않았다.

"이처럼 찾아볼 곳이 수두룩한 도시 안에서 강으로 곧장 달려가 웨스틀랜드 씨의 권총을 찾아낸 사람이 어째서 그 피올리어에서 산 권총은 찾아내지 못하는 거지요? 이건 내 육감이지만, 웨스틀랜드 씨의 권총은 본인으로부터 어디에 감추었는지 들었기 때문에 찾아냈을 겁니다."

그러자 크레인이 물었다.

"웨스틀랜드 씨가 사실을 감추고 있어야 할 까닭이 어디 있습니까? 자신의 권총이 아내를 살해하는 데 쓰이지 않았다는 것을 증명할 수 있으면, 재판 때 큰 도움이 되었을지도 모르잖습니까?"

핑클슈타인이 코를 비비며 물었다.

"그건 그렇고, 대체 어떻게 웨스틀랜드 씨의 권총을 찾아냈습니까?"

크레인은 그리 우쭐대지도 않고 설명했다.

"간단한 귀납적 추리로 알아냈지요. 사실 그 점에 있어 굉장히 뛰어난 추리였습니다.

첫째로 나는 볼스턴 씨를 범인으로 지목하고 그가 웨스틀랜드 씨에게 혐의를 씌우기 위해 권총을 감추었으리라 생각했습니다.

둘째로는 앞에서도 말했듯이 권총은 사건 전이 아니라 뒤에 훔쳤음에 틀림없다고 보았지요. 이때 시체가 발견된 뒤 볼스턴 씨가 웨스틀랜드 씨의 고용인 사이먼즈에게 전화하여 경찰이 웨스틀랜드 씨를 체포했다고 알려주며 수사국에 가보도록 말한 일이 생각났습니다. 사이먼즈는 그 전화가 11시 30분에 걸려왔다고 말했지요."

사이먼즈가 대답했다.

"그렇습니다."
"그 시간이 확실했으므로 나는 그날 아침 볼스턴 씨의 행적을 알아보며 다른 단서를 찾아다녔던 겁니다.

경찰이 달려왔을 때 볼스턴 씨가 웨스틀랜드 부인의 아파트에 있었다는 건 이미 알고 있었지요. 그리고 웨스틀랜드 부인의 하녀 디어 양과 스트롬 경감이 그는 11시 조금 지나서 사무실로 돌아갔다고 말했습니다. 사이먼즈가 전화를 받은 것은 바로 그 뒤였으므로, 볼스턴 씨는 가까운 약국에서 전화했다고 보는 게 이치에 닿습니다. 물론 여기에 무슨 큰 의미가 있다는 것은 아닙니다만."
이때 볼스턴이 나섰다.
"모든 것이 다 추측일 뿐입니다. 어째서 이런 이야기를 듣고 있어야 하는 겁니까?"
그러자 로스 주검사가 말했다.
"그 다음을 계속하시오, 크레인 씨."
"사이먼즈는 11시 30분에 전화를 받고 5분 뒤 집을 나섰습니다. 볼스턴은 사이먼즈가 나가는 것을 보고 미리 준비해 두었던 열쇠로 몰래 아파트에 들어가 권총을 훔친 뒤 자신의 롤스로이스를 타고 사무실 쪽으로 달렸지요."
웨스틀랜드가 말했다.
"볼스턴은 열쇠를 갖고 있지 않았습니다."
그의 얼굴은 얼마쯤 혈색을 되찾고 있었다.
크레인이 말했다.
"그 점은 나중에 설명하겠습니다. 아무리 빨라도 권총을 훔치는 데 3분은 걸렸을 테니까 그가 웨스틀랜드 씨의 아파트를 나온 것은 11시 38분 이전은 아닙니다. 그러나 24분 뒤 그는 사무실에 나타났습니다. 11시 30분부터 웨스틀랜드 씨를 기다리고 있던 위튼 씨가 그때 막 돌아가려던 참이었지요. 워튼 씨가 12시 2분이라는 시간을 명확하게 기억하고 있었던 것은, 12시까지만 기다리기로 마음먹었기 때문이었습니다."
워튼이 말했다.
"크레인 씨의 말이 맞습니다."
"그래서 나는 볼스턴 씨가 사무실에 닿기 전에 훔친 권총을 처분하고 싶어했으리라고 추리했던 겁니다. 가지고 있는 것을 누가 보면 곤란하고, 그렇다고 자동차 안에 놓아둘 수도 없었지요. 경찰이 자기를 심문하기 위해 구속하지 않으리라는 자신이 아직 없었으니까요. 살인한 뒤 웨스틀랜드 부인의 아파트에서 나오는 것을 누군가가 보았을지도 모르기 때문입니다.

다음에 내가 머릿속으로 그려본 일은 어디에 권총을 감추었을까 하는 것이었습니다. 나무가 많은 어느 집에 집어던진다든가, 도랑에 버린다든가, 맨홀에 던져버릴 수는 없었겠지요. 누군가가 발견하여 웨스틀랜드 씨의 이름이 새겨진 것을 보고 경찰에 신고할지도 모르니까요. 그리하여 결국 가장 감추기 알맞은 곳은 호수나 강일 거라고 생각했습니다."
크레인은 손가락으로 머리를 긁적이며 맞은편의 윌리엄즈에게 싱긋 웃어보였다.
"그런데 볼스턴 씨는 호수로 갈 시간이 없었습니다. 24분 만에 사무실에 닿았으니 권총은 강에 던져졌음에 틀림없다고 추측했지요. 택시를 타고 시행착오로 돈쓰는 방법을 택해 실험해 본 결과 윌리엄즈와 웨스틀랜드 씨의 집에서부터 사무실까지 25분 이내에 갈 수 있는 길은 여섯 군데쯤밖에 없다는 것을 알아냈습니다. 어느 길이나 강을 건너야만 했는데, 한 군데 다리만 빼놓고는 모두 훤히 보이는데다 양쪽 끝에 감시탑이 있는 혼잡한 곳이라 살인사건에 함께 말려들지도 모르는 흥기를 버리기에는 알맞지 못했습니다.

여기서 다시 시간문제를 생각하여 볼스턴 씨가 자동차를 세우고 웨블리 권총을 버리기에 알맞은 장소를 찾을 때까지 강기슭을 돌아다닐 수는 없었으리라는 점을 깨달았습니다. 그 결과 대상이 좁혀져 마침 알맞아 보이는 다리가 하나만 남게 되었습니다. 미시간 거리의 다리 아랫길로 어두컴컴한데다 혼잡하지도 않고 감시원도 없었지요.

그곳이라고 결정되자 다리에서 권총을 버리는 장소로 어디가 가장 좋을지 찾아내는 것은 간단했습니다. 게다가 멍키 스패너를 던져 운전석에서 옆 좌석 너머 창문을 통해 권총을 던졌을 경우 어느 정도까지 날아갈까 하는 것도 짐작할 수 있었습니다. 그리하여 전자석을 가진 잠수부를 물속으로 들여보내 스패너와 권총을 찾아냈던 것입니다."

로스 주검사가 물었다.

"스트롬 경감, 어떻게 생각하시오?"

스트롬 경감은 고집스러웠다.

"그 권총은 자신이 직접 거기에 집어던져놓고 나서 찾게 했을 겁니다."

"그렇다면 나는 그 권총을 반년 전에 강에 집어던졌다는 말이 되지요. 리 소령께서 권총이 오랫동안 물속에 있었다는 사실을 증명해 주실 것이고, 잠수부 피네건 씨도 진흙 속에 꽤 깊이 묻혀 있었다고 증언해 줄 겁니다."

피네건은 푸른 눈을 블렌티노 양에게서 떼었다.

"그 권총은 바닥에 그냥 굴러 있지 않았습니다. 자석이 없었다면 아마 찾아낼 수 없었을 겁니다."

그는 똑바로 블렌티노 양을 바라보며 말하고 있었다.

"아가씨, 잠수부에 대해서 아시겠지요? 간단히 눈만으로……."
핑클슈타인이 끼어들었다.
"그 정도면 되었소. 앞으로 40분밖에 남지 않았소. 크레인 씨에게 다음 이야기를 하도록 해야 하오. 크레인 씨, 볼스턴 씨가 웨스틀랜드 씨의 아파트에 들어가는 데 사용한 열쇠에 대해 설명해 주십시오."
볼스턴이 불평했다.
"내가 사용한 열쇠라고 표현해 주셨으면 좋겠습니다."
"당신이 사용한 열쇠입니다."
몸을 뒤로 젖히며 크레인은 무릎으로 블렌티노 양의 초록색 울 슈트를 건드렸다.
"열쇠에서 그 전화 이야기가 이어집니다. 우리는 전화한 사람이 누구든 간에 웨스틀랜드 씨가 마틴 양 숙부 댁으로 다시 전화할 경우에 대비하여 그쪽 전화선을 끊어야만 했을 거라고 추측했습니다. 그래서 마틴 양의 아파트로 가서 조사한 결과 식당 바로 밖에서 전화선에 도청장치가 되어 있었음을 발견했습니다."
스트롬 경감이 소리쳤다.
"뭐라고요!"
그러자 에밀리 루가 볼에 보조개를 만들면서 대답했다.
"그래요. 확실히 손댄 흔적이 있었어요. 도청용 선은 식당 창문을 통해 밖으로 나가 있었지요."
핑클슈타인이 입술로 다이아몬드 반지를 비볐다.
"누가 도청했는지 모르십니까, 마틴 양?"
"네, 모르겠어요."
크레인이 말했다.
"아니, 당신은 알고 있습니다, 마틴 양."

크레인은 그 말을 듣고 깜짝 놀라는 에밀리 루에게로 미소 띤 얼굴을 돌렸다.
"그 문제로 조금 골치를 앓았는데, 우연히 마침 전날 마신 술이 깨지 않아 숙취로 고생하고 있을 때 이 문제가 풀렸습니다. 명확하게 생각하는 데는 숙취가 무엇보다도 좋지요."
그러자 윌리엄즈가 말했다.
"어째서 내 얼굴을 보는 겁니까? 그런 건 알지도 못하는데요."
"이 단서를 준 것은, 실은 블렌티노 양이었습니다."
크레인은 그녀의 반짝이는 눈을 내려다보았다.
"블렌티노 양은 전에 마틴 양과 아주 닮은 목소리를 낸 게 누구였겠느냐고 물은 적이 있었지요."
그러자 핑클슈타인이 물었다.
"호, 그래, 대체 누구란 말입니까?"
"마틴 양 자신이지요."
크레인이 갑자기 눈을 치뜨며 하얗게 쏘아보자 에밀리 루는 정신을 잃고 의자에서 먼지투성이 바닥으로 쓰러졌다.
"제기랄!"
볼스턴이 윌리엄 크레인 쪽으로 다가가려 했다. 그러자 놀랍게도 스트롬이 앞을 가로막아 버티고 서서 그의 두 팔을 잡았다. 웨스틀랜드는 문 쪽에서 멍하니 이 광경을 바라보며 에밀리 루를 도우려는 움직임조차 보이지 않았다.
우드베리와 블렌티노 양이 그녀를 의자에 끌어올려 앉혔다. 그녀는 한 번 신음 소리를 내더니 소장이 유리병에서 따라주는 물을 조금 마시자 부축받지도 않고 일어났다. 파랗게 질린 얼굴에 뭔가에 열중한 비밀스러운 표정이 떠올라 있었다.
우드베리가 불평하듯 말했다.

"크레인 씨, 지금 그 이야기는 잘못된 것 같군요. 우리는 그날 밤 마틴 양이 집에서 나가지 않았다는 것을 알고 있습니다. 전화는 거실 밖에 있었으므로 그녀가 전화 걸었다면 숙부님이나 숙모님이 알아차렸을 겁니다."

크레인은 곁눈질로 볼스턴을 지켜보며 그가 경감의 손을 뿌리치면 얼른 소장 책상 뒤로 피할 태세를 갖추었다.

"전화는 확실히 거실 밖에 있었습니다. 그러나 나는 그 해답을 발견했지요. 웨스틀랜드 씨의 이야기에 따르면 마틴 양과 이야기하고 있을 때 물이 쏟아지는 것 같은 시끄러운 소리가 들렸다고 합니다. 그녀는 또한 웨스틀랜드 씨가 나중에 생각해 보고 그녀였는지 어떤지 확신을 가질 수 없도록 빈틈없이 문법상으로 잘못된 말을 썼습니다. 어쨌든 웨스틀랜드 씨가 그때 들은 시끄러운 소리는 샤워기에서 흐르는 물소리였습니다.

마틴 양은 도청 전화를 그녀의 방에서 조금 떨어진 식당 안의 전화선에 연결하고 전화선을 카펫 밑을 통해 자기 방에서 욕실로 끌어들였던 겁니다. 그리고 방문과 욕실문을 닫고, 집안사람들에게 결코 들리지 않도록 샤워기를 크게 틀어놓았지요. 사람 말소리가 들리지 않게 하는 데는 샤워기에서 물 떨어지는 소리가 무엇보다도 좋으니까요."

그러자 윌리엄즈가 물었다.

"그럼, 살인사건이 일어난 날 어떤 사나이가 전화를 고치러 왔다는 이야기는 그녀의 거짓말입니까?"

"물론이지. 우리가 묻고 있는 동안에 엉터리로 꾸며낸 거짓말일세. 설마 도청장치가 발견되리라고는 생각조차 못했을 테지."

크레인은 흘끗 에밀리 루를 바라보았다.

"마틴 양이 샤워기 밑에 알몸으로 서서 웨스틀랜드 씨를 죽음으로 몰아넣을 전화를 걸고 있는 장면을 생각하면 아름다운 그림……
성적 충동을 느낄 만한 아름다운 그림이 되지. 나도 그 자리에 있
고 싶어질 정도일세."
에밀리 루는 손등으로 눈을 비볐다.
윌리엄즈가 말했다.
"나도 마찬가지입니다."
크레인이 다시 이야기를 계속했다.
"말하기 거북한 일이지만, 마틴 양과 볼스턴 씨는 이미 맺어져 있
었습니다.
　여기서 웨스틀랜드 씨의 아파트 열쇠 문제가 나옵니다. 사이먼즈
는 따로 열쇠를 가지고 있는 사람은 마틴 양뿐이라고 말했습니다.
그녀가 사건이 일어나기 전에 열쇠를 볼스턴 씨에게 주었지요. 그
리하여 그는 권총을 훔칠 수 있었던 겁니다."
그러자 핑클슈타인이 이의를 말했다.
"하지만 마틴 양이 왜 그렇게 했겠습니까? 웨스틀랜드와 약속했잖
습니까."
크레인은 에밀리 루의 떨리는 입술을 바라보았다.
"여자가 하는 일은 아무도 알 수 없지요. 그러나 꽤 확실한 이유를
두어 가지쯤 들 수 있습니다. 그녀는 웨스틀랜드 씨가 죽으면 그의
유산 7만 달러를 물려받게 되어 있었습니다. 그리고 그녀는 웨스틀
랜드 씨와 절대로 결혼할 수 없는 몸이었지요. 이미 볼스턴 씨와
결혼했기 때문입니다."
"흠, 정말 놀라운데!"
변호사가 말했다.
"정말입니다. 윌리엄즈가 도청 전화를 찾기 위해 그녀의 방을 조사
하다가 결혼증명서를 발견했지요."

크레인은 슬쩍 거짓말을 했다.
"조사해 보니 그것은 마틴 양과 볼스턴 씨의 결혼증명서였습니다."
에밀리 루가 의자에 똑바로 고쳐 앉더니 입을 열었다.
"남의 일에 꼬치꼬치 캐어묻기를 좋아하는 당신 같은 얼간이들은 이미 모든 것을 다 알고 있는 줄 알았는데요."
볼스턴이 주의를 주었다.
"조심해야 해!"
"남편에게 불리한 증언을 아내에게 시킬 수는 없어요. 그리고……."
볼스턴이 고함쳤다.
"잠자코 있어!"
크레인이 로스 주검사 쪽으로 몸을 돌렸다.
"이제 아셨으리라 생각합니다. 자, 어떻습니까?"
그는 몸을 돌려 볼스턴 쪽을 보았다.
"윌리엄즈는 그 증명서에서 마틴 양의 이름을 보았을 뿐 당신 이름까지는 보지 못했습니다. 그녀는 어머니의 결혼증명서라고 설명했는데, 어머니도 역시 처녀시절에 에밀리 루 마틴이라는 이름을 가졌다는 게 좀 이상했지요.

그때 문득 마틴 양이 서크스 '5번 거리'에서 당신에게 넥타이를 골라주던 모습을 본 생각이 났습니다. 그것이 결정적인 단서였지요. 신혼의 남편이라도 되지 않는 한 여자에게 넥타이를 골라서 사게 하는 사람은 없으니까요."
크레인은 주검사를 향해 싱긋 웃어보였다.
"여자가 사주는 넥타이가 어떤 것인지 아시겠지요?"
로스 주검사가 대답했다.
"물론 잘 아오!"

"어째서 마틴 양이 볼스턴 씨에게 정신이 빠졌는지는 모릅니다. 그녀가 웨스틀랜드 씨의 재산을 물려받을 때까지 결혼을 비밀로 해두는 게 좋겠다고 두 사람이 생각했던 것은 확실합니다. 재산을 물려받은 뒤 다시 공공연하게 결혼할 수 있으니까요."
에밀리 루가 눈도 깜박이지 않고 볼스턴을 뚫어지게 바라보았지만, 그는 그녀 쪽으로 눈을 돌리지 않았다. 다만 수수께끼 같은 표정으로 창 밖을 바라볼 뿐이었다.
스트롬 경감이 아직도 그의 팔을 움켜잡은 채 크레인에게 말했다.
"동기만 설명해 준다면 당신 생각이 옳다는 것을 인정하겠습니다."
크레인은 에밀리 루의 겁먹은 눈을 똑바로 보며 말했다.
"동기는 그리 복잡하지 않습니다. 주식중매 일은 요즘 들어 아주 위험해졌지요. 이 회사의 실제적인 사장인 웨스틀랜드 씨도 자신의 개인적인 수입에 의지해야만 했을 정도니까요.

그런데 볼스턴 씨는 호화로운 생활을 하고 2만 달러나 되는 멋진 자동차를 타고 다니며 혼자 아파트를 빌려 일본인 종업원을 부리는가 하면 여러 클럽에도 가입하여 쇼와 파티에 여기저기 얼굴을 자주 내밀고 있었습니다. 그런데 윌리엄즈와 나에게 개인적인 재산은 없다고 말했으니 당연히 어떻게 그런 생활을 할 수 있는가 하는 의문이 떠오르지요."
핑클슈타인이 말했다.
"흠, 그것이 문제로군."
"그는 웨스틀랜드 씨의 재산으로 그런 생활을 했습니다. 회계사가 도난채권과 위조채권이 잔뜩 있는 것을 발견해 냈지요. 그런 채권은 파는 상대만 알면 대도시에서는 어디서나 1달러짜리를 10센트에 살 수 있습니다.
볼스턴 씨는 그렇게 해왔던 겁니다. 웨스틀랜드 씨가 교도소에 들어가기 전에는 그런 위험한 채권을 자기 손님이 맡긴 증권에 집 어넣어두었지요. 아마도 발각되면 외국으로 달아난 뒤 그 뒤치다꺼 리를 웨스틀랜드 씨에게 떠맡길 생각이었을 겁니다. 모르긴 해도 아마 꽤 많은 금액의 현금을 쥐고 있었겠지요. 10달러에 산 채권을 1백 달러짜리 채권 대신 집어넣는다면 꽤 큰 돈벌이가 되고, 더욱 이 그 채권을 팔면 90달러를 벌 수 있습니다. 오래 계속하면 돈이 만들어질 게 당연합니다."

스트롬이 고개를 끄덕였다.

"그런데 주식과 채권을 아파트 금고에 많이 넣어두고 있던 웨스틀 랜드 부인이 애써 산 자기의 증권 속에 수상한 것이 들어 있음을 알아차렸지요. 그녀는 남편과 별거하기 시작한 뒤 2년 동안 주식을 팔고 사는 일을 볼스턴 씨에게 맡겨 왔으므로 곧 그를 의심했습니 다.

그녀가 우드베리 씨에게 전화하여 채권 일로 볼스턴 씨를 만나고 싶다는 말을 전해오자 그는 직감적으로 탄로났음을 깨달았습니다.

이것이 바로 금요일에 있었던 일입니다. 월요일에는 그녀와 만나 야 하므로 토요일과 일요일 안에 어떻게 할 것인지 마음을 정해야 했지요. 틀림없이 그는 그전에도 살인에 대해 생각했었으리라고 여 겨집니다. 물론 이 계획이 눈 깜짝할 사이에 떠오른 것인지도 모르 지만, 아무튼 그는 웨스틀랜드 부부를 동시에 없애버리면 모든 일 이 뜻대로 잘되리라고 생각했지요.

아내가 웨스틀랜드 씨의 재산을 물려받을 뿐만 아니라 그도 자기 손님 계좌에 집어넣은 위험한 채권이며 주식을 꺼내 웨스틀랜드 씨 의 손님 계좌에 집어넣을 수 있으니까요. 이렇게 하면 외국으로 달 아날 필요도 없어집니다. 웨스틀랜드 씨가 처형된 뒤 위험한 채권 이 발견되면 세상에서는 곧 그가 아내를 살해했을 뿐만 아니라 손님까지 속였다고 생각할 테니까요.

그리하여 이 사건은 일종의 간접살인…… 웨스틀랜드 부인을 살해함으로써 그 남편의 생사를 좌우하게 되는 힘을 갖게 된 겁니다."

핑클슈타인이 물었다.

"그런데 그랜트는 왜 죽였습니까? 그리고 수프레이그 노인을 살해한 까닭은 무엇입니까?"

"볼스턴 씨는 그 좀도둑이 무엇을 보았는지 분명히 알지 못했기 때문에 죽이지 않을 수 없었지요. 물론 의논에 참석했으므로 그랜트를 찾는 우리의 계획을 모두 알고 있었고, 마틴 양이 나중에 우리가 페트로를 통해서 한 약속을 그에게 알려주었습니다.

볼스턴 씨는 친구인 갱을 보내 나이트클럽에서 우리를 만날까말까 망설이고 있던 그랜트를 죽이게 했습니다. 그 갱이 누구인지는 모릅니다. 내게는 아무래도 좋은 일이니까요. 이런 일은 스트롬 경감이 맡아 처리하겠지요.

그리고 수프레이그 노인을 살해한 사람에 대해서도 알 수 없지요. 노인은 틀림없이 볼스턴 씨가 손님이 맡긴 물건을 조작하고 있다는 사실을 얼마쯤 알아차렸을 겁니다. 그는 혼자 조금 알아본 뒤 사이먼즈를 만나러 갔었는데, 그것을 보고하기 위해 우드베리 씨와 만나기로 약속했다고 합니다. 수프레이그 노인은 전날 우리에게도 뭔가 단서를 찾을 수 있을 거라는 말을 했었습니다. 그리하여 사무실에서 주의해 살피던 볼스턴 씨는 그가 손님이 맡긴 증권을 조사하는 것을 보았을 테지요.

역시 그의 친구인 듯한 갱 두어 명이 자동차로 수프레이그 뒤를 따르다가 전차에서 내린 그를 치어죽인 겁니다. 갱 가운데 한 사람은 자동차에서 뛰어내려 희생자에게 손을 댔는데, 죽었는지 어떤지 확인했을 뿐만 아니라 볼스턴 씨에게 죄가 돌아갈 어떤 서류를 몸에 지니고 있는지 어떤지 뒤져본 것이었습니다. 만일 그런 서류가 있었다면 그 사나이가 가져갔겠지요. 이것도 스트롬 경감께서 하실 일입니다."

"그러나 열쇠는 어떻게……."

핑클슈타인이 말하려다 말고 입을 다물더니 눈을 휘둥그렇게 뜨고 에밀리 루를 바라보았다. 그녀는 또 정신을 잃고 천천히 의자에서 미끄러져 떨어졌다. 주검사가 그녀를 붙잡고 소장에게 말했다.

"의무실로 데려가는 게 좋겠소."

우락부락한 여교도관이 둘 들어와 그녀를 방에서 부축해 나갔다. 에밀리 루는 몽유병자처럼 두 사람 사이에 끼어 끌려 나갔다. 크레인도 볼스턴도 그쪽으로는 눈을 돌리지 않았다. 스트롬 경감이 말했다.

"틀림없이 그녀는 모두 털어놓을 겁니다."

윌리엄즈가 물었다.

"그런데 블렌티노 양과 우드베리 씨는? 어째서 사건이 일어난 날 밤에 거짓 알리바이 따위를 댄 걸까요?"

우드베리가 깜짝 놀란 표정을 지었다.

"거짓 알리바이?"

크레인이 말했다.

"그 알리바이는 괜찮습니다. 두 분은 블랙 호크에 갔다고 했고, 우리는 거기서 여학생 파티가 있었다기에 가지 않았으리라고 생각했지요. 그런데 블렌티노 양은 그 여학생들의 선배이므로 그 파티에 초대되었었겠지요."

"네, 그랬어요."

블렌티노 양이 말했다.

크레인이 목덜미를 긁으며 말했다.

"사건은 대충 이런 것이었습니다."
로스 주검사가 말했다.
"충분하오. 곧 내 사무실에서 지사에게 연락하겠소. 소장, 나와 함께 가서 내 보고가 끝나거든 지사와 의논해 주었으면 하오."
스트롬 경감이 늠름한 한 손을 볼스턴의 어깨에 올려놓으며 물었다.
"이 사람은 어떻게 하지요?"
주검사가 대답했다.
"경찰국으로 연행하여 살인범으로 구류하시오."
스트롬 경감이 한마디 더 했다.
"돌아가기 전에 크레인 씨, 다른 열쇠가 없었는데 어떻게 이 사나이가 웨스틀랜드 부인의 아파트에서 나올 수 있었는지 알고 싶군요."
핑클슈타인이 따라서 말했다.
"나도 알고 싶습니다."
"아주 간단한 일입니다. 그렇지요, 볼스턴 씨?"
볼스턴은 가만히 창 밖을 바라보고 있었다.
"볼스턴 씨는 웨스틀랜드 부인을 쏘자 그녀의 열쇠를 집어 들고 나와 문을 잠갔습니다. 그런 다음 이튿날 아침 다시 나타났는데, 언제나 하녀가 오는 것으로 아는 시간보다 조금 늦게 나타나 문을 부수는 것을 거들었지요. 하녀의 말대로 그는 방에 뛰어 들어간 몇 사람들의 맨 뒤에 서서 그들이 바닥에 쓰러진 시체를 보고 기겁을 하는 사이 테이블 위 웨스틀랜드 부인의 핸드백과 잔돈이 있는 옆에 열쇠를 슬쩍 놓았을 뿐입니다."
"흠, 못된 녀석 같으니!"
핑클슈타인이 소리쳤다.

경감이 수갑을 채울 때도 볼스턴은 입을 열지 않았고, 끌려 나갈 때도 저항하지 않았다. 겁내고 있는 것 같지 않았다.

핑클슈타인은 스트롬과 볼스턴이 방에서 나가는 것을 지켜보고 있었다.

"볼스턴을 유죄로 하려면 굉장히 힘들 겁니다. 마치 드라이아이스 덩어리처럼 냉정한 사나이니까요."

크레인은 축하의 말을 던지는 사람들에게 둘러싸인 웨스틀랜드를 바라보았다. 그는 핑클슈타인에게 말했다.

"이번에는 볼스턴이 당신에게 변호를 부탁해야겠지요. 그야말로 시처럼 아름다운 정의로군요."

웨스틀랜드의 얼굴은 서글퍼보였고, 당장에라도 위 속에 든 것을 토해버릴 듯했다.

핑클슈타인이 대답했다.

"나는 안 되겠습니다. 호건 양과 플로리다에 가기로 약속되어 있으니까요."

"쳇, 또 당했군!" 하고 크레인은 중얼거렸다.

## 토요일 아침

오전 12시 3분.
신부의 목소리는 의기양양하게 높았다.
"성부와 성자와 성신의 이름으로 그대를 모든 죄에서 용서하나니 …… 아멘."
코너즈는 독방 콘크리트 바닥에 무릎을 꿇고 두 손으로 축 늘어뜨린 머리를 감싸 안고 있었다. 복도에서 백홀츠 소장이 두툼한 금시계를 과장된 몸짓으로 꺼냈다.
"시간이 지났군……."
교도관 한 사람이 독방문을 열었다. 코너즈는 비틀비틀 일어나 신부를 따라 복도로 나갔다. 웨스틀랜드와 이저도어 밸리처는 자기들의 독방에서 그들이 지나가는 것을 바라보고 있었다. 좀더 앞쪽에 골트 교도관이 벽에 납작하게 붙어 서 있었다. 그 입술이 젖어 있었다.
은십자가를 높이 든 신부가 낭랑한 목소리로 외쳤다.

주여, 은혜를 내리소서

주여, 은혜를 베푸소서
주여, 은혜를……
성모 마리아여, 그를 위해 기도하소서

검은 수단(soutane. 성직자의 옷) 위에 흰 수단을 살짝 걸치고 미끄러지듯 걸어가는 하얀 그림자 뒤에서 코너즈가 골트 교도관 쪽으로 돌아섰다. 다음 순간 주먹이 번개같이 튀어나갔다. 골트는 머리에 주먹을 맞고 의식을 잃은 채 바닥에 쓰러졌다. 입에서 피가 줄줄 흘렀다.
 신부는 정신없이 중얼거렸다.

성스러운 야곱의 아들들과 예언자들도 그를 위해 기도하소서
성 베드로여, 그를 위해 기도하소서
성 바울이여, 그를 위해 기도하소서
성 안드레여, 그를 위해……

복도 모퉁이에 이르자 기도 소리가 잘 들리지 않게 되었다.
 7분 뒤 그들은 이저도어 밸리처를 데리러 왔다. 밸리처는 진지한 얼굴로 웨스틀랜드에게 말했다.
 "당신이 뒤에서 오는 한 나는 무섭지 않소."
 웨스틀랜드는 거짓말을 했다.
 "걱정할 것 없소. 곧 뒤따라가리다."
 몸집 작은 살인광은 두 교도관 사이에 끼어서 뒤도 돌아보지 않고 힘없이 걸어갔다. 웨스틀랜드는 전등불이 어두워지기를 기다렸으나 전혀 어두워지지 않았다. 전기의자는 감방의 전등선에 접속되어 있지 않는 것이다.
 이윽고 크레인이 와서 그의 팔에 손을 올려놓으며 말했다.

"이제 다른 방으로 옮겨도 좋답니다. 아마 내일쯤은 자유로운 몸이 되겠지요."

웨스틀랜드의 얼굴은 밀랍처럼 하얬다.

"하마터면 저 사람들과 함께 갈 뻔했군요."

복도에서는 신문기자들이 시끄럽게 떠들어댔다.

"웨스틀랜드 씨, 한 말씀 해주십시오."

카메라맨들은 플래시를 터뜨리기에 바빴다.

크레인이 동정하듯 말했다.

"마틴 양 일은 이제 생각지 마십시오. 바다에는 그만한 물고기가 얼마든지 있으니까요."

트리뷴 신문의 카메라맨이 플래시를 터뜨려 강렬하고 파르스름한 불빛이 한순간 복도에 가득 넘쳤다.

웨스틀랜드는 그제야 겨우 앓던 환자 같은 핼쑥한 미소를 지으며 되물었다.

"그러나 물고기 따위를 찾는 사람의 마음은 알지 못하겠지요?"

## 스피드 스릴러의 거장 라티머

별거중인 아내를 살해한 죄로 사형을 선고받은 한 사나이가, 절망의 나락에서 분연히 몸을 일으켜 마침내 자신의 무죄를 증명해 보이겠다고 결심한다. 처형까지 남은 시간은 일, 월, 화, 수, 목, 금—— 겨우 6일뿐. 사나이는 우선 교도소장에게 1만 달러를 지불하고 '자유면허권'부터 사들인다.

월요일 아침, 교도소에 낯선 얼굴들이 한자리에 모였다. 변호사, 공동경영자, 지배인, 재혼 상대…… 그리고 유능한 사립탐정까지. 드디어 이 모든 사람들이 한 팀을 이뤄, 재수사와 시간과의 싸움을 시작한다.

이렇게 시작되는 《처형 6일전》은 라티머가 해미트의 후계자로 세상의 눈길을 끈 출세작으로, 하드보일드 파의 특징인 미국적인 경구(警句)로 채색된 톡톡 튀는 듯한 재치있는 대화와 시카고의 풍속, 그리고 아이리시의 《환상의 여자》를 떠올리게 하는 범인 찾기라는 재미까지 곁들여진 뛰어난 작품이다.

흔히 미국 하드보일드 정통파의 계보는 해미트——챈들러——맥도널드로 이어지고 있다고 본다.

그러나 이 파의 흥망성쇠를 이야기할 경우, 특히 해미트에서 챈들러로 옮겨지는 과도기라고 할 1930년대에 나타나 하드보일드 파의 발전에 지대한 공헌을 한 작가들을 우리는 그냥 지나쳐볼 수 없다. 다시 말해서 A.A. 페어(가드너), 프랭크 글루버, 블레트 헐리데이, 조지 허먼 캑스, 커트 스틸(R. 케이지) 등 저마다 일가를 이룬 대가들이지만, 특히 여기 옮긴 《처형 6일전》의 작가 조나단 라티머(Jonathan Latimer)는 그 으뜸으로 들어야 할 존재이기 때문이다.

《처형 6일전》과 아울러 라티머의 대표작으로 평가받는 《모르그의 여자》는 해미트의 작품과 나란히 이미 고전으로 인정받고 있지만, 미국에서의 평가에 비해 우리나라에서는 그다지 널리 읽혀지지 않고 있는 듯싶다. 이것은 뭐니뭐니해도 라티머의 작품이 몇 편 안 된다는 게 가장 큰 이유일 것이다.

라티머는 1906년 미국 시카고에서 태어났다. 1929년 녹스 칼리지의 철학과를 졸업한 뒤 처음에는 허스트 계열의 신문 기자가 되었으나 나중에 시카고 트리뷴으로 옮겼다.

그러나 《처형 6일전》과 《모르그의 여자》를 발표하여 성공을 거두면서 기자생활을 거두고 플로리다로 옮겨갔으며, 그 뒤 영화에 관계하여 시나리오 작가가 되었다.

그리고 전쟁이 끝난 뒤에는 《죄인과 수의(壽衣)》《검정은 죽음의 의상》 두 작품밖에 발표하지 않았기 때문에 대표작이 네 편밖에 없는 셈이다. 말하자면 전쟁 전에 쓴 두 편과 전쟁 뒤에 발표한 두 편이 전부인데, 과연 그의 명성에 걸맞는 수준 높고 손색 없는 작품들이다.

하드보일드 파 작가 가운데는 해미트를 비롯하여 챈들러며 글루버

등 이른바 '대중적인 작가'가 많은데, 라티머도 그 예에서 벗어나지 않는다. 그는 대중에게 많은 인기를 얻었고, 취미인 바다낚시와 테니스를 즐기면서 유유자적한 생활을 즐길 수 있었다.

그럼 여기서 그의 몇 안 남은 나머지 세 작품에 대해서 살펴보기로 하자. 먼저 라티머의 등록상표가 되다시피한 작품인 《모르그의 여자》는, 시체안치소에서 없어진 신원을 알 수 없는 아름다운 여자시체를 쫓아 《처형 6일전》과 마찬가지로 사립탐정 윌리엄 크레인이 활약한다.

그러나 《죄인과 수의》에서는 주인공이 바뀌어 신문기자 샘 클레이가 등장한다.

살인사건에 말려들어간 클레이가 직업상 자신을 용의자로 신문사에 보고하는 곤경에 빠지는 것이 발단인데, 오랜만에 내놓은 라티머의 새 작품이라고 하여 영국 및 미국에서 평판이 좋았다.

세 번째 작품까지는 무대가 작가에게 낯익은 시카고였지만, 네 번째인 《검정은 죽음의 의상》에서는 완전히 바뀌어 할리우드의 영화계를 무대로 한 살인사건을 전개시켜 대가의 건재를 입증한 작품이다.

이 네 작품에 공통된 점은, 앞에서도 말했듯 이 작가를 한 마디로 하드보일드 파에 넣기가 망설여질 만큼 트릭과 수사 과정이 충실하여 빈틈이 없다는 것이다. 하드보일드가 곧 액션 스릴러 같다는 오해가 일반화된 것은——전쟁 전의 〈블랙 마스크〉지는 그대로 두고——1953년 맨해튼 잡지가 창간된 뒤부터일 것이다.

여기 옮긴 작품의 텍스트로는 텔 북스 판이 많이 나돌고 있으나 원판에 비해 약 한 장(章)에 상당하는 분량이 빠져 있다. 이 책은 물론 원판에 의한 완역판이다.

참고로 조나단 라티머의 작품 목록을 적어둔다.

처형 6일전 (Headed for a Hearse, 1935)
모르그의 여자 (The Lady in the Morgue, 1936)
죄인과 수의 (Sinners and Shrouds, 1955)
검정은 죽음의 의상 (Black is the Fashion for Dying, 1959)
어두운 기억 (Dark Memory)
제5무덤 (The Fifth Grave)
빨간 치자나무 (Red Gardenias)
죽은 자는 걱정하지 않는다 (The Dead Don't Care)
정신병원 살인 (Murder in the Madhouse)